KB268475

20년
육아 보고서

# 20년 육아 보고서

이연주 지음

좋은땅

돈도 벌고 공부도 해야 했던 시절이 있었다. 30분, 1시간 짬을 내는 것도 사치였다. 일이면 일, 학업이면 학업, 뻥뻥 생기는 구멍을 메꾸느라 옆을 돌아볼 여유도 없었다. 얼마나 종종거리고 살았는지, 어느 날엔 구두 굽이 부러졌는데 굽을 고치러 갈 시간도 없어서 절뚝거리며 막차를 타고 집에 간 일도 있었고, 일주일 동안 잠을 자 본 적이 몇 시간 안 된 적도 부지기수였다.

그런 생활을 몇 년 하다 보니 어느 순간, '내가 여기서 이러고 있지 않아도 사는 데 아무 지장 없는데, 나 지금 여기서 뭐 하고 있지?' 하면서 현타가 왔다. 시작하지 않았어도 되는 일을 굳이 시작했고, 이렇게 영혼까지 갈아 가면서 열심히 살고 있는데 왜 내 삶은 더 힘들고 피폐해졌는가 분이 나기 시작했다.

내가 처음부터 가시밭이 뻔히 보였던 그 길을 외면했더라면 이런 고통은 겪지 않았어도 됐다. 내가 더 나은 인간이 되고자 노력하려는 시도를 하지 않았다면 이 방황은 겪지 않았어도 됐다. 그렇다면 내가 현실에 안주하지 않고 열심히 살려고 애쓴 것이 잘못이라는 얘긴데, 뭔가 앞뒤가 맞지 않았다. 그렇게 혼란스러웠던 나는 다행히 오래 지나지 않아 괴테의 《파우스트》에서 답을 찾았다.

"Es irrt der Mensch, solange er strebt."

"인간은 노력하는 한 방황한다."

이 글을 읽고, 나는 종종거리며 숨 막히는 삶으로 기꺼이 돌아갔다.

노력하며 스스로 애쓰는 자, 노력하여 한계를 넘어서고자 하는 자의 방황은 더 나은 인간이 되기 위한 전진 그 자체다. 그 방황 속에서 아무리 어두운 길을 헤맨다 하더라도, 인간은 결국 무엇이 올바른 길인지 알고 그 길을 찾을 것이라는 인간에 대한 희망과 믿음이 담긴 글귀이다.

긴 시간 아이를 키우면서도 그때 그 시절 못지않은 심적 방황을 했다. 어차피 우리네 인생에 정답이 없다는데 아이를 키우는 것인들 정답이 있을 리가 있겠나. 말 그대로 케바케가 육아다. 그래서 더 어렵다.

나에게 육아는 안개 속을 걷는 듯한 기분을 느끼게도 했고, 그렇다고 매 순간순간 어디다 물어보기도 애매하고, 물어본들 딱히 나에게 맞는 답도 없는 모호한 선택의 연속이었다. 어제까지 분명 맞다 확신했다가도, 다음날이 되면 내 선택으로 애를 낙동강 오리알 신세로 만드는 것은 아닌지 마음이 갈팡질팡하는 것이 나의 육아였다. 내가 가진 능력과 지혜의 그릇만큼, 딱 고만큼만 성장하는 아이로 키우는 건 아닌가 하는 생각이 들 때면 괜스레 미안한 마음마저 들었다.

처음 《파우스트》를 읽었을 때가 기억조차 아련할 만큼 시간이 지났는데, 나는 아직도 미숙한 인간이 되어 나보다도 어린 생명을 키우며 방황하는 사람이었다. 그렇게 마음이 이리저리 흔들릴 때마다 떠올렸던 그 말,

'인간은 노력하는 한 방황한다.'

갈대같이 흔들렸던 내 마음은 200년 전 괴테가 쓴 글귀 덕분에 많은 위로와 용기를 얻었다.


내가 삶의 힘든 순간마다 떠올리는 괴테.

인간을 설명하는 모든 분야를 공부하고 섭렵한, 말 그대로 천재인 괴테. 그런 천재가 여든이 넘도록 60년 동안이나 쓴 책《파우스트》의 맨 마지막 문장은 "영원히 여성적인 것이 우리를 이끌어 올리도다."로 끝을 맺는다.

"여성적인 것",

따뜻함, 부드러움, 섬세함, 아름다움, 포용 등 여러 가지가 떠오르지만, 그 무엇보다 변치 않는 영원한 사랑과 조건 없는 희생 즉, 모성이야말로 가장 여성적인 것이다. 인간이 제아무리 이기적인 존재라고 하나, 자식을 키우면서 제 자식에게 하는 순수한 사랑과 맹목적인 희생은 가히 신이 인간에게 베푸는 그것과 가장 비슷한 것이리라. 그래서 "신이 모든 곳에 있을 수 없어 엄마를 만들었다"고 하나 보다.

그러나, 엄마라는 존재도 본질적으로 불완전한 인간일 뿐이니 제 자식을 키우며 실수도 했다가, 화도 냈다가, 후회도 했다가, 포기도 했다가 롤러코스터를 타듯 오르락내리락 천태만상 인간의 부족한 면을 고스란히 드러내지만, 그럼에도 가장 신을 닮은 역할을 수행하는 자가 아닌가 한다.

200년 전의 현자가 나에게 그랬듯, 언젠가 부모가 되고 비슷한 고민을 하게 될 우리 아이들이 엄마의 이런 흔적들로부터 또 다른 위로와 용기를 얻길 바라는 마음으로 책을 낸다.

괴테는 "체험하지 않은 것은 한 줄도 쓰지 않았다. 그러나, 단 한 줄도 체험한 그대로 쓰지 않았다"고 했다. 나는 체험한 그대로 쓰지 않을 재주는 없어서, 부족하더라도, 부끄럽더라도 내가 체험한 그대로 솔직하게 쓰려고 노력했고, 덕분에 오래된 기억도 더듬어 봤다.

이 책은 유아교육을 전공했거나 소아정신과 의사 같은 전문적인 지식이 전무한, 한 개인의 한정적인 경험과 생각을 바탕으로 쓴, 그냥 동네 아줌마의 이야기다. 그저 어딘가에서 그 시절의 나와 같은 고민을 하는 육아 동지가 있다면, 그냥 멋모르고 이렇게 키운 사람도 있다고, 그래도 시간은 가고 애는 크더라고, 토닥토닥 안아 주고 싶은 마음을 전한다.

# 차례

프롤로그    004

1 내 품을 떠나는 아이를 보며    012

2 독신주의자    017

3 시어머니의 뒷모습    020

4 일하는 엄마의 어린이집 등원 체험    022

5 맞벌이에게 육아란 선택의 문제    025

6 궁예의 관심법이 필요한 까닭    028

7 유치원 형님이 되면 생기는 불안증    033

8 골룸 대신 호빗이 된 이유    037

9 아이의 기질과 부모의 역량 사이의 저울질    043

10 당연하지만, 당연하지 않은 일    054

11 천생연분    058

12 배우 코스프레    062

13 미국 담임선생님께 보내는 편지    066

**14** 알파벳 7개 아는 아이의 미국학교 적응기      070

- 등교 첫날      070
- 후진 발음보다 더 신경 써야 하는 것      071
- 참는 게 능사?      075
- 소풍엔 역시 김밥      077

**15** 6개월이라는 마법의 주문      080

**16** 미국인 친구를 만들어 준 이유      089

**17** 깍쟁이 백인 아줌마      093

**18** 외국살이에서 느낀 것      100

- 세탁기 앞에서 오열한 이민자의 속마음      101
- 가장 세계적인 것      103
- 치맛바람이여, 안녕      106
- 성공적인 유학 생활의 열쇠      110
- 경쟁보다는 동행      117
- 마음의 빚      123
- 말하기의 중요성      126

**19** 사악한 결속력에 대하여      136

- 희한한 삼자관계      136
- 왕따의 목적      142
- 놀이의 상실      144

● 사라진 부모의 권위　147

● 복수를 위한 선택　153

**20 정글에서 살아남기　156**

● 뒷배가 되는 사춘기 인간관계　156

● 취향을 찾아서 취미를 만드세요　161

● 바람을 대하는 자세　168

**21 느린 아이의 원서 읽기　172**

● 영어 공부의 방향성　172

● 단어 공부하다 끝나는 영어는 인제 그만　174

● 영어책 읽기의 나비효과　179

**22 공부 체질이 아닌 아이의 영어 마스터　186**

● 능력향상을 위한 부스터 샷 찾아보기　186

● 보석 같은 두 친구　191

● 학원 말리는 엄마　196

● 거북이의 승리를 위하여　199

**23 아, 학원　203**

● 학원 사용 설명서　203

● 자유시간의 장점　207

● 뜻밖의 수확　209

● 마지막 키를 잡는 법　212

**24** 중학생의 반전 매력    215

- 인생엔 공짜가 없다    215
- 시동 걸 준비는 미리미리    217
- 예체능이 들러리가 아닌 까닭    220
- 실패에 대한 색안경    222
- 어디로 튈지 모르는 건 골프공만이 아니다    226
- 공부? 뭣이 중헌디?    229

**25** 아이를 스스로 움직이게 하는 힘    233

**26** 20년 실전에서 깨달은 육아 101    236

- 스킨십 찬양    237
- 추억의 힘    239
- 아이 인생의 주인공은 아이    242
- 부모가 물려줄 수 있는 훌륭한 유산    247
- 불편하지만 해야 하는 이야기, 性    253

**27** 20년 육아가 나에게 남긴 것    258

# 내 품을 떠나는 아이를 보며

"그래, 잘 참았어."

대학교 기숙사 앞에 아이를 내려 주고 마지막 인사를 나누던 때를 떠올리며, 나도 모르게 한마디 뱉어 본다.

나는 이제 집으로 돌아가지만, 혼자 남아 낯선 땅에서 "외로워도 슬퍼도" 캔디처럼 꿋꿋이 살아 내야 할 아이 앞에서 눈물을 보이는 건 응원이 아니다. 찔끔찔끔 주책맞게 눈물을 잘 훔치는 나도 이번만큼은 쿨하게 헤어지리라 다짐했다.

차에 탄 엄마, 아빠 얼굴 한 번 더 보고 그 모습을 사진으로 남기는 딸을 보며 가슴속에서 무엇인가 훅 올라왔지만, 가까스로 눌렀다. 나랑 이심전심 감정공유가 너무 잘 되는 딸도 이런 내 마음을 고스란히 느꼈을 것이다. 그 순간 저도 흔들리는 마음, 올라오는 눈물을 삼켰을 것이다. 다른 때 같았음 손 흔들고 몇 번을 쳐다봤을 아이가 뒤도 돌아보지 않고 당당하게 걸어가는 모습이 '엄마, 나 이렇게 씩씩하게 잘 살게.' 하고 말하는 것 같아 더 애잔했다.

나에게 행복하고 소중한 추억을 많이 만들어 준 아이였다. 내가 애하고 이런 얘기까지 해도 되나 싶게, 속 깊고 이해심 많은 착한 심성의 아이였다. 스무 살이 되도록 엄마가 나갔다 들어오면 꼭 주인 맞이하는 강아지마냥, 쪼르르 쫓아 나와 얼굴 보고 들어가는 딸이었다. 초등학생 때는 용돈을 모아 주말 아침이면 집 앞 제과점에서 빵이랑 커피 한 잔을 사다 놓고 나를 깨우던 아이, 이런저런 구실을 만들어 가며 엄마에게 꽃다발을 선물해 주던 아이, 중·고등학교 하교할 땐 내가 좋아하는 단골집 달달한 커피를 사다 주거나, 오후에 입이 심심할 때쯤이면 먹고 싶은 간식거리를 기가 막히게 맞춰 가며 사 들고 들어오는 그런 아이였다. 세상에 둘도 없는 친구이자 곰살맞은 딸이었다.

그런 내 아이를 직항으로 와도 비행 시간만 14시간이 걸리는 이 먼 곳에 두고 가야 한다. 앞으로 수도 없이 반복하게 될 만남과 헤어짐도 익숙해져야만 하는 삶이 됐다. 늘 껌딱지처럼 곁에 붙어 있던 아이였는데, 이제는 떠나보내야 한다. 어느덧 스무 살이 된 이 애가 내 곁에 있든, 멀리 타지에 있든 더 이상 품 안의 자식은 아니게 됐다. 서울대 소아정신과 김붕년 교수께서 "아이는 떠나야 하는 사람이고, 그때가 되면 진짜 떠나보내야 한다."라고 하셨을 때 가슴이 철렁했는데, 바로 지금 내가 아이를 떠나보내고 있었다.


집으로 돌아와 아이가 떠나간 빈방을 들여다봤다. 여기저기 짐을 싸고 남은 흔적들을 정리하려니 자연스레 함께했던 추억들도 떠올랐다. 나는 아이가 기억도 못 하는 어린 시절부터 지금까지의 추억을 곱씹었지만, 아이는 자기 앞에 주어진 새로운 생활에 적응하느라 바빴다. 하루가 멀게 전화를 해 대고, 엄마를 그리워하리라 생각했던 나의 기대는 순전히 나만의 착각이었다. 설사 엄마 생각, 가족들 생각, 집 생각이 스멀스멀 올라온다 해도 애써 외면하고 다시 마음을 다잡아야 했을 것이다.

신입생들을 위한 다양한 학교 행사가 있고, 새로 친구들을 사귀고, 학기 초부터 쏟아지는 과제와 시험을 감당하느라 여유가 없는 것이 어쩌면 다행일지도 모른다. 낯선 환경에서 하루 세끼 밥을 챙겨 먹고, 빨래도 하며 일신을 돌보는 것도 이제는 온전히 저의 몫이 됐다.

이제 나는 아이가 본인의 길을 담대하고 꿋꿋하게 걸어가는 뒷모습을 보며, 말없이 응원해 주는 것만 남았다. 서운한 건지, 후련한 건지, 막연한 걱정인지 모를 먹먹한 기분만 남았다.


8살 남자아이가 스무 살 청년으로 자라는 일상을 찍은 〈보이 후드〉라는 영화가 있다. 성장영화라면 보통은 아역배우와 성인 역할의 배우가 따로 있기 마련이다. 하지만, 이 영화는 특이하게 배우가 바뀌지 않고 같은 배우들이 12년 동안 1년에 1주일씩 만나서 찍은 영화다. 영화 초기에 젊었던 배우들이 나이가 들어 중년이 되고, 아역배우들이 성인이 되는 동안 12년이나 영화를 찍으면서 감독이 하고 싶은 이야기가 무엇이었을까 궁금해서 보게 된 영화다.

내가 엄마라서였을까, 나는 주인공 메이슨보다 그의 엄마 올리비아의 고군분투하는 모습에 더 눈이 갔다. 싱글맘으로 여러 차례 결혼과 이혼을 반복했지만, 어떻게든 인생을 제대로 살아 내고자 노력했고, 자식들도 잘 키워 내려 애쓴 올리비아. 세월이 지나 아이들은 다 컸고, 대학 기숙사로 떠날 준비를 하는 아들 메이슨을 보며 올리비아가 울컥 내뱉는 말,

"오늘은 내 인생 최악의 날이야. 떠날 건 알았지만 이렇게 신이 나서 갈 줄은 몰랐다. 결국 내 인생은 이렇게 끝나는 거야. 참 많은 일들이 있었지. 결혼하고 애 낳고 이혼하고, 니가 난독증일까 애태웠던 일, 처음 자전거를 가르쳤던 추억, 그 뒤로 또 이혼하고 학위 따고 원하던 교수가 되고, 딸을 대학에 보내고 너도 대학에 보내고, 이젠 뭐가 남았는지 알아? 망할 내 장례식만 남았어!"

"엄마, 왜 40년이나 앞당겨서 걱정을 해요?"

"나는 그냥… 그냥 뭔가 더 있을 줄 알았어."


메이슨은 엄마가 하는 말을 이해하지 못했을 것이다. 희한하게 인생은 그 길을 가 본 사람만이 오롯이 느낄 수 있는 생각과 감정이 있다. 나도 이 영화를 우리 애들이 하나는 초등학생, 하나는 중학생일 때 봤지만, 그때는 막연히 '그럴 것이다.' 짐작할 수 있는 수준의 이해였다. 하지만, 나 역시 세월이 지나고 아이를 대학에 보내고 나니, 새삼스럽게 '아, 인생이란 이런 거였지.' 하는 생각이 든다. 인간은 누구나 나이를 먹고, 애들은 커 가고 언젠간 죽는다는 것. 우리가 다 알고 있는 뻔한 이 불변의 법칙을 나 역시 당연히 겪고 있다는 것이, 갑자기 너무 실감이 나서 등골이 오싹할 지경이다.

분명히 나는 애를 처음 품에 안았을 때보다 나이를 먹었고, 애는 컸다. 그렇다면, 이제는 머리가 희끗희끗해진 내게 남은 큰 이벤트는 죽음이다. 그런데, 좀 억울하고 허무하다. 매 순간 성실하게 살았고, 주어진 역할에 충실했다. 일일이 다 기억나진 않지만 뭔가 복잡했고, 선택의 순간이 늘 찾아왔고, 무엇인가 많이 고민했고 나름대로 치열했다. 그냥 사람은 나이를 먹고 애들은 커 가고 나는 죽는다고 간단하게 말하기에는, 그 시간 속에 나의 삶은 우주 그 자체였다. 그중에서도 지난 20년 동안 나의 주된 임무는 엄마 노릇이었다. 그런데, 애가 다 컸으니 The End 이제 끝?

왜 그런지 구체적이진 않지만 확실한 상실감이 밀려온다. 그래서 나는 이 책을 써 본다. 80억 지구 인구의 대부분이 직·간접적으로 경험하는 육아 20년이겠지만, 지나간 나의 그 20년을 되돌아보며 나는 그 시간을 어떻게 보냈고, 그래서 지금의 나에게 무엇을 남겼는가 생각해 보며 이 육아를 '진짜' 마무리해 보려 한다.

# 독신주의자

나는 독신주의자였다.

48년생 엄마가 자식 셋을 키우기 위해 전업주부가 되어 사회인으로서의 커리어를 포기한 것을 아쉬워하는 모습을 보며 자라서였는지, 혹은 한참 고전을 읽어 대던 중딩 시절 모파상의 '여자의 일생'을 읽고 '여자란 이렇게 사는 건가?' 어렴풋이 생각했을 때였는지 정확하진 않지만, 확실한 건 현모양처가 내 인생 계획에 있는 사람은 아니었다. 20대가 되고, 이른 결혼을 하는 친구들을 보면서 자연스레 결혼을 생각해 보는 순간들도 있었다. 그렇지만, 그 시절 나는 자칭 이성적인 사람이었다.

자, 생각을 해 보자. 진정한 사랑이라고들 수천수만 가지 정의를 내리던데, 내가 보기엔 개인의 생각이나 경험에 따라 귀에 걸면 귀걸이요, 코에 걸면 코걸이 같은 이야기들뿐이었다. 특히, 남녀 간의 사랑은 너무 개인적이고 추상적이었다.

그래, 그렇다고 치자. 그 많은 수식어에도 불구하고 뭔지는 잘 모르겠지만, 사는 동안 그 달콤하다는 진정한 사랑을 한번 해 보고 죽고 싶기는 했다.

그런데, 내가 마흔 살이 됐을 때 진정한 사랑이 나타날지, 예순 살이 됐을 때 진정한 사랑이 나타날지 어떻게 알지? 지금이야 결혼 적령기라는 말 자체가 촌스러운 시대가 됐지만, 30년 전에는 그래도 20대가 결혼 적령기라는 인식이 팽배했다. 그렇다면, 그 진정한 사랑이 내가 21살에서 29살 사이에, 혹은 30대라도 뿅 하고 나타날 확률은?

운 좋게 적당한 나이에 인생에 다시없을 진정한 사랑을 만나서 아름다운 결실로 결혼을 하는 사람들도 있겠지만, 대부분 '이게 진정한 사랑인가 부다.' 하는 착각과 필요에 따라 결혼하는 사람들이 더 많을 것이라는 게 미숙한 내 결론이었다. 그래서, 깐에는 나이와 결혼으로부터 자유로운 진정한 사랑을 해보리라는 마음에 나는 독신주의자를 택했다.

그런데, 나는 몰랐다. 내가 그 운 좋은 사람 중의 하나였다는 것을. 나는 20대 중반에 지금의 남편을 만나 알콩달콩 예쁘게, 온 마음 다해 사랑했다. 이건 영락없는 진정한 사랑이었다.

독신주의자? 그게 뭐죠?

나는 결혼을 했다.


결혼식을 올리고 2년 후, 나는 서울의 한 조리원에서 가슴에 작은 생명체를 품에 안고 안절부절못하고 있었다. 이 아이가 내 배에서 나왔다는 믿기 힘든 사실과 내가 진짜로 애를 길러야 한다는 현실에 어안이 벙벙했다. 생각보다 너무 작고 연약한 아기였다. 아기를 어떻게 안아야 할지도 몰라서 조리원 선생님이 내 팔을 잡고 모양을 잡아 주며 가르쳐 주셨다. 산부인과에서는 너무 난산이라 위급한 상태였기 때문에 아기를 안아 보지도 못했다.

처음 품에 안은 내 아기, 뭐라고 한마디 하고 싶은데 '안녕'은 아닌 것 같고, 도무지 어색하고 무슨 말을 해야 할지 도통 생각이 나지 않았다. 아이를 안고 있는 이 상황이 그저 어리둥절했던 나는 그 흔한 '까꿍' 소리도 목구멍 밖으로 나오질 않았다.

그 순간 내 여동생이 부러웠다. 내 동생은 아이들을 좋아해서 어릴 적 꿈이 초등학교 선생님이었다. 우리 집에 동네 아줌마들이 마실 오실 때면, 엄마 따라왔던 초등학생들은 고등학생 언니 방에 호기심 가득한 얼굴로 쭈뼛쭈뼛 들어왔었다. 그러면 내 동생은 차분히 말도 시키고 궁금해하는 것도 손에 쥐여 주며, 조곤조곤 얘기도 하고 무릎에 앉히고 놀아 주기도 했다. 그러다, 조금 편해진 아이들이 슬금슬금 내 책상에 와서 뭐라도 만질라치면 나는 세상 시크하게 "만지지 마라." 한 마디 툭 뱉는 그런 사람이었다. 지나가는 귀여운 아기에게 빈말로도 "이쁘다." 해 본 적도 없는, 그냥 어린 생명체에 1도 관심 없는 그런 사람, 그게 나였다. 바로 어제까지 그런 사람이었는데, 지금 품에 안은 내 아기가 있다니!

하지만, 복잡미묘한 그 순간에도 한 가지 확실하게 드는 생각,
'천사가 날개가 없어져서 내 품에 왔구나.'

# 시어머니의 뒷모습

애를 낳으면 당연히 친정엄마가 봐 주실 줄 알았다. 아이들을 좋아하고 온유한 성품의 친정엄마. 그런 친정엄마가 팔이 아파 동네 한의원에서 지어 먹은 한약으로 간 수치가 생사를 넘나드는 상황이 되자, 직장생활을 하는 나 대신 애를 봐 줄 사람은 당장 시부모님뿐이었다. 남들보다 힘들게 공부한 만큼 어떻게든 지키고 싶은 사회생활이었고, 결혼과 동시에 직장을 그만둔 걸 후회한 친정엄마를 보며 직업이라는 끈은 놓으면 안 되는 줄 알았다. 앞뒤 생각할 여유도 없었고, 가서 제대로 여쭤보지도 않았는데 은근슬쩍 우리 애는 시부모님 품으로 갔다.

시어머니,

본인은 십수 년을 타국에서, 그리고 타지에서 직장생활을 하는 남편과 떨어져 지내셨다. 그 옛날 버스 토큰까지 아껴 가며, 생때같은 자식들을 키우셨다. 긴 세월 가족과 떨어져 일한 남편이 보낸 월급은 한 푼도 허투루 쓰지 않으셨다. 그 시절을 버티며 남매 셋을 기르고 다 시집·장가도 보내, 앞으로 꽃길만 남았으리라 생각하셨을 두 분 앞에 손녀를 남겨 두고 나는 출근을 했다.

이런저런 사정을 생각하기엔 당장 내일 아침엔 출근을 해야 했고, 시간은 늘 부족했고, 몸은 늘 피곤했다. 안 그래도 일하는 며느리가 맘에 들지 않으셨던 어머님은 정말 잘 참아 주셨다. 가끔 한두 마디 툭툭 뱉으시는 속내는 어머님이 우리 애를 봐 주시는 수고에 비하면 아무것도 아니었다. 본인이 싫든 좋든 자식을 위해, 손녀를 위해 또 양보하셨다.

본인의 아들은 스케줄 근무로 쉬는 날이 들쭉날쭉했고, 며느리는 주말엔 쉬는 회사원이었다. 제 자식 떨어트리고 돈 벌러 다니는 며느리가 하룻저녁이라도 더 새끼 품고 자라고, 꼭 월요일 새벽차를 타고 이슬을 맞으며 손녀를 데리러 오셨다. 며느리 출근 시간 늦을까 서둘러 오시고는, 아파트 1층에서 우리 집을 올려다보셨다. 불이 켜져 있지 않으면 몇 분이라도 더 자라고 조금 기다렸다 올라오셨다. 그렇게 시리도록 추운 겨울을 여러 해 보내신 분이다.


내가 시집온 지 올해로 23년이 됐다. 그동안 고부 사이에 남에게 말 못할 크고 작은 에피소드도 있었고, 때로는 시부모님의 뼈 있는 말에 며칠씩 밤잠을 설친 적도 여러 번 있었다. 하지만, 그때마다 내 마음을 잠재울 수 있었던 건, 그 시절 내 아이를 돌봐 주시고 우리 부부를 배려하고 희생해 주신 어머님의 모습이었다. 그때 봐 주시던 손녀가 이제 스무 살이 될 만큼 세월이 지났는데도, 그 시절 어머님의 뒷모습을 생각하면 아직도 뭉클하다.

# 일하는 엄마의 어린이집 등원 체험

그렇게 몇 년을 여러 사람의 희생과 보살핌 속에서 우리 딸은 무럭무럭 자라, 4살이 되었다. 누가 봐 주고 먹여 주고 입혀 주기만 하면 됐었는데, 애가 커 가니 필요한 것도 달라졌다. 어린이집이나 유치원은 고사하고 미술학원이라도 보내 보려 하니, 의왕의 백운산 아래 외딴집에 있는 아이 한 명을 태우러 시내에서 학원 차를 보내 주는 곳은 어디에도 없었다.

내 주위에 일하는 엄마들은 일찌감치 아이를 어린이집에 보낸다, 문화 센터에 보낸다, 방문 수업을 한다며 나이에 맞게 뭔가 나름의 사회생활을 시키고 있는데, 우리 애는 맨날 호미 들고 땅을 파거나 마당에서 개하고 노는 게 전부요, 만나는 인맥이라야 할아버지와 할머니가 만나는 다른 할 아버지와 할머니들뿐이었다. 더 이상 미룰 수 없다고 판단한 우리 부부 는 이제 아이를 데려와 같이 살기로 했고, 아파트 단지 안에 있는 어린이 집에 보내기 시작했다.

하, 어린이집….
이때부터 일하는 엄마의 눈물 바람이 시작된다.
세상이 어떻게 돌아가는지 알 길 없는 4살 꼬맹이가 하루아침에 아는 사람 하나 없는 낯선 곳에 뚝 떨어지는 경험을 하면서 아침마다 어린이집 현관 앞에서 안 떨어지겠다고, 다시는 못 볼 것처럼 목숨 걸고 내 다리에 매달리기 시작하는데, 대성통곡하며 눈물 콧물 다 쏟아 내는 그런 아이를 매몰차게 떼어 내고 출근하는 그 기분.
아이 울음소리가 가슴에 파고들어 마음은 아리고, 그 와중에 지각할까 뛰어가는 내 모습에 괴리감이 들고, 내가 이렇게 독한 사람이었나 싶고, 콩나물시루 같은 출근길 지하철을 타고 헐레벌떡 회사에 들어가면 나만 잠깐 지옥에 갔다 온 것 같고, 나 빼고 다른 사람들은 다 별일 없이 자리 에 앉아서 일상을 대하고 있는 것 같은 묘하게 낯선 그 느낌. 그동안 육아 에 대한 인식이 많이 바뀌고 아무리 세상이 좋아졌다고 해도, 분명 오늘 아침에도 그렇게 아이를 떼 놓고 출근하셨을 직장맘들, 그 마음 내가 다 어루만져 주고 싶다 진짜.

매일 아침 그런 전쟁 아닌 전쟁을 치르는 건 뭐 기본값이고, 툭하면 야근이니, 저녁이면 우리 애만 덩그러니 남아 있어 어린이집 선생님들께 나는 항상 죄인이었다. 갑자기 출근을 일찍 할 일이라도 생기면 불도 안 켜진 어린이집 앞에서 발을 동동거리며 어슴푸레한 아침 안개 속에서 선생님이 오실 그 길을 조바심 내며 쳐다보기 일쑤요, 도대체 어린이집에서 감기는 왜 그렇게 자주 걸리는 건지 미치고 팔짝 뛸 일이 한두 가지가 아니었다.

그런데, 그 전쟁도 오래가진 못했다. 손녀가 잘 적응할까 걱정스러웠던 할머니는 몰래 어린이집에 가서 들여다보시곤, 그 길로 아이를 데리고 집으로 돌아가셨다. 눈에 넣어도 아프지 않을 내 피붙이가, 우느라고 밥도 못 먹었는지 앞에 밥그릇 하나 덜렁 놓인 채 교실 문턱에 쪼그리고 앉아서 울고 있는 모습에 그냥 발길을 돌릴 수가 없으셨던 것이다. 그날로 아이는 다시 할머니 댁으로 갔고, 그즈음 우리 부부에겐 새로운 돌파구가 필요했다.

# 맞벌이에게 육아란 선택의 문제

나는 주중에 회사를 다니고 주말엔 쉬는 평범한 회사원이었고, 남편은 직업 특성상 주말이 따로 없이 1년 365일 정해진 스케줄 근무를 하고, 근무시간이 끝나면 바로 퇴근하는 직업이었다. 아침 일찍 출근해서 야근을 밥 먹듯 하는 나는 늘 집에 늦게 들어왔고, 쓰러져 자기도 바빴다. 다른 부부들처럼 평일에 일하고 주말에 같이 쉬는 게 아니다 보니, 남편은 혼자 있는 시간이 많았다. 혼자 마트 가서 장 보고, 혼자 밥 차려 먹고, 혼자 TV 보고, 혼자 산책하고, 혼자 크리스마스 트리도 사다 놓고, 쉬는 날엔 혼자 아이를 데리고 공원도 다니며 시간을 보냈다. 지금 생각해 보니 남편이 많이 참았다 싶고, 짠하기도 하다. 자연스럽게 남편은 이쯤에서 내가 회사를 그만두길 바랐고, 나는 자식도 돈이 키우고 효도도 돈이 하는 거라며 나중에 후회할 일은 하지 말자고 버텼다.

남편은 그만둬라, 나는 다니겠다며 2년이 넘도록 실랑이한 끝에, 나는 남편에게 회사를 그만두는 게 어떠냐고 제안했다. 상식적으로 부부가 둘 다 직장생활을 하다 한쪽이 그만두면 수입이 1/2로 줄어드는 게 맞는 게 산인데, 우리는 당시 내 연봉이 남편보다 많아서 내가 회사를 그만두면 가게 전체 수입의 2/3가 줄어드는 격이 됐다. 내가 정년까지 직장생활을 해서 우리 식구들을 먹여 살릴 테니 남편에게 집에서 애를 키우라고 했다.

그 상태로는 더 이상 못 살겠던지, 남편은 망설임 없이 일단 회사에 시간제 근무를 신청했다. 지금이야 낮은 출산율 덕에 남자가 육아휴직을 신청하고 애를 키우는 것이 당연한 권리가 됐지만, 20년 전에 남자 직원이 육아휴직을 쓴다는 것은 '나 회사 그만둘 건데 지금 시간 내서 뭐 준비해야 해.'라는 뉘앙스, 즉 인사고과 신경 안 쓰고 조만간 회사를 그만두겠다고 선포하는 거나 마찬가지였다. 육아휴직이나 시간제 근무나 거기서 거긴데 일단 사회적 분위기가 그렇다 보니 그나마 차선책으로 선택한 것이 시간제 근무였다. 남편은 아이가 어린이집에 가 있는 동안만 출근했다가, 4시간 후 퇴근하고 집에 와서 아이를 돌보기로 했다. 우리 둘 중에 누가 살림을 하고 애를 키울 것인지 우리도 한번 해 보기로 한 것이다.

남편이 시간제 근무를 하자 한동안은 살 것 같았다. 그러나 그것도 잠시, 하나둘씩 문제점이 드러나기 시작했다. 아이는 자연스럽게 어린이집에서 유치원으로 자리를 옮겼고, 이제는 정말 친구가 필요한 나이가 됐다. 아시다시피 이제 갓 유치원을 다니게 된 아이가 혼자 친구를 찾아다니며 놀 수는 없는 노릇이다. 키즈카페라는 것도 없던 그 당시엔 유치원이 끝나면 삼삼오오 마음 맞는 친구들끼리 엄마들이 모이고, 놀이터에서 놀거나, 각자 돌아가면서 집으로 불러 아이들이 놀 수 있도록 자리를 만들어 주었다. 유치원이 끝났다고 해서 그냥 집으로 돌아갈 마음이 전혀 없는 아이는, 그렇게 친구들이 무리 지어 신나게 놀러 가는 모습을 보고 저도 같이 가겠다고 떼를 쓰기 시작했다. MBTI가 극 I였던 남편은 그 무리에 은근슬쩍 애를 끼워 넣을 엄두가 나지 않았다. 반면, 직장도 안 다니는지 맨날 애를 데리고 다니는 숫기 없는 아저씨에게 굳이 말을 섞어 가며 자진해서 남의 애를 맡을 엄마가 어디 있겠는가?

사정이 그렇다 보니, 매일 하원 시간이 되면 아이는 아이대로 친구들과 놀고 싶어 아빠를 졸랐고, 아빠는 아빠대로 그런 아이를 달래다 저녁이 되었다. 아빠가 친구 대신 놀아 줘야 하니 저녁밥을 준비할 새는 없었고, 종일 일하고 퇴근한 나의 저녁은 엉망진창이 되며, 우리 셋은 이상하게 지쳐 갔다. 아이가 만족하는 것도 아니고, 살림이 제대로 되는 것도 아니고, 집에서는 둘이 나름의 또 다른 전쟁을 하며 꾀죄죄한 모습으로 나를 목 빠지게 기다리고 있으니 일을 맘 놓고 하는 것도 아닌, 뭐 하나 제대로 돌아가는 게 없는 이상한 그림이 나왔다.


그렇게 몇 달이 지나고 우리가 깨달은 것은, 육아에는 아빠가 할 일, 엄마가 할 일이 따로 있다는 것이었다. 남편은 남편대로, 나는 나대로 이런저런 시도를 해보지 않은 건 아니었다. 우리는 문제가 생기면 나름대로 방법을 찾으려 노력했고 여러 가지 시도도 했었지만, 이건 노력을 하고, 안 하고의 문제가 아니라 선택의 문제였다. 우리가 사회 속에서 아이를 키우다 보니 우리의 의지나 의도와 상관없이 각자의 사회적 역할이 있는 게 그 당시 육아였다. 그 후로 15년이나 더 지났으니 지금은 많이 바뀌었기를 바란다.

# 궁예의 관심법이 필요한 까닭

그즈음, 나는 기가 막힌 타이밍에 둘째를 임신하면서 결국 퇴직을 선택했다. 남편은 복직을 했고, 아이는 동네 친구, 유치원 친구, 문화센터 친구를 가리지 않고 해가 떨어질 때까지 놀 수 있게 되었다. 그동안 일하는 엄마라서 해 줄 수 없었던 걸 무슨 한풀이를 하듯 주말이고, 아침이고 '회사에 출근한다' 생각하며 아이가 원하는 대로 부지런히, 열심히 놀렸다. 그렇게 모든 것이 이제는 완벽하게 자리를 잡았다고 생각했다.

그런데, 어느 순간부터 아이가 놀이터에서 친구들이랑 잘 놀다가도 내 옆에만 앉아 있고 그러더니, 더 어릴 때도 안 그랬는데 잠시 잠깐도 떨어지려고 하지 않았다. 문화센터같이 다른 아이들은 다 씩씩하게 혼자 들어가서 하는 수업도 우리 애는 너무 불안해하며 울고불고했다. 수업 시간에 엄마가 옆에 앉아 있도록 선생님께서 배려를 해 주셨는데도, 아이는 엄마가 저 몰래 교실을 빠져나갈까 봐 온 신경이 나에게 쏠려 있으니 수업이고 뭐고 도무지 진행되질 않았다.

나는 정말 혼란스러웠다. 아니, 돌 지나고부터 할머니 집에서 살고 할 때도 잘 떨어지던 아이가 이제 맨날 한집에서 같이 사는데 도대체 왜 그러는 건지 도통 내 머리로는 이해가 안 갔다.

다행히 같은 단지에 유아교육을 전공하고 아이들을 가르쳤던 친구가 있었다. 그 친구도 우리 딸과 동갑내기 아들이 있어서 같은 유치원을 다녔고, 급할 때는 우리 아이도 봐 주고, 저녁도 먹여 주고 했던 고마운 친구다. 그런데, 그 친구가 가까이서 우리를 보더니 아이가 분리불안이라는 거다. 그때 나는 분리불안이라는 게 있다는 걸 처음 알았다.

그동안은 아이가 할머니 집이고, 어린이집이고 엄마랑 떨어지기 싫었지만 속으로 참았었다는 것이다. 생각해 보니 처음 어린이집에 보낼 때 나 안 떨어지겠다고 울고불고했지, 할머니가 계시면 엄마 출근하지 말라고 바짓가랑이 잡고 하는 일은 한 번도 없었다. 나는 그것도 모르고, 우리 애는 다행히 할머니 집에 잘 떨어져 있다고만 생각했었다. 하지만, 아이는 엄마가 자기를 두고 가는 게 너무 힘이 들었던 것이었다. 본인의 능력으로는 어떻게 해 볼 수도 없는 그 상황을 아이는 그냥 당할 수밖에 없었다. 그 고통이 얼마나 컸던지 한참이 지나서도 잊지 못한 것이었고, 엄마가 제 응석을 받아 줄 수 있을 때 이제야 표출하는 것이라는 이야기였다.

나는 머리가 멍했다. 애가 할머니 댁에 잘 떨어졌고, 한 번도 그런 표현을 한 적이 없는데 내가 어떻게 아냐고! 아니 그럼, 내가 궁예처럼 관심법을 못 하는 게 잘못이었네?

맞다. 그랬다. 적어도 내 아이에게 있어서만큼은 관심법을 못 하는 것도 부모 잘못이라는 걸 나는 이때 처음 알았다.

우리 부부가 아이를 아끼고 사랑하고, 아이가 원하는 걸 나름대로 열심히 해 준다고 생각했지만, 육아란 그렇게 만만한 게 아니었다. 그 이야기를 해 준 친구는 전공이 유아교육이었고 그쪽에 뜻이 있어 유학도 했던 친구다. 그런데, 공부를 하면 할수록 아이가 적어도 3살이 될 때까지는 엄마가 봐야 한다는 결론에 도달했다는 것이다. 그래서, 뒤도 돌아보지 않고 아이를 낳자마자 전업주부의 길을 택했던 친구였다. 평상시에도 나에게 "너 지금 정말 중요할 땐데, 애 안 보고 회사 다니다가 사춘기 때 진짜 고생한다"며 나의 퇴사를 종용하던 사람 중의 한 명이었다. 내일 당장 출근해서 처리해야 할, 발등에 닥친 일이 머릿속에 하나 가득한데 사춘기라는 말은 너무 멀게 느껴졌다. '그렇게 따지면 대한민국에 일하는 여자가 엄마인 애들은 다 버렸겠네.'라며 한 귀로 듣고 한 귀로 흘렸었다.

아이에게 뭔가 이상함을 느끼고서야 친구의 말을 듣고 놀란 나는 그날 이후로는 하루 종일 오롯이 아이와 둘이 시간을 보냈다. 그렇게 어느 정도 시간이 지나자 아이는 다시 자연스럽게 일상으로 돌아왔다. 그때는 생각지도 못했던 일에 너무 당황스러웠지만, 늦게라도 아이가 자기감정을 표현해 줘서 풀고 지나간 것이 얼마나 다행이고 고마운지 모른다. 아직 어린아이는 당연히 자기 의사를 제대로 표현하지 못하니, 양육자가 아이의 표정이나 행동을 잘 관찰하여 아이의 그때그때 필요한 니즈를 채워 줘야 몸과 마음이 건강하게 자란다는 것을 배우는 순간이었다.

이 일로, 내가 아이를 너무 모르는 상태에서 자식을 키운다는 걸 깨달았다. 나 같은 사람은 자식도 공부를 하면서 키워야 하는 것이었다. 나는 그때부터 몇 년을 육아 관련 책들을 찾아 읽었고, 특히 'EBS 60분 부모'라는 TV 프로를 열심히 봤다. 지금처럼 유튜브, 인스타그램 같은 다양한 플랫폼이 있거나, 소아정신과 의사 같은 분들이 방송에서 코칭을 해 주는 육아 전문 프로그램이 있는 그런 시대가 아니었다. 그런 게 있었는데도 워낙에 그쪽으로 관심이 없어서 나만 몰랐었는지도 모른다. 어떻게 됐든 'EBS면 최고 전문가만 데려다 방송하겠지.' 싶어서 몇 년을 열혈 애청자가 되었던 기억이 있다. 얼마나 부지런히 봤는지, 나중엔 방송에 문제 행동을 가진 아이들이 나오면 '저 친구는 이거네.' 하고 때려 맞힐 정도가 되었다. 그 프로그램은 나의 육아에 나침반이 되어 줬고, 나는 방송에 자주 나오는 내용을 요약해서 A4 용지에 큼지막하게 적어 놨다.

1. 능력이나 지능을 칭찬하지 않고 노력이나 방법을 칭찬한다.

2. 조금 부족해도, 조금 못해도 혼자 하겠다고 나서는 순간 한발 물러서서 지켜본다.

3. 청소 같은 뒤처리는 생각하지 않고 아이가 마음껏 시험해 볼 수 있도록 내버려 둔다.

4. 아이들은 말로 모든 걸 표현할 수 없다. 아이의 비언어적인 표현에 지속적인 관심을 갖는다.

5. 아이가 표현할 때는 이성적으로 다가가지 않고 그 이면의 감정을 보듬어 주려고 노력한다.
   ex) 엄마 학교 가기 싫어 - 왜? 학교를 왜 안 가?　　X
   　　　　　　　　　　 - 오늘 힘들었나 보구나~　O

6. 나의 욕심보다는 변화하는 아이의 특성, 성향을 잘 관찰하고 그에 맞게 교육시킨다.


이렇게 적은 종이를 들고 문방구에 가져가 코팅을 해서 제일 잘 보이는 벽에 붙여 뒀다. 1번부터 6번까지 다른 색깔로 눈에 잘 띄게 해서, 오며 가며 수시로 읽었다. 이 코팅된 종이는 지금도 우리 집 책장 한구석에 꽂혀 있다. 큰애하고 작은애가 5살 차이가 나니까 큰애가 초등학교 고학년이 되고, 작은애가 초등학교 갈 때까지 써먹느라 어떻게 가지고 있었나 보다.

그래서, 저 종이에 적힌 대로 제대로 했을까?

나는, 나를 보면서 사람은 쉽게 바뀌는 게 아니라는 생각을 많이 하는 사람이다. 뒤돌아서면 언제 그랬냐는 듯 반복되는 행동이었고, '내일부터 잘해야지' 하면 그때뿐이니까 궁여지책으로 종이라도 붙여 놓고 본 것이다. 그 후로도 완벽하진 않았지만, 자꾸 눈에 보이니까 까먹지는 않았고 열심히 지키려고 노력은 했었던 것 같다.

# 유치원 형님이 되면 생기는 불안증

내가 퇴사를 하면서 더 이상 서울에 살 필요가 없어진 우리 가족은 남편의 직장이 가까운 곳으로 이사를 갔다. 서울을 떠나 살아 본 적 없던 나에게는 마냥 낯설기만 한 섬이었다. 지금은 큰 신도시가 생긴 곳이지만 그때만 해도 대형마트 하나 없고, 길에 사람도 잘 안 다니는 곳이었다. 그래도, 서툰 살림에, 육아에, 직장생활에 휘몰아치듯 살던 나는 한적한 그곳이 무척 마음에 들었다. 서울에서 출퇴근하던 남편도 퇴근 후 15분이면 집에 들어오니 가족들이 함께하는 시간도 많아지고 '저녁이 있는 삶'도 가능해졌다.

그렇게 새로운 곳에서 유치원 친구들도 사귀고, 이제는 엄마랑 친구들 집도 놀러 다니며 행복하게 살던 우리 딸도 그즈음 피해 갈 수 없는 임무가 생기기 시작했다.

바로 초등학교 입학을 앞둔 한글 공부.

우리 애는 한글을 시작도 안 했는데, 밑에 집에 동갑내기는 벌써 구구단을 다 외운다고 하고, 누구네 집은 냉장고 문짝에 알파벳에 한자까지 붙여 놨다. 학교에 입학하면 한글을 가르쳐 주려니 차일피일 미루던 나도 슬슬 시작을 해야 할 판이었다.

사실 7살이 되도록 공부를 제대로 시키지 않은 데는 나름의 이유가 있었다. 할머니 댁에서 지내던 아이를 내가 퇴직하면서 집으로 데리고 오고 한 이틀인가 지났다. 아이가 잘 놀다가 갑자기 "나 공부하기 싫어." 이런다. 나는 이게 무슨 뚱딴지같은 소린가 했다. 그런데, 아이는 진지했다. 본인은 공부가 하기 싫다는 것이다. 아니, 공부의 "공" 자도 시작을 안 했는데 5살짜리가 무슨 공부가 하기 싫다는 건지.

그 당시 아이가 한 공부라고 해 봐야 할머니께 배우는 한글이 전부였다. 한글을 배울 때가 됐다고 생각하신 어머님은 손녀에게 성심성의껏 한글을 가르치셨는데, 할머니의 그 열정이 아이한테는 버거웠던 것이었다. 어머님은 본인이 가르치시다 내 손에 아이가 넘어갔으니 이어서 잘 가르쳐 이참에 한글을 떼게 하실 생각이셨던 것 같은데, 나는 당장에 한글을 떼는 게 문제가 아니라고 생각했다. 그래 봐야 5살짜리가 뭘 알아서 떠든다고 애 말을 듣고 그러느냐 하면 할 말은 없지만, 아무리 어려도 공부를 해야 하는 주체자는 아이 본인이고, 당사자가 그렇게 싫다고 하는데 억지로 시킨다면 부작용이 더 클 것이라는 생각이 들었다.

초등학교를 앞두고 이제 공부를 시작하면 초·중·고 아무리 짧아도 12년은 내리 해야 하는데, 시작부터 '공부 = 하기 싫은 것'이라고 생각해 버리면 뒷감당이 안 될 것 같았다. 이건 단순하게 한글을 빨리 떼냐, 늦게 떼냐, 공부를 잘하냐, 못하냐의 문제가 아니었다. 앞으로 12년이 될지, 16년이 될지, 아니면 그보다 더 긴 시간이 될지도 모르는데, 그 시간을 시작부터 하기 싫은 걸 한다고 생각하며 억지로 사는 삶이 될까 봐 그게 두려웠다. 나는 내가 원해서 뒤늦게 공부를 시작한 적도 있는 사람이다. 내가 원해서 한 공부도 어렵고 힘들어서 포기하고 싶을 때가 있었는데, 그 긴 시간을 하기 싫은 공부를 해야만 한다면 그건 서로에게 너무 불행한 일이다.

그러니 공부 생각을 다시 백지로 만들어 놓고, 공부는 해 볼 만한 것이라는 생각을 심어 줘야 하는 게 먼저라고 생각했다. 그래서, 그저 열심히 놀렸다. 다 때가 되고, 친구들이 한글을 읽거나 학원 다니는 걸 보면서 아이가 먼저 하고 싶다고 할 때까지 기다릴 심산이었다.

마주칠 때마다 왜 공부를 제대로 안 시키는지 답답해하시는 어머님께 "공부는 마라톤이니 길게 봐야 한다."라고 말씀드렸지만, 다른 집 애들은 지금 일기를 쓴다며 교육열 없는 며느리를 이해하지 못하셨다. 아마 다른 일이었다면, 그렇게 불편해하셨으면 하는 척이라도 했을 것이다. 솔직히 남편이 벌어 온 돈으로 아이가 공부하는데, 내가 무슨 손해 볼 일이 있다고 시어머니와 각을 세우겠는가.

그런데, 아이가 공부를 시작도 하기 전에 "하기 싫은 거"라고 말하는 것은 내가 양보할 수 있는 문제가 아니었다. 아무리 초짜 엄마지만 그래도 일에는 순서가 있고, 육아에 있어서만큼은 내가 하고 싶은 일이 먼저가 아니라 해야 하는 일을 우선순위에 두어야 한다고 생각했다.

사실 남들 다 뭔가를 시키는데, 뻔히 알면서 안 시키고 기다리는 것도 쉬운 일은 아니었다. 나도 어떤 날은 마음이 농해, 서점에서 문제집을 하나 사서 풀려 보기도 했다. 그러나, 우리 애는 아직 때가 아니라는 사실만 확인했고, 한 서너 장 풀리다가 집어치웠다. 그러다 보니, 한글 학습지 한

장 시키지 않고 아이는 7살이 됐다.

　이제는 실컷 놀았겠다, 곧 있으면 학교도 가겠다, 때가 왔다고 생각한 나는 한글과 받아쓰기부터 제대로 가르치기 시작했다. 그런데, 한글을 가르치면서 역시나 나는 가르치는 데도 재주가 없는 사람이라는 걸 알았다. 사람을 가르치려면 좀 인내심도 있고, 지혜로워야 하는데, 나는 누굴 가르치는 일을 업으로 해서는 안 되는 사람이라는 걸 확실하게 알게 됐을 뿐이었다.

# 골룸 대신 호빗이 된 이유

어찌어찌 한글을 떼고 호기롭게 서점에 가서 1학년 1학기 국어, 수학 문제집을 한 권씩 사 들고 왔다. 그리곤, 나는 가르치는 데 소질이 없는 사람인 줄 알았으니, 나보다 성품이 온화하고 인내심이 많은 남편에게 아이랑 풀어 보라고 했다. 둘이 식탁에 앉혀 놓고 방에 들어가 살짝 낮잠이 들려는 찰나, 갑자기 방문이 벌컥 열리더니 남편이 씩씩대고 들어왔다. 나보다 좀 나으려니 한 남편도, 나도 참 부족한 사람들이었다. 다시 생각해 봐도 아이에게 너무 미안한 부분이다.

내가 애 둘을 키우면서 아이들한테 크게 잘못한 기억이 별로 없는데, 공부 가르칠 때 야단을 친 걸 생각하면 정말 지우개로 싹싹 지우고 싶은 순간들이다. 분명히 처음에 시작할 때는 공부도 해 볼 만한 것이라고 가르치리라 다짐했는데, 아이들이 유치원에 다니기 시작하고 학교에 다니면 다닐수록 나는 점점 엉뚱한 곳으로 흘러가고 있었다.

아이가 어릴 때는 그저 잘 먹고, 잘 자고, 잘 놀고, 잘 싸는 것 외에는 바

라는 게 없었는데, 학교에 다니면서 시험을 치고 점수를 받아 오기 시작
하자 슬그머니 내 마음속에서도 경쟁심이 들썩거렸다.

학교에 다니게 되면서 우리 아이는 누구도 반박할 수 없는 객관적인 수
치로 평가받는 대상이 됐다. 아이를 낳아서 학교에 보내기 전까지는 아이
와 내가 만족하고 행복하면 100점이었고, 그 점수의 채점자도 아이와 엄
마 자신이었는데, 이제 다른 사람들에게 평가받는 위치에 있게 되었다.

학교에서 받아 오는 점수는 그저 그 수업의 이해 정도를 나타내는 것뿐
인데, 여기에 이상한 프레임이 씌워지기 시작한다. 아이의 성적표가 엄
마로서의 내 성적표 같고, 아이가 공부를 잘하면 마치 내가 엄마 노릇을
잘하는 것 같다. 아이가 성적을 잘 받으면 엄마인 나도 왠지 더 가치 있는
사람인 것 같고, 인생을 잘 살고 있는 것 같은 착각을 하게 된다.

그러면서 눈에 보이지도 않고 누구도 공식적으로 인정한 적은 없지만,
모두가 알고 있는 암묵적인 계급이 생긴다. 공부를 잘하는 아이는 잘하
는 아이들끼리, 못하는 아이는 못하는 아이들끼리 학원도 다니고 과외도
하고 운동 그룹도 맞춰 가며 어울린다. 그 계급사회 안에서 각자 신분에
맞게 사회생활을 하게 되는 것이다. 이 계급 제도 안에서는 아이와 엄마
가 한 세트기 때문에, 아이의 성적에 따라 나를 대하는 주위 엄마들의 태
도도 묘하게 달라졌다.

그러니 나를 위해, 내 아이를 위해, 소중한 내 새끼를 어떻게 됐든 저 위
에 존엄한 계급으로 끌어올려야 한다는 사명감이 가랑비에 옷 젖듯 나도
모르게 내 마음을 차지하게 된다. 그 사명감은 결국 아이와 엄마를 공부의
결과에 얽매이게 했고, 한동안 나도 거기에 휩쓸려 아이와 나 스스로를 쪼
며 살았다. 남편 직장 잘 다니겠다, 우리 가족 건강하겠다, 근심, 걱정 없

는데 왜 버거운가 봤더니 나도 모르는 사이에 그 물결에 휩쓸려 있었다.

오로지 공부의 결과로 형성되는 그 계급 피라미드의 상위로 올라가겠다는 그 욕망에 가까운 욕심이 "마이 프레셔스~"를 중얼거리며 절대 반지에 집착하는 골룸처럼 기괴한 모습으로 나를 끌어들이는 기분이 들었다. 그래서, 나는 난쟁이 호빗으로 살기로 했다.

이때 나는 배움을 그저 배움으로 받아들여야 한다고 생각하게 되었다. 그래서, 성적보다는 아이가 가는 길의 방향에 초점을 맞추려 했고, 같은 학년 학부모들과 자리하는 일은 가급적 만들지 않았다.


이후, 우리 집 둘째가 3, 4학년인가 됐을 때 하는 말이 "엄마, ○○이는 공부하다가 못하거나 틀려도 한 번도 안 혼나 봤대. 그래서 내가 진짜냐고 했더니, '공부하다 틀리면 왜 혼나냐? 다시 하면 되지.'라고 했어."

나는 아이의 이 말을 듣고, 들켜서는 안 될 것을 들킨 사람 마냥 가슴이 철렁했다. 그래, 틀리면 다시 하면 되지. 못 알아들었으면 다시 설명해 주면 되지. 나는 뭐 한다고 그때 공부를 가르치다 야단을 친 거지? 정말 아이 보기 창피해서 쥐구멍이라도 숨고 싶은 심정이었다. 그래서 그 ○○이의 부모님이 뭐 하시는 분이냐고 했더니, 두 분 다 서울대 법대를 나와서 우리 지역 지방법원에서 판사인지 검사인지를 하신다고 했다. 그 댁 아이들에게 공부는 모르면 다시 배우면 되고, 틀리면 다시 하면 되는 거니까 분명 '배움의 즐거움을 느끼면서 학교에 다니겠구나.' 싶었다. 그렇게 배우는 게 당연한 건데, 니는 왜 우리 애들이 잘못하거나 틀리면 화가 났던 걸까? 나는 성격 파탄자였나? 내가 우리 애들 어릴 때 배우는 기쁨에 기준을 두었다면, 그런 시행착오 없이 아이들을 잘 가르치지 않았을까? 아쉬움이 많이 남는 부분이다. 뭘 몰랐고, 사려 깊지 못했고, 성숙하지 못한 어른이었고, 그냥 잘 키워 보고 싶은 마음뿐이었다.

그런데, 이게 표면적으로는 공부를 가르치며 아이에게 화를 냈다는 사실인데, 엄마의 내면을 가만히 들여다보면 그렇게 간단한 것이 아니었다. 아이가 공부를 배울 수 있는 나이가 되기까지 그동안 엄마의 삶은 뒤죽박죽이 되었다. 엄마가 되면 어떤 삶을 살 것이라고 다들 짐작은 하겠지만, 육아의 현실은 생각 이상으로 버거웠다.

결혼 전엔, 적어도 아이를 낳기 전에는 그래도 사람다운 모습으로 이 사회의 일원으로 때때로 만족감과 성취감도 느낄 수 있었지만, 이제는 아이들에게 맞추다 보니 기본적으로 먹고 자는 것 자체도 쉽지 않은 상태로 몇 년을 살았다. 매일 반복되고, 하찮지만 하지 않으면 안 되는 일들로 하루를 꽉 채우면서 사는 것이 엄마의 일상이었다.

우리 가족 덕분에 많은 순간 행복을 느꼈고, 삶의 의미를 찾기도 했다. 하지만, 엄마로 사는 삶에 후회하는 것도, 만족하는 것도 아닌 양가적 감정이 들 때도 있었다. 때로는 끔찍할 정도로 한심하게 느껴지기도 했고, 끝없이 뒤처지는 불안감이 불쑥불쑥 찾아오기도 했다. 내 아이들과 우리 가족을 위해서 내가 중요하게 생각하는 것들을 포기했지만, 이게 맞는 길이었다고 스스로 격려하면서 살아야 하는 복잡한 생각과 감정이 엄마의 내면이었다. 자상한 남편과 토끼 같은 아이들이 있었지만, 심적으로 무엇인가 해소되지 않는 것이 있었다. 모든 재료를 한꺼번에 믹서기에 넣어서 간 것처럼 이것저것 다 섞여서 뭔지도 모르겠는 부정적인 감정과 엄마의 현실을, 공부를 가르친다는 그 상황이 구실이 되어 아이라는 잘못된 대상을 향해 잘못된 방법으로 표출한 것이었다. 하지 말았어야 했다. 그 당시에는 그 속에 파묻혀 있어서 무엇이 잘못인지도 알아채지 못했다.

얼마 전, 한 TV프로에서 뇌과학자 정재승 박사의 이야기를 듣고, 나의 그 시절이 다시 떠올랐다.

"우리는 살면서 누구에게 가장 화를 많이 냈었나?"라는 질문을 하면서, 우리는 인생에서 가장 가까운 사람에게 가장 많이 화를 낸다고 했다. 왜냐하면 우리의 뇌에는 나를 인지하는 영역과 타인을 인지하는 영역이 따로 있는데, 나와 가까운 관계일수록 그 사람이 나를 인지하는 뇌의 영역에 가깝게 저장되어 있기 때문이라고 한다. 특히 우리나라 사람의 경우, 나를 인지하는 영역에서 나, 엄마, 나의 자녀를 같은 인물로 동일시하는 경향이 있고, 그런 다른 인격체들을 '나'라고 인지할 정도로 그 사람을 가깝게 느끼기 때문에, 마치 '나'인 것처럼 통제하고 싶어 하고, 통제가 안 되면 불같이 화가 나는 것이라고 했다. "너무 사랑한 나머지 내 생각대로 했으면" 하는 마음이라는 것이다.

가까운 사람에게 화가 나면 한 발짝 뒤로 물러서서 내가 그 사람을 동일시하고 있지는 않았는지 생각하고, 그 사람을 다른 인격체로서 존중해 줘야 한다는 것을 그때의 나는 미처 몰랐었다. 나의 뇌는 전형적인 우리나라 사람의 뇌였고, 사랑하는 내 아이를 나와 동일시하는 무지를 범했던 것이다.

공부를 가르치는 일뿐만이 아니라, 사실 아이를 키우면서 나의 밑바닥을 볼 때가 종종 있다. 그럴 때는 정말 마음 깊은 곳에서 올라오는 자괴감을 느낀다. 별것도 아닌 일로 불같이 화를 냈거나, 유독 감정적으로 아이를 대한 날이면 '아, 애가 무슨 잘못이야, 내가 잘못이지. 그 부분에서 꼭 화를 냈어야 했나, 내가 이것밖에 안 되는 사람이었나, 애보다 30년이나 세상을 더 살았는데 이렇게밖에 대처를 못 하나, 꼭 그런 식으로 말을 했어야 했나.'라며 자책한 순간들도 많았다.

어떤 날은 밤에 아이가 곤히 자는 모습을 보고 있으면, 낮에 못났던 내 모습이 떠올라 미안한 마음에 남몰래 눈물을 훔치기도 여러 번이었다. 나도 노력을 안 해 본 건 아니었다. 육아 서적, 아동심리 서적도 읽어 보고, 박노해 시인의 〈나는 순수한가〉를 수없이 곱씹으며 스스로 다짐하기도 수백 번이었다. 그렇지만, 사람의 됨됨이는 그렇게 쉽게 바뀌는 건 아니었다.


그런데, 사실 애들 키울 땐 나만 못난 것도 아니고, 사람 사는 건 다 거기서 거긴가 싶기도 하고, 주위 엄마들 얘기를 들어 보면 이 집이나 저 집이나 비슷비슷하다는 생각도 든다. 애들을 키우다 보면 이성과 감정이 따로 놀 때도 많다.

한 엄마는 화가 나서 한참을 애들한테 퍼붓고는, 이내 정신줄을 챙겨 "△△야, 엄마가 정말 미안해. 엄마가 잘못했어."라고 진심 어린 사과를 했더니 아이가 '우리 엄마가 진짜 미쳤나 봐, 무섭게 왜 저래?' 하는 표정으로 자기를 쳐다보더라면서, 자기가 생각해도 조금 전까지 악을 박박 쓰고 난리를 치더니 금방 뒤돌아서 "△△야, 미안해." 한 걸 생각해 보니 자기가 생각해도 영락없이 미친 사람 같았다고 한 이야기가 그냥 웃고 넘길 얘기가 아니다. 애를 키우다 보면 아무것도 아닌 걸 가지고 애하고 같이 그 구덩이에서 널을 뛰는 내 모습이 한심할 때가 많다.

# 아이의 기질과 부모의 역량 사이의 저울질

그렇게 1학년 1학기 문제집을 풀리던 남편은 방으로 들어와 버렸고, 순식간에 집안 분위기도 냉랭해졌다. 시간이 조금 지나고 아이가 마음에 걸려 조용히 아이 방으로 가 봤다.

창가 앞에 있는 조그만 어린이 책상에 앉아, 아까 야단만 맞고 그만두었던 수학 문제집을 들여다보고 있는 아이의 모습이 눈에 들어왔다. 잘 놀고 있다가 괜히 저 문제집 때문에 야단만 맞았으니, 한쪽으로 치워 놓고 놀고 있으려니 했다. 그런데, 그 문제집을 조용히 자기 방 책상에 가져가서 찬찬히 들여다보고 있으리라고는 생각도 못 했다. 나는 지금도 그 장면이 사진같이 머리에 남아 있다. 다시 떠올려 봐도 한편으론 짠하고, 한편으론 기특한 그 모습. 할 수만 있다면 그때로 다시 돌아가서 꼭 안아 주고 싶다.

그 후로도, 아이의 그런 뚝심 있는 모습을 여러 번 목격하게 된다. 나는 우리나라 교육에 무지했고, 무식하면 용감하다고, 아이가 초등학교 6학년이 됐는데도 중학교 선행을 시키지 않았다.

　초등학교 고학년이 선행을 하려고 학원에 다니려면, 저녁 식사 시간 즈음이 수업 시간인 경우가 많았다. 하지만, 나는 해가 떨어지고 날이 어둑어둑해지면 집으로 돌아와 구수한 밥 냄새에 된장찌개, 김치찌개에 옹기종기 식구들과 함께 저녁 식사 하는 그 정서를 중요하게 생각했다. '앞으로도 평생을 할 공부를 초등학생이 뭐 대단한 거 배운다고 그 밤에 밖에서 공부를 한다는 건지, 중학교 과정에서 뭘 그리 어려운 걸 배운다고, 중학교 가서 배우면 되지.'라고 생각했다. 그렇게 뭘 몰랐던 엄마 덕분에 아이가 중학교 1학년 때 고생을 좀 했다.

　중학교에 진학하고 첫 중간고사에서 다른 과목이야 그럭저럭 괜찮았는데, 아니 수학 점수가 50점대가 나온 것이다. 나는 아이가 답안지에 표시를 잘못한 줄 알았다. 그렇지 않고서야 어떻게 우리 애가 그 점수가 나온다는 말인가.

　하지만, 정신을 차리고 보니 어쩌면 당연한 결과였다. 학생 대부분이 선행을 하고 중학교에 진학하니, 선생님들도 수업 시간에 설명을 자세히 해 주지 않았고, 설명을 자세히 한들 대부분이 학원에서 몇 번씩 복습한 거라 수업에 흥미를 갖지도 않으니 가볍게 설명하고 넘어가는 부분도 있었다. 또, 다들 선행을 2번 도니, 3번 도니 하면서 웬만큼 하고 오니까 초등학교 때와는 달리 문제도 어느 정도 어려워야 변별력이 생겨서 성적 산출도 할 수 있는 것이다.

　중학교 진학 후에도 일절 학원에 다니지 않던 우리 아이는 오로지 학교 수업에 의지할 수밖에 없었는데, 다른 건 몰라도 수학을 따라가기가 쉽지 않았다. 사교육에 대해 무슨 뜻이 있어서 의도적으로 학원을 보내지 않은 것은 아니었다. 그냥 단순하게 중학교 과정은 중학생이 되어 배우면 된다고 생각했고, 막상 중학생이 되어서는 학원을 보내려니 한 번도 선행을 하지 않은 아이가 들어갈 반은 없다면서 학원에서 받아 주지 않았다. 그렇다고 바로 과외를 하자니 초등학교 때 곧잘 했으니까 금방 따라잡겠지 했고, 이제 갓 중학교 들어간 애를 당장 학원 못 다닌다고 덜렁 과외부터 하는 것도 설레발 같았다.

여하튼 그 점수를 받더니 아이는 내가 방을 들여다볼 때마다 수학 문제집을 풀고 있었다. 처음에는 개념서, 그다음은 기출문제집, 그나음은 친구들한테 학원에서 무슨 문제집 푸냐고 물어봐서 그 문제집을 사다가 풀었다. 혼자서 용을 쓰길래, 이제라도 학교 앞에 내신 전문 수학 학원을 다녀 보자고 했더니 자기 힘으로 이겨 내 보고 싶다며 거절했다.

그렇게 날마다 하루도 빠짐없이 3~4시간씩 수학 문제집을 푸는 아이를 보며 "야, 사람이 뭘 못하면 하기가 싫거든. 근데 수학을 그렇게 못하는데, 너는 어떻게 엄마가 볼 때마다 수학 문제집을 풀고 있냐? 점수를 떠나서 그건 진짜 대단하다"고 말할 정도였다. 그렇게 애를 쓰고 기말고사를 봤는데, 이번에는 수학이 60점대가 나왔다.

그때 불현듯 스쳐 지나가는 우리 애 5살인가 6살 때의 기억.

동네에 대형마트가 들어오면서 개점 기념으로 무슨 두뇌 발달 검사를 해 줬었다. 검사를 받아 보니 선생님이 뭔가 잘못된 것 같다고, 아이들이 어려서 표기를 잘못하는 경우도 있으니 다시 해 보자 해서 재검사를 했다. 그랬는데 결과가 두 번 다 비슷했다. 언어 영역은 중상위 수준인데, 수리 영역은 최하위 수준으로 너무 크게 차이가 난다고 하셨다. 그 나이대에는 대부분 언어 영역과 다른 영역들이 서로 비슷한 수준인데, 이 아이는 수리 영역이 너무 낮아서 검사를 잘못한 줄 알았다고 했다. 잊고 있었던 그때 기억이 나면서, 이거는 아이 혼자서 해결할 수 있는 문제가 아니라는 생각이 들었다.

그래서, 그동안 아이가 풀었던 수학 문제집들을 챙겨서 개인별로 진도를 나간다는 학원을 찾아 상담을 갔다. 첫 중간고사에서 50점대가 나왔고, 기말고사에서는 60점대를 받았으며 지금까지 수학 학원을 한 번도 다닌 적이 없어서 무엇이 문제인지 몰라 일단 푼 문제집을 다 가져와 봤다고 내밀었다. 선생님이 문제집들을 전부 한 장 한 장 넘겨 보시더니, "어머니, 애 오늘 가시면 꼭 소고기 사 주세요. 이런 애 없어요." 하셨다.

빈 문제 하나도 없이 빼곡히 풀려 있었던 그 문제집들. 몇 번을 들춰 봤는지 끝이 너덜너덜해진 그 문제집들. 잘 모르니까 다 맞게 푼 것도 아니고, 틀리는 유형의 문제는 계속 틀렸지만, 고민의 흔적들이 역력했던 그 문제집들.

맨날 수학 문제집을 붙들고 있으니까 그러려니 했는데, 거기서 찬찬히 그 문제집들을 보고 있으려니 책상에 앉아 혼자 애를 쓰던 우리 아이의 뒷모습이 생각나서 마음이 울컥했다. 나는 아이를 설득해서 수학 학원을 보냈다. 이거는 연산부터 시작해서 근본적으로 해결해야 했다.

학원을 다니고는 뭐 말할 것도 없이 수학 성적은 서서히 우상향했다. 다행히 동네에서 좋은 수학 선생님을 만나 고등학생 때는 수학 때문에 그 전처럼 크게 애먹는 일은 없었고, 대학에 가서는 전공 하나를 갑자기 문과에서 이과로 바꿨는데도 농담인지 진담인지 "수학이 제일 쉽다"는 말을 한다.

우리 애를 좀 아는 사람들은 "애가 머리가 좋다"는 말들을 한다. 내가 가르쳐 봐서 아는데, 머리가 좋은 애는 아니다. 심지어 어렸을 때 발달검사 결과를 떠올려 보면, 타고나기를 수학에 불리한 뇌로 태어났나 하는 생각도 든다. 학원을 다니고 열심히 노력해서 수학을 잘하게 되었다고 이 이야기를 하는 게 아니다. 내가 하고 싶은 이야기는 어려운 일, 잘못하지만 내가 해야 하는 일, 혹은 하기 싫은 일을 대하는 아이의 태도에 대한 질문을 하는 것이다.

초등학교 저학년까지 우리 애는 남들보다 훨씬 키가 큰 편이었다. 그런데도 달리기를 하면 매번 꼴찌였다. 체력이 없는 것도 아닌 것 같은데, 다리에 근력이 없는 건지 그냥 꼴찌도 아니고 한참 차이가 나는 꼴찌였다. 그렇게 운동신경이 없고 달리기도 못하는 애를 초등학교 3학년부터 축구를 시켰더니, 한동안은 다른 애들 꽁무니 쫓아다니기 바빠서 공이 발에 닿을 일도 없었다. 그런데도 아이는 그때 시작한 축구를 한 번도 그만두지 않고 중학교, 고등학교, 지금 대학에 가서도 축구를 한다. 심지어 고등학교 때는 학교 대표팀 주장을 했고, 우리 애가 주장을 할 때 개교 이래 처음으로 학교 대항전에서 2등 수상도 했었다.

우리 집 둘째도 초등학교 3학년 때 똑같이 축구를 시켰었다. 그런데, 둘째는 안 가면 안 되냐, 오늘은 무릎이 아파서 못 간다는 등 호시탐탐 이유를 붙였다. 물론 엄마한텐 먹히지 않는 얘기였고, 나중엔 재미를 붙여서 잘 다녔지만, 어쨌거나 나는 아들인 둘째한테 축구를 시키면서, 딸인 첫째가 단 한 번도 축구를 안 한다는 말을 한 적이 없다는 사실을 깨달았다.

어디 여행을 가거나, 집안에 행사가 있거나, 아파서 열이 나지 않고서는 학교 시험 기간이든, 눈이 오든, 비가 오든, 영하의 칼바람이 불든 가기 싫다, 안 한다는 말이 일절 없었다. 시험 기간에는 축구를 다녀온 시간만큼 새벽까지 더 공부했고, 비가 오면 비를 맞았고, 칼바람이 불면 목도리에 장갑을 꼈고, 발목이 안 좋으면 보호대를 차고 갔다.

게다가 그 FC의 유일한 여학생이었으니 학년이 올라갈수록 같이 뛰는 남자애들이 덩치가 커지고 경기도 험해져서 기술이라도 있어야 다치지 않고 한다며, 6학년 때부터 축구공 하나는 늘 책상이나 식탁 밑에 두고서 앉아 있을 때라도 발로 공 다루는 연습을 했다. 문제가 생기면 피해 갈 구실을 찾는 게 아니라 문제를 어떤 방법으로 해결할까에 초점을 맞추는 아이였다.

7살에 실컷 야단만 맞은 그 문제집을 조용히 방으로 가지고 가서 찬찬히 다시 들여다보던 아이는 부모가 잘 길러서 그렇다고만 보기는 어렵다. 안 그래도 친구 문제 때문에 속 시끄럽던 중학생 시절, 하나도 모르겠

는 수학 문제집을 붙들고 어떻게든 제힘으로 이거 내 보리라 몇 달을 씨름하는 거는 사춘기 아이한테 부모가 억지로 시킨다고 되는 일이 아니다. 소질도 없고 힘에 부치는 운동을 부모가 등 떠밀어 보낸다고 10년을 한결같이 할 수 있는 게 아니다.

무엇을 하든지 처음에는 배움이 느렸고, 한 번에 딱딱 되는 일도 드물었지만, 단 한 번도 하기 싫다, 그만하겠다 포기하는 말도 한 적이 없었다. 느리니까 잘하기까지 시간이 오래 걸렸지만, 늘 꾸준했고 늘 성실했고 결국엔 해냈다. 처음에 시작할 때는 '그렇게까지 되겠어?' 하면서 갈 길이 까마득하게 느껴졌었는데, 뒤돌아보면 아이는 항상 본인이 원하는 딱 그 자리에 가 있었다.


아이가 잘 자란 데는 아이가 가진 기질도 한몫했다는 게 내 생각이다. 아이가 잘 자라는 것이 타고난 본성이냐, 후천적 환경이냐, 그게 과거에는 2:8이라 했다가 요즘엔 5:5다 논란이 있었지만, 어쨌든 육아에 있어서 아이의 타고난 기질과 성품이 생각보다 중요한 요소가 된다는 것은 경험상 맞는 이야기인 것 같다.

어떤 형사님이 "범죄자 잡아다 심문하면 우리 집이 가난해서 이렇게 되었다, 어려서 학대를 받아서 이렇게 되었다 맨 그런 소리들을 한다. 그런데, 가난하다고 해서, 학대받았다고 해서 다 그렇게 크지는 않는다"고 한 말이 생각난다.

내가 중학교 때 제일 친했던 친구가 있었다. 성격도 무던하고 얼굴도 이쁜데다가 중학교 3년 내내 전교 1등을 놓친 적이 없던 친구였다. 누가 봐도 귀티가 났고, 집에서 잘 보살핌을 받는 아이라고 생각했다. 그 친구가 한 번도 집에 가서 놀자고 말한 적이 없었는데, 어느 날은 하굣길에 자기네 집에 가자고 했다. 나는 그 친구 집에 가 보고 깜짝 놀랐다. 쪼그만 부엌이 달린 단칸방에서 위로 언니 둘까지 5식구가 살고 있었다. 온 식구가 방 하나에서 생활을 하니 방의 네 귀퉁이가 각자의 짐들로 어수선했다. 어린 마음에도 뭔가 '이 친구가 큰 시련을 겪었구나.' 짐작할 수 있었다. 그래도, 그 친구는 딴 길로 새지 않고 공부를 선택했다.

똑같은 환경과 상황에서도 다르게 선택하고 행동하는 것은 무슨 차이인가? 하기 싫은 수학 숙제를 했다고 거짓말을 하는 아이와 안 풀리는 문제를 붙들고 늦은 밤까지 실랑이를 하는 아이는 무슨 차이인가? 거기에는 환경, 경험, 양육자의 양육 태도, 동기 등 여러 가지 이유가 있겠지만, 아이가 가지고 있는 기질도 무시할 수 없는 부분이라고 생각한다.

하버드대학의 제롬 케이건 교수가 태어난 지 겨우 16주 된 아기들에게 낯선 환경에서 시각, 후각, 청각 등의 자극을 준 실험이 있다. 갑자기 풍선을 터뜨렸을 때 깜짝 놀라 우는 아기가 있고, 덤덤하게 호기심 어린 눈으로 바라보는 아기가 있고, 풍선을 보기만 해도 불안해하는 아기가 있었다. 이 실험을 보면 사람의 기질이란 타고난다는 것을 알 수 있다.

제롬 교수가 "기질이란 사람들이 지닌 성향의 근간이 되는 것이다. 당신의 유전자에 의해 형성되는 것이다. 때문에, 낮은 반응을 보인 아이들이 높은 반응을 보인 아이들에 비해 보다 사회적이 될 수 있는 것이다. 또한 보다 쉽게 위험을 감수하고, 보다 쉽게 대담해질 수 있다. 높은 반응을 보인 아이들이 대담성을 배울 수 없다는 뜻은 아니지만 타고나는 기질로 인해 조금 더 어려울 수 있다는 것이다."라고 말했듯이, 비유하자면 엄마는 어느 정도 만들어진 반제품을 완제품으로 만드는 사람이다. 물론, 아이의 타고난 기질이 그러하다고 핑곗거리가 될 수는 없다. 아이의 기질적 특성을 파악하고, 부족한 부분이 있으면 그 부분을 상쇄할 다른 부분의 물꼬를 터 주는 것이 부모의 역할인 것도 잘 알고 있다.

그런데, 요즘 일부 육아 프로그램에서 아이의 문제 행동엔 오로지 부모의 잘못된 양육 태도의 문제만 있는 것처럼 신랄하게 엄마들을 지적하는 모습을 보면 씁쓸한 생각이 들 때가 종종 있다. 물론, 문제 아이에게 문제 부모가 있다는 것은 분명한 사실이다. 하지만, 수위를 눌러보면 엄마가 10만큼 애를 써서 1000이 되는 아이도 있고, 1000만큼 애를 써서 10이 되는 아이도 있다. 아이의 발달이 유전과 환경의 상호작용에 의한다는 것은 사실이고, 그렇다면 유전인자는 환경이라는 제한 속에서, 또 환경도 유전인자라는 제한 속에서 서로 영향을 미칠 것이다. 이처럼 아이를 기르는 데 엄마의 양육 태도만이 100% 영향을 미치는 것도 아니니, 정말로 엄마 본인이 가진 최선을 다했다면 스스로 너무 자책할 필요도 없다고 생각한다.

그러나, 아이가 잘못되면 너도나도 일단 엄마를 탓하게 된다. 나 역시도 우리 아이들이 내 생각과 다르게 어그러질 때 내가 뭘 잘못했을까, 어디서부터 잘못됐을까를 먼저 생각하고 자책한다. 부모니까, 아이 양육의 책임이 내게 있으니까 당연하겠지만, 아이에게 문제가 있으면 제일 괴로운 사람은 아이 다음으로는 엄마고 부모인데, 그런 엄마는 누가 위로해 주지?

우리 큰애가 유치원을 다니고 작은애가 유모차를 타고 다닐 때, 훌륭한 인품을 가지신 중년의 부부를 알게 됐다. 당시 젊은 엄마였던 나는 자신의 아이들을 대하는 그분들을 보면서 성품이 참 훌륭하신 분들이고, 그 댁 자녀들은 좋은 부모를 만난 축복받은 아이들이라고 생각했다.

그러다 20대 초반의 그 댁 자녀와 이야기를 나눈 적이 있었는데, "맘에 들지 않는 부분이 있으면 차라리 다른 집 부모님들처럼 대놓고 야단을 치거나 화를 냈으면 좋겠다."라면서 부모님의 이러저러한 부분이 불만이라고 했다. 가만히 이야기를 들어 봐도 흠잡을 만한 것이 없을 만큼 현명하게 대처했음에도 자녀의 입장에서는 그 나름의 불만이 있었다.

그 얘기를 듣고 있자니, 저런 지혜로운 부모님 밑에서도 불만이 생기고 맘에 안 드는 부분이 있는 걸 보면, 부모란 어떻게 해도 자식을 100% 만족시킬 수는 없는 것인가 생각했었다.

이 세상에 완벽한 인간이 존재할 수 없듯 완벽한 부모도 있을 수는 없을 것이다. 더욱이 한 배에서 낳아도 둘이면 둘, 셋이면 셋 모두 아이마다 기질적 특성이 다 다르다. 그래서, 부모도 자신의 아이를 알아 가는 방법이 그 아이를 키우는 과정 속에서 깨닫는 것밖에는 없으니, 시간이 다 지나고서야 '그때 이렇게 했으면 좋았을 텐데…' 하는 후회가 남지 않을 수 없다.

누구는 아이를 믿고 자율성을 줬기 때문에 아이가 책임감 있게 잘 자랐다 하고, 누구는 그랬기 때문에 학교 같은 공동체 안에서 힘들어하고 정해진 규칙을 지키기 어려워한다고 한다. 얼핏 보면 굉장히 비슷한 성향과 기질을 가지고 있는 아이라도 사소한 부분의 차이점이 있고, 그 미미한 차이점 때문에 한 부모 밑에서 똑같은 양육방식을 적용했더라도 완전히 다른 결과가 나올 수도 있는 것이 육아다. 아이를 키우면서 깨달은 것은 인간은 정말 까다롭고 복잡한 존재라는 것이다.

우리나라 교육계의 석학이라 불리는 서울대 교육학과 문용린 교수님의 《부모들이 반드시 기억해야 할 쓴소리》라는 책에 "아이는 부모를 그대로 답습하지 않는다."라는 말이 있다. 교수님 자신이 책읽기를 너무 좋아하셨고, 다른 건 몰라도 자녀들에게 책읽기만은 물려주고 싶어서 끊임없이 모범을 보이셨지만 두 자녀 모두 책을 그다지 좋아하지 않았다는 육아 경험을 고백하는 부분이 있다. 그러면서, "물론 아이들이 부모의 행동에 영향을 받는다는 것은 틀림없는 사실이다. 하지만 부모의 의도가 아니라 저희의 방식대로 배우고 적응한다. 나를 포함한 부모들 대부분이 이 부분을 놓치고 있다. 아이들은 성향에 따라 원하는 것만을 받아들이고 자기 나름의 방식을 세우는 것이다."라고 하셨는데, 우리 집 둘째를 키우면서 내가 느꼈던 부분과 정확히 일치하는 말이다. 내 아이를 위해 머릿속으로 수도 없이 시뮬레이션해 보고 심사숙고한 나의 의도와는 달리, 아이의 전혀 다른 해석과 행동에 수도 없이 막다른 골목에서 벽을 마주치는 것 같은 순간들을 겪었는데, 그게 교육학적인 관점에서 보면 그렇게 돌연변이 같은 일은 아니었나 보다.

부모는 열과 성을 다해 키울 뿐 그것을 어떻게, 얼마만큼 받아들이는가는 아이의 타고난 기질이 됐든, 가지고 있는 성향이 됐든 결국 아이의 몫인 부분이 분명히 있다. 진인사대천명(盡人事待天命)이라고 우리는 부모로서 우리의 할 일을 하고, 나머지는 하늘의 뜻에 맡기는 수밖에 없는 것이 부모 노릇의 한계가 아닌가 싶다.

**10**

# 당연하지만, 당연하지 않은 일

어느덧 봄이 왔고, 아이는 초등학교에 입학했다.

해가 좋은 어느 날, 아이랑 같이 걸어 볼까 싶어서 하교 시간에 맞춰 학교 앞으로 마중을 나갔다. 우르르 학생들이 쏟아져 나오고, 한참 학교 앞이 시끌시끌하더니 운동장에서 노는 애들 몇이 남고 이내 한산해졌다. 친구들과 놀고 있는 우리 애를 기다리고 있는데, 아까부터 학교 담장 풀숲에서 나오지 않고 같은 자리를 왔다 갔다 하는 남자아이가 눈에 들어왔다.

이제 우리도 집에 갈 때가 됐고, 그러면 학교 앞에는 아무도 없어서 신경이 쓰였다. 가만히 봤더니 그 남자아이의 표정이 뭔가 심상찮다. 아이가 겁먹지 않게 조용히 불러서 왜 집에 안 가고 있느냐고 물어봤다. 바지에 오줌을 쌌는데 선생님께 말하지 못했고, 바지가 젖어서 다른 사람들이 알아챌까 봐 오도 가도 못하고 있다는 것이었다. 당시엔 아이들이 지금처럼 다 핸드폰을 들고 다니던 때가 아니었으니, 엄마한테 어떻게 연락해야 할지 몰라서 그러고 있었구나 싶었다. 아이에게 엄마 전화번호를 알려 달라고 해서 아이의 어머니께 상황을 설명하고, 여분의 바지를 가지고 오시는 게 좋을 것 같다고 했다.

그렇게 혼자 남은 아이를 두고 갈 수 없어, 아이의 어머니가 오실 때까지 기다렸다. 잠시 뒤, 한 손에 쇼핑백을 들고 오신 어머니는 우리 앞을 쌩하니 지나가시더니 그 아이에게 다짜고짜 다 커서 오줌을 쌌다며 나무라셨다. 그 모습을 보고 우리는 조용히 자리를 떴다. 생각지도 못한 그 어머니의 반응에 돌아오는 발걸음이 무거웠던 기억이 난다. 엄마가 알면 혼이 날까 봐 전화를 못 했었구나 싶기도 하고, 안 그래도 주눅이 들어 있는 애를 굳이 실에서 야단을 치나 싶었나.


유치원을 다니는 아이를 보다 초등학교 다니는 언니·오빠들을 보면 다 큰 것 같았는데, 몸만 컸지 유치원생이나 초등학생이나 속은 아직 아기다. 이건 중학생도 마찬가지고, 고등학생도 마찬가지인 것 같다. 특히 사춘기 아이들은 본인들이 뭘 좀 안다고 착각하고, 다 큰 척을 하는데 가만히 들여다보면 애들은 애들이다. 어른들이 봤을 때는 너무 당연한 건데, 아이들은 콕 집어서 가르쳐야만 아는 것들이 있다. 그래서, 가끔 뉴스에서 청소년 아이들의 사건·사고 소식을 듣다 보면 '아! 왜 저걸 진작 주위 어른들에게 말하지 않았을까?' 싶은 일들이 생기는 것이다. 사소한 염려들이 실제로 문제가 되기도 하니 엄마들이 시시콜콜 잔소리가 많아질 수밖에 없다.

그렇다고, 또 별것도 아닌 일로 엄마가 예민하게 반응하거나 아이를 일단 나무라고 본다면, 다음부터 아이는 엄마 모르게 상황을 수습하려 할 것이다. 어렸을 때는 문제상황이라고 해 봤자 사소한 일들뿐인데, 애들이 커 갈수록 후폭풍이 점점 커지는 문제들이 생기기 마련이다. 일이 한

참 진행되고 나서 너무 늦게 알게 되면 손을 쓸 수 없는 상황이 되는 경우도 있다. 그래서, 문제상황이 생기면 기본적으로 아이를 잘 지도하고 상황에 맞는 대처 방법도 가르쳐야 하지만, '우리가 같이 이 문제를 해결해 보자.'라며 부모와 아이가 한 팀이라는 느낌을 아이가 가질 수 있도록 분위기를 조성하는 것도 중요하다.

그래야, 호미로 막을 일을 가래로 막는 일이 생기지 않는다. 바지에 오줌을 쌌든, 속상한 어떤 일이 생겼든, 무슨 일이든지 학교에서는 선생님께, 학교 밖에서는 엄마나 아빠에게 가장 먼저 알려야 한다는 것도 혹시 모르니 가르쳐야 한다.

그렇지만, 그 어머니 입장도 이해는 간다. 어디서 일을 보다 달려왔는지, 회사에서 뛰쳐나왔는지 그 엄마만의 사정이 있었을 것이다. 어리면 어릴수록 '엄마'를 입에 달고 사느라 하루에도 수백 번씩 엄마를 찾는 아이가 학교에 가 있는 시간만이라도 숨통을 돌리고 있는데 또 불려 나왔는지도 모른다.

나도 어떤 날은 애들이 하도 엄마를 불러 대는 통에 머리가 '띵' 할 때가 있었다. 그래서, "자, 지금부터 5분 동안 아무 말도 안 하고 합죽이가 됩시다, 합!" 했더니, 5초도 지나지 않아서 "엄마, 근데 3분으로 하면 안 돼?" 하더니, 또 몇 초도 지나지 않아 "엄마, 근데 지금 얼마 지났어?" 하면서 쉬지 않고 종알거렸던 기억이 난다. 어떤 날은 애가 엄마를 부르지도 않았는데 무슨 환청같이 들릴 때도 있어서 "엄마 불렀니?" 하고 물어볼 때도 있었다.

애들이 초등학교 고학년이 될 때까지 책 한 권을 제대로 집중해서 읽어 본 기억이 없다. 몇 줄 읽으면 "엄마!" 부르고, 또 몇 줄 읽으면 "엄마!" 하고 불러 대니, 다시 자리에 앉아서 읽을라치면 앞에 내용이 뭐였는지는 기억이 안 나서 앞부분으로 되돌아가서 다시 읽어야 했다. 그렇게 최소 10년을 살았으니 집중력이라는 건 안드로메다 어디쯤으로 사라진 지 오래다. 왜 아줌마들이 맥락 없이 이 얘기 했다가 저 얘기 하고, 술술 넘어가는 책을 좋아하는지 애들을 키워 본 사람은 이해할 것이다. 워킹맘도 해 봤고 전업주부도 해 봤지만, 애를 키우는 데는 어떤 것이든 쉬운 게 없었다.

어떤 날은 화장도 안 지우고 그냥 이불속에 들어가서 쓰러져 자고 싶은 마음이 굴뚝같지만, 또 어떤 날은 나도 배가 고프고 힘이 들어서 그냥 라면이나 하나 대충 끓여 먹으며 끼니를 때우고 싶지만, 엄마의 컨디션과 마음이 어떻든 간에 엄마가 움직여야 애들 입에 먹을 게 들어가고 이 하루가 끝이 난다. 아이를 키운다는 것은 생각했던 것보다 훨씬 더 정신적, 육체적으로 많은 에너지를 필요로 했다.

애를 키운다면 수도 없이 들어 봤을 양육자의 일관된 양육 태도의 중요성과 그게 아이의 심리와 정서에 미치는 영향이니 뭐니 이런 걸 생각하면 내 체력과 기분 따위는 일단 뒷전이 되어야만 했다.

물론 물만 마셔도 이쁘고, 똥을 싸도 귀여운 내 아이들을 돌보는 기쁨으로 키웠지만, 나도 사람이다 보니 기복이 있고, 하기 싫을 때도 있고, 내 기분이 미친년 널뛰듯 종잡을 수 없을 때도 있었다. 내 아이를 늘 변함없이 일관된 사랑으로 키운다는 게 부모로서 당연한 일인 것 같지만, 일년 365일, 10년, 20년 아이를 키우는 내내 한결같은 태도로 사랑을 표현하는 것이 그렇게 말처럼 당연하고 쉬운 일은 아니었다.

**11**

# 천생연분

우리 부부가 궁합을 보러 간 적은 없지만, 보나 마나 천생연분일 것이다. 왜냐하면, 우리 부부가 사고를 치는 데는 일사천리, 대동단결 합이 잘 맞는 걸 보면 그런 쪽으로는 천생연분이 맞는 것 같다.

멀쩡하게 직장생활 잘하던 남편이 어느 날 대뜸, 더 늦기 전에 미국에 가서 공부를 하고 싶다고 했을 때, 나는 망설임 없이 그러라고 했다. 그때가 내가 회사를 그만둔 지 2년이 안 됐을 즈음이었는데, 늘 마음 한쪽에 '평생 직장생활을 할 줄 알았던 내가 가정주부라니, 사람 일은 아무도 모르는 거구나.'라는 생각을 했었다. 이렇게 한 치 앞도 모르는 게 사람 일인데, 그렇게 하고 싶으면 하라고 했다.

우리가 연애할 때도 남편에게 뭐를 제일 하고 싶냐고 물어보면, 기회가 되면 미국에 가서 공부를 더 하고 싶다고 말하곤 했었다. 나이 들어서 후회할 것 같으면, 내 퇴직금이 있으니 걱정하지 말고 하라고 했다.

사실 남편이 공부에 손을 놓은 지가 언젠데, 가서 한다고 잘할 수 있을 지도 알 수 없었다. 그러나, 진중한 남편이 10년이 지나도 마음에 두고 있었던 일이라면 그건 해야 하는 일이었다. 한 6개월 해 보고, 못 하겠으면 다시 짐 싸서 오면 된다고 생각했다. 그때 했어야 됐다며 남은 평생을 아쉬워하는 것보다, 해 봤는데 안 되더라 하는 건 미련이라도 안 남는 거니까 크게 고민하지 않았다. 대신, 유학을 가고 싶으면 나는 한국에서 아이들을 키우고 있을 테니 혼자 가서 공부하고 오라고 했다. 그러나, 남편은 아이들이 어린데 가족들이 떨어져 사는 것은 절대 안 된다고 했기에 우리 식구는 모두 미국으로 가게 되었나.

이 소식을 들은 친정 부모님은 친정 부모님대로 할 말이 하나 가득인데 사위가 간다고 하니 대놓고 말리지는 못하셨고, 시부모님은 시부모님대로 나이 들어 서른 후반 줄에 공부라니, 너라도 말렸어야 했다며 걱정들이셨지만 우리는 미국행을 선택했다.


사실 나는 다른 건 크게 고민하지 않았는데, 가서 당장 초등학교에 다녀야 하는 큰아이가 제일 걱정됐다. 남편은 초등학교 순위를 매겨 놓은 사이트를 열심히 뒤져서 학교 평판이나 평점이 좋고, 면학 분위기도 좋은 학교를 찾아보기도 하고, 현지 유학생을 통해 아이들 키우기 좋은 동네를 수소문해 보기도 했다.

갑자기 팔자에 없는 외국 생활을 하게 된 나는 애들을 데리고 해외 생활을 한 사람들의 경험담을 들으면 좀 도움이 될까 싶어서 여기저기 알아보기 시작했다. 그런데, 내가 관심이 없었을 때는 '누구네가 가서 박사를 했네.', '어디 학교를 갔네.', '어디 연구원이 됐네.' 하면서 다들 미국 가서 공부하면 성공만 하는 것 같았는데, 이게 혈혈단신 떠나는 게 아니라 가족이 다 움직여야 하니 얘기가 달라졌고, 생각보다 실패담도 만만찮게 들렸다. 어떤 집은 아빠가 박사를 하러 같이 나갔는데 아이가 적응을 못 해서 1년 반 만에 아이의 정신과 진료를 위해 다시 들어온 집도 있었고, 아이 엄마가 현지에서 우울증이 생겨 결국 남편이 학업을 마치지 못했다는 집도 있었다. 공부한다고 한국 생활 다 접고 나갔는데 학업을 마치지 못해 오도 가도 못하고 있다는 사람들까지 각자의 사연들도 다양했다.

좋다는 사람들 얘기를 들어 보면 대부분 주재원으로 갔거나, 캠프 같은 걸 잠깐 갔다 온 정도라 나 같은 경우에는 별 도움이 되지 않았다. 그러다, 일찌감치 미국으로 공부하러 가서 자리를 잡은 애들 고모가 "언니, 아이들은 6개월 지나면 영어 금방 해요. 언니가 잘 지내는 게 제일 중요해요. 여기 공부하러 가족들 데리고 오면 와이프가 우울증이 와서 학업 못하고 가는 사람 여럿 봤어요." 하고 귀띔해 줬다.

단순한 나는 '아, 애들은 6개월만 지나면 괜찮구나.' 했고, 나만 잘 지내면 된다면, 남편과 아이들만 옆에 있으면 나는 잘 지낼 것 같으니까 걱정할 것이 아무것도 없었다. 어차피 가기로 한 거, 그때 우리 애들 고모 덕분에 마음만은 편했다.


결국 아이는 가서 6개월만 지나면 잘 지내더라는 말만 여기저기서 주워들었고, 별 뾰족한 대책도 없이 시간은 갔다. 미국에 가기로 결정하고 준비하는 그 얼마 안 되는 시간 동안에 이제 갓 초등학교 들어갈 아이한테 영어를 가르치면 뭘 얼마나 준비를 시킬 것이며, 당시 우리가 살던 지역에는 번듯한 영어학원이라고 할 만한 곳도 없었다. 읍내 상가에 외국인이 있는 영어학원이 있다길래 가서 수업하는 걸 들여다보니까 기본 단어를 가르치는 수준이었다. 그나마 한 명 있는 그 원어민 선생님은 온몸에 문신이 가득했고, 여러 가지로 마뜩잖았다. 그렇게 단어 몇 개 더 배워 간다고 무슨 대단한 덕을 보겠나 싶어서 보내지 않았다.

대신에 그동안 하던 것, 아이를 열심히 놀리는 일을 부지런히 했다. 이제 우리 딸은 미국 가면 영어를 못하니 입이 있어도 말을 못 하고, 귀가 있어도 듣지를 못할 텐데 여기서라도 친구들이랑 원 없이 실컷 놀라는 마음이었다.

그즈음 딸아이 생일이었는데 "엄마가 생일 파티 해 줄 테니까 유치원 친구들 부르고 싶은 친구 다 불러."라고 했고, 작은 동네라 한 집 건너 한 집이 서로 안면이 있다 보니 소문을 듣고 모이게 되어 딸아이 생일잔치가 무슨 동네 잔치하듯이 집이 시끌벅적했다. 아래층 집 아이도 우리 아이 친구라 그 집 애들도 우리 집에 와서 온종일 놀았으니 망정이지, 그날은 진짜 대단했다. 생일 파티가 끝난 밤 9시에 청소를 했는데, 애들이 집을 얼마나 쑤시고 놀았는지 장롱 속 양말까지 뭐 하나 제자리에 있는 게 없어서 이삿짐 들어오는 것처럼 온 집 안을 청소했었다.

그렇게 신나게 생일 파티를 하고, 그다음 달에 우리 애는 일단 한국에서 초등학교 1학년에 입학했다. 한글을 부리나케 떼고 초등학교에 입학한 아이가 영어라고 했을 턱이 없지. 그때 동네의 아이 친구는 How do you do? 이런 문장을 했었는데, 우리 아이는 미국 간다고 부랴부랴 한 게 알파벳인데 A, B, C, D, E, F, G 7개, 딱 G까지 배우고, 7월 말이 됐다.

그렇게 초등학교 1학년 1학기를 마치고 여름 방학을 맞이한 8살짜리 우리 딸은 제 책가방에 책이며 문구며 짐을 한껏 욱여넣은 가방을 멨고, 우리 부부는 이민 가방에 있는 살림 없는 살림을 꾸려 3살짜리 아들내미 손을 잡고 미국행 비행기를 탔다.

# 배우 코스프레

70년대생으로 중학교부터 영어를 배웠고, 회사 다닐 때 업무적으로 필요해서 무역 영어도 살짝 배웠고, 직장 생활하는 동안 새벽에 종로의 대형 영어학원에 다닌 적도 있었지만, 생전 써먹을 일이 없던 영어가 내 머릿속에 남아 있을 리는 없었다. 그런 나와 달랑 알파벳 7개 아는 딸아이는 막막한 미국 생활을 어떻게 시작했을까?

이미 미국에 온 이상, 그 상황에서 영어를 못하네, 어쩌네, 이런저런 이유를 찾는 건 의미가 없었고, 내 머릿속에는 오로지 우리 딸이 영어를 못한다는 이유만으로 무시당하거나 주눅이 들게 하지는 않겠다는 생각뿐이었다. 아이가 뭘 잘못해서 영어를 못하는 것도 아닌데 내 아이가 그런 대접을 받게 할 수는 없었다.

생긴 것도 달라, 쓰는 말도 달라, 모든 것이 다 다른 낯선 환경에 들어오게 된 8살짜리 아이에게 일단 이 상황을 이해시켜야 했다. 네가 태어나고 자란 곳이 대한민국이니 영어를 못하는 것은 당연한 것이고, 미국 사람들이 한국말을 못하는 것처럼 네가 영어를 못하는 건 그냥 지금까지 쓸 필요가 없었으니까 못하는 것일 뿐, 앞으로 배워서 하면 된다는 것을 충분히 설명해 주었다.

자, 그러면 이제 엄마가 잘 설명해 줬으니까 초등학교 1학년짜리가 학교 가서 온종일 영어만 하는 원어민 아이들과 선생님들 사이에서 주눅 들지 않고 어깨 딱 피고 잘 지내겠지?

천만의 말씀, 만만의 콩떡이다. "응." 하고 대답은 잘해도 뒤돌아서면 그런 말을 들어 본 적도 없는 것처럼 행동하는 것이 아이들이다. 어른도 머리로는 이해하지만, 막상 닥치면 당황스럽고 쥐구멍에 숨고 싶은 일들 천지인데, 아이야 오죽하겠나.

이걸 어째야 하나 하던 찰나, 맞다! 나의 육아 스승님 'EBS 60분 부모'에서 아이한테 뭐를 가르치고 싶으면 부모가 먼저 솔선수범하라고 했었다. 알고는 있었지만 별로 그렇게까지 하고 싶지는 않아서 기억의 저편 어딘가 꼭꼭 숨겨 놨던, 한마디로 모범을 보이라는 이야기가 머릿속을 스쳐 지나갔다. 솔직히 한국에서는 내 행동 하나하나 신경 쓰면서 아이를 키우지 않았고 그럴 필요도 느끼지 못했다. 하지만, 이제 환경이 바뀌었고, 환경이 바뀌면 행동도 바뀌어야 한다.

'애들 앞에서는 찬물도 못 마신다'는 말처럼 이 낯선 환경에서 엄마가 반응하는 그대로 아이가 따라 할 것이라는 생각이 들었다. 내가 영어에 자신이 없다고 움츠러들거나 기가 죽는 모습을 보인다면 아이도 으레 기가 죽는 것은 아닐지 걱정이 되었다. 아이가 당당하게 살길 바란다면, 아이가 모방하는 엄마가 당당하게 살면 된다고 생각했다.

그렇다고 당장 3주 후면 학교에 다녀야 하는데, 그동안 무슨 수로 아이한테 '학교 가서 이렇게 씩씩하게 지내면 되는 거야.'라고 가르치나 싶었다. 그런데, 생각해 보니 방법이 하나 떠오른다. 하루에도 몇 번씩 힘 안 들이고 할 수 있고, 효과는 확실한 방법, 바로 '인사'다.

어렸을 때부터 "어른을 보면 인사해라."라는 말을 귀가 따갑게 들으며 컸는데, 이걸 여기서 써먹네. 목마른 놈이 우물 판다고 누구를 만나든지 내가 먼저 밝은 미소로 "Hi~", "Hello~" 했다.

미국에 도착해서 집을 구하러 다니고, 생필품을 사다 나르는 동안 하루에도 몇 번씩 이곳저곳을 방문하게 되고, 동네를 산책하거나 집 밖에 나가기만 하면 현지 사람을 마주치니까 내가 말할 기회 즉, 엄마가 외국인들이랑 말하는 것을 보며 아이가 샘플링할 수 있는 기회는 충분했다.

물론 나는 친근하게 몇 마디 인사를 나누는 장면만 연출하고 싶은데, 상점에서는 "뭐 찾는 게 있냐?", "물어보고 싶은 게 있으면 알려 줘라."라며 자꾸 말을 걸기도 하고, 동네에서는 "못 보던 가족인데 이사 왔냐?", "어디서 왔냐?"라며 단지 내에 유일한 아시안 가족인 우리에게 관심을 가지는 친절한 이웃들 덕분에 당황스러울 때가 한두 번이 아니었다.

속으로는 '아휴, 그냥 인사만 하고 가지. 왜 말을 시켜.' 했지만, 정신을 가다듬고 하얗게 된 머릿속을 뒤적여서 되지도 않는 영어를 몇 마디 하면 상대방이 알아서 '아, 얘 영어 못하는구나.' 알아채고 짧은 대화를 서둘러 마치고 사라졌다.

나만 생각한다면, 이거 뭐 괜히 창피하기도 하고, 할 수만 있다면 피하고 싶은 순간들이었지만, 지금 나는 연기를 하는 배우다. 8살짜리 관객이 바로 옆에서 나의 표정, 말투와 이 대화의 분위기를 1열에서 보고 있다. 할 말이 없으면 그냥 고맙다고 하든지, 만나서 반갑다고 하든지 어쨌든 영어를 못하는 아이한테는 그 대화의 내용이 중요한 게 아니다. 영알못 엄마가 먼저 밝게 인사를 건네고, 친근한 태도로 자신감 있게 상대방을 대하는 모습을 아이가 모방해서 학교에 가서도 어려워 말고 씩씩하게 잘 지내 주길 바라는 마음으로 한 것이었다.

다만 조심해야 할 점은, 나의 부족한 영어 실력 때문에 나에게 말을 걸어 주고, 관심을 가져 주는 사람들에게 무례하거나 뻔뻔스러운 사람으로 비치지 않도록 나 역시도 그들을 배려하고 조심해야 한다는 것이다.

내가 외국인이라서 영어를 못하는 것이 모든 일에 면죄부가 될 수는 없다. 앞으로 내가 수도 없이 다닐 상점들이고, 사는 동안 여러 번 마주칠 이웃들이기 때문이다. 그래서, 서로가 불편한 이 상황을 부드럽게 넘길 수 있는 위트 있는 말 몇 마디는 항상 준비해서 다녔다. 또, 꼭 영어로 말하는 게 아니어도 상황에 맞는 제스처나 표정을 생각하고, 연습도 좀 해서 어색한 분위기를 편하게 만들려는 노력은 했다. 남의 나라 살려면 그 정도 수고는 해야지.

그러면 다음에 만날 때는 상대방이 더 반갑게 내게 먼저 인사를 건네기도 했고, 그러다 시간적인 여유가 있으면 말을 더 시키기도 했고, 내 영어 실력을 알고 있으니 상대방이 알아서 천천히 쉬운 단어로 또박또박 말해 주기도 했다. 그렇게 몇 달이 지나고 나면 그동안 나눴던 이야기들이 쌓여서 친분도 두터워지니 5분, 10분 대화하는 거는 일도 아니고, 집으로 나를 초대도 하며 서로 친한 이웃이 되어 있었다.

**13**

# 미국 담임선생님께 보내는 편지

우리 아이는 한국에서 1학년 1학기를 마치고 왔지만, 미국은 8월에 학년이 새로 시작하니 다시 1학년으로 입학해야 했다. 학교에 입학 서류를 제출하러 갔는데, 마침 쉬는 시간이 되어 교실에서 아이들이 쏟아져 나왔다. 동네 자체가 백인들이 주를 이루고 흑인도 거의 없다 보니, 학생들 역시 백인들이 대부분이고 간혹 흑인이 몇 명 보였다. 그때 어디서 나타났는지 아시아 남자아이 하나가 "나 중국 사람이야. 나도 아시안이야!" 하면서 우리를 반겼다. 학교에 없던 아시아 사람이 반가웠던 모양이었다.

보통 미국에서 한국 사람들이 많이 사는 큰 도시에는 지역 한인 커뮤니티나 한인교회 같은 게 잘 되어 있고, 그곳에서 새로 이사 온 가족들이나 이민자들에게 정보나 도움을 주기도 한다.

그런 도시에는 영어를 못하는 학생들이 전학을 오는 경우도 많기 때문에 공립학교에서도 아이가 미국의 교육을 잘 따라갈 수 있도록 도와주는 ESL 프로그램(English as Second Language Program)이 있다. 또, 담임선생님은 한국 아이가 전학을 오면 한국 교포 아이를 짝꿍으로 붙여 줘서 새로 온 친구에게 숙제도 알려 주고, 수업받는 교실도 알려 주게 하고, 혹시나 그런 일 때문에 도움을 주는 친구가 교실에 늦게 들어와도 허용해 주는 분위기라고 했다.

하지만, 우리는 남편의 전공으로 학교를 선택해서 오다 보니, 한국 사람은 고사하고 아시아 사람도 없고, 영어를 못하는 이민자는 더더욱 없는 지역에 오게 되었다. 그런 곳에 있는 학교다 보니, ESL 프로그램은커녕 영어를 못하는 학생이 하나도 없는 학교에 아이를 보내게 되었다. 딩장 내일부터 전교생 중에 유일하게 말도 못하고 알아듣지도 못하는 아이를 학교에 보내려니 안쓰러워서 잠이 안 왔다. 이 상황에서 우리 애를 부탁할 사람은 담임선생님밖에 없다는 생각에 나는 선생님께 편지를 썼다.


드디어 학교에 가는 날이 되었다. 한국에선 입학식을 하는데, 그 학교는 따로 입학식을 하지는 않았다. 대신 해당 교실에 가서 담임선생님과 인사하고, 배정받은 교실을 아이와 쭉 둘러보았다. 이제 이 교실에서, 이 작은 의자에 앉아 우리 아이 혼자 답답하고 외로운 하루하루를 보내야 한다고 생각하니 마음이 무거웠다.

나보다 나이가 많으신 것 같은 여자분이 담임선생님이셨다. 우리는 서로 간단하게 인사를 했고, 나는 어제저녁에 써 놓은 편지를 담임선생님께 건넸다.


안녕하세요,
저는 K의 엄마 Juli입니다.

K의 아빠가 이곳에서 공부하게 되어, 우리 가족은 한국에서 이사를 왔습니다.

K가 영어를 하나도 못 하는데 학교에 보내려니 무척 걱정됩니다.

부모의 선택으로 이 낯선 곳에 오게 된 K를 선생님께 맡깁니다.

K는 참 사랑스럽고, 예의 바르고, 성실한 아이입니다.

K가 잘 적응할 수 있도록 선생님께서 잘 보살펴 주신다면,

K는 분명히 훌륭한 학생이 될 겁니다.


다른 문화권에서 온 학생을 대하는 선생님도 당황스러우실 때가 있을 것이라 생각됩니다.

예를 들어, 우리나라에서는 아이가 무엇인가 잘못해서 어른한테 야단을 맞으면 눈을 똑바로 쳐다보지 않고 시선을 아래로 내립니다. 그것은 내가 반성하고 있다, 미안하다는 의미입니다.

하지만, 미국에서는 누군가 나에게 말을 하는데 상대방이 눈을 마주치지 않으면 무례한 것이 되는 것처럼, 아직 이곳 문화에 익숙하지 않은 K의 행동이 있다면 너그럽게 이해해 주시길 부탁드립니다.


K가 학교생활을 잘 할 수 있도록 가정에서도 신경을 많이 쓰겠습니다.

K의 학교생활과 관련하여 그 어떤 사소한 코멘트라도 환영합니다.

제가 영어를 못해서 선생님과 직접 전화 통화를 하기는 어렵습니다. 그러니 불편하시더라도 메모를 해서, 아이 편에 보내 주시면 감사하겠습니다.


선생님은 그 자리에서 편지를 열어 읽어 보셨다. 그 모습을 보고 있자

니, 전날 저녁에 편지를 쓰면서 느꼈던 걱정들이 떠올랐다. 다 읽으신 선생님은 눈이 촉촉해진 나를 보시고는 "걱정하지 마세요. 제가 잘 돌볼게요."라고 말해 주셨고, 그 대답이 고마웠던 나는 선생님을 가볍게 포옹하고 교실을 떠났다.

**14**

# 알파벳 7개 아는 아이의 미국학교 적응기

## ● 등교 첫날

아이가 처음 학교에 갔던 날이 눈에 선하다. 낯선 곳에 덩그러니 앉아 있을 아이를 생각하니 오전 내내 싱숭생숭했던 기억이 난다.

하교 시간에 맞춰 부리나케 차를 타고 아이를 데리러 갔다. 친구 좋아하는 우리 애가 얼마나 답답했을까 싶었다. 무슨 대답이 나올까 노심초사하며 "오늘 학교에서 어떻게 지냈냐?"라고 물었다. 아이는 "영어를 다 알아들었고, 잘 지내다 왔어."라며 의외의 대답을 했다. 알파벳도 다 모르는 애가 어떻게 알아들었다는 건지는 모르겠으나 대수롭지 않게 대답하는 그 모습에 마음이 놓였고, 다른 한편으론 얼떨떨했다. 그렇게 영어를 다 알아들었다는 우리 아이는 선생님이 오셔서 책가방을 싸 주시길래 '집에 가라는 건가 보다.' 하고 하교를 했다고 한다.

다행히 큰 거부감 없이 학교생활을 시작했지만, 아이가 학교에 있는 시간이 너무 지루할 것 같다는 생각이 들었다. 학교에서 뭘 배웠냐고 물어보니, 가방에서 프린트된 종이 몇 장을 꺼냈다.

저거다! 하늘이 무너져도 솟아날 구멍은 있다더니, 수학 수업을 한 프린트 종이가 눈에 들어왔다. 다른 수업은 영어를 많이 알아야 쫓아갈 수 있지만, 수학은 다 숫자 아니면 기호니까 더하기, 빼기, 문제를 푸세요, 답을 쓰세요, 고르세요 같은 몇 가지 단어만 오늘 외우면, 내일은 적어도 수학 시간만큼은 덜 지루할 거라고 생각했다.

학교 갔다 와서 그 몇 개 안 되는 단어를 익히는데 저녁 7시가 넘었다. 입이 마르고 기운이 빠졌다. 하지만, 아이는 학교를 하루 갔다 오더니 본인이 지금 어떤 상황인 줄 알겠는지, 그만하자는 말 한마디 없이 저녁이 될 때까지 그동안 듣도 보도 못했던 단어들을 눈에 익혔다.

그리고, 바로 다음 날부터 우리 아이는 그 교실의 수학 천재가 됐다. 한국에서 1학년 1학기를 마치고 왔으니 덧셈, 뺄셈 같은 그 정도 산수는 식은 죽 먹기였다. 학원 하나 없고, 아시아 사람도 보기 힘든 그 시골 동네의 갓 1학년이 된 미국 애들 사이에서 산수 문제쯤이야 우리 아이에게는 땅 짚고 헤엄치기였다. 그런 우리 아이를 선생님은 반 친구들 앞에서 아낌없이 칭찬해 주시며 기를 살려 주셨다. 이 일을 계기로 우리 아이는 조금씩 자신감을 가지게 되었던 것 같다.


### ● 후진 발음보다 더 신경 써야 하는 것


미국학교에 다니기 시작하고 며칠 지나지 않은 어느 날, 하교 시간에 아이를 데리러 갔더니 체육 시간에 수업한 곳에 카디건을 놓고 왔다고 했다. 그걸 선생님께 말을 못 해서 엄마를 보자마자 말하는데, 얼마나 답답했을까 싶기도 하고, '엄마 오면 얘기해야지' 하고 속으로 몇 번을 생각했을까 싶기도 하면서, 별일도 아닌데 뭔가 참 짠했다.

내 비록 영어는 시원찮지만, 나만 쳐다보고 있는 내 새끼가 있는데 못할 게 뭐가 있나. "그래? 선생님께 얘기해 보자." 하고 며칠 전에 인사를 나눈 그 담임선생님께 갔다.

아이 앞이니 아무렇지도 않은 척했지만, 이거 어떻게 말을 해야 하나 싶어서 걸어가는 동안 머릿속을 뒤적거리기 시작했다. 지금이야 동시통역해 주는 핸드폰도 있고, 파파고 같은 번역기도 있고, 하다못해 폰에 영어단어 앱을 다운받아서 가지고 다닐 수 있는 시대니까 단어를 찾아서 보여 주면 되겠지만, 12, 13년 전만 해도 그런 건 없었다. 우리가 핸드폰을 싼 걸 써서 그랬는지, 지역 특성상 인터넷이 잘 안 터지는 동네라서 그랬는지 핸드폰에 영어사전 앱을 깔고 보여 주고 그러는 건 꿈도 못 꿨다.

'두고 왔으니까 left고, 카디건은 cardigan 똑같으니까 이렇게 말하면 되겠다.' 딱 생각을 하고, 선생님께 "K가 체육시간에 카디건을 놓고 왔다고 하니, 체육수업을 한 교실에 카디건이 있는지 체크를 해 주세요."라고 말했다. 내심 속으로 '어, 문장 괜찮았어. 잘했어.' 하면서 뿌듯해하고 있는데, 선생님이 뭘 두고 왔는지를 못 알아들으신다. 아니, 나는 "카디건"을 완벽하게 발음한 거 같은데? 나 분명히 중학교 때 발음 좋다고 영어 선생님께 칭찬도 받았었는데 뭐지 이 상황은?

하지만, 정신 차려야 한다. 내일도 학교에 와서 원어민들 사이에서 종일 영어로 생활해야 하는 아이가 옆에서 나를 지켜보고 있다. 영어를 글로만 배운데다 이제 미국에 온 지 한 달도 안 된 나는 머릿속이 하얗지만 이러고 있을 수만은 없었다.

이때부터 나는 가디건, 갈디건, 칼디건, 갈뒤건, 가디근, 갈디근, 칼디근, 칼디은이라고 말해 봤지만, 역시나 못 알아들으신다. '아, 악센트! 악센트가 문제였구나.' 생각한 나는 악센트를 음절마다 돌려 가면서 다시 말하기 시작했다. 그러다 '카디건'을 가지고 이러고 있는 이 상황에 헛웃음이 나왔고, 선생님도 어이가 없으신지 웃음을 터트리셨다.

그렇게 '카디건'을 가지고 한참을 씨름한 끝에 마침내 선생님은 무엇을 두고 왔다는지 알아들으셨다. 선생님이나 나나 '카디건'을 서로 알아들었다는 사실에 우리는 속이 다 후련하다는 표정으로 헤어졌고, 다음날 우리 딸은 카디건을 받아왔다.

만약에 우리 애가 옆에서 보고 있지 않았다면, 내 발음을 알아듣지 못하는 선생님을 대하기가 꽤 난처하기만 했을 것이다. 하지만, 옆에서 엄마를 보고 있는 아이를 생각하면, 아이한테 보여 주고 싶은 장면을 연출해야 한다는 생각뿐이었다. 8살쯤 되면 아이도 엄마의 영어가 유창하지 않다는 것쯤은 안다. 영어를 잘하지 못하더라도 내가 해 보려고 노력하면 상대방은 그 말을 들어 주려고 하니, 주눅 들지 말고 할 수 있는 만큼 해 보라는 용기를 주고 싶었다. 나는 아이와 집으로 가면서 "못해도 엄마처럼 천천히 다시 말하면 돼. 그리고 아직은 영어를 잘하지 못하니까 아는 단어가 있으면 그 단어만, 컵이면 컵 이렇게 하나만 얘기해도 괜찮아."라고 말해 줬다.

내 발음이 그렇게 후졌었나 잠깐 생각한 적도 있지만, 나중에 애들 고모가 있는 시카고로 여행 갔을 때, 우리 동네 사람들이 왜 그렇게 귀가 막혔었는지 알게 됐다. 시카고는 대도시라 이민자나 관광객도 많고, 인종도 다양하니 같은 단어도 여러 발음이 나오니까 이 사람들은 듣는 귀가 뜨여 있었다. 커피 한 잔을 시켜도 내가 아무렇게나 막 발음해도 시카고 사람들은 다 알아들어서 너무 편했다. 아마 우리 식구가 대도시에 터를 잡아서 학교에 보냈다면 '카디건'을 가지고 그렇게 쇼를 할 필요는 없었을 것이다. 우리가 살던 동네는 영어를 못하는 사람을 접할 기회가 없는 사람들이 많아서 그랬는지 마트에 가서도 몇 번, 학교에서 파자마 파티한다고 파자마 사러 가서도 '파자마' 때문에 애를 먹은 걸 생각하면 다양한 인종이 사는 큰 도시는 그래도 살 만하다.

새로운 환경에 아이가 얼마나 이질감을 느꼈으면, 학교 다니기 시작한 지 딱 일주일이 된 그 주 금요일 저녁에 우리 애가 "엄마, 나는 백인이었으면 좋겠어."라고 말했었다. 학교에도 거의 백인, 교실에도 흑인 한 명이 있을 뿐 다 백인에 저만 혼자 동양인이고, 저만 혼자 영어를 못하니까 얼마나 답답하고 낯설었으면 그런 말을 할까 싶었다. 이제 학교 다닌 지 일주일밖에 안 됐는데… 애들은 6개월만 지나면 된다고 했는데… 그저 시간이 빨리 가기를 바랄 수밖에 없었다.

그렇게 또 며칠이 지나고, 점심시간에 같은 반 친구가 그네를 타길래 자기가 뒤에 가서 그네를 밀어 줬더니 그 친구가 너무 좋아했다며 뿌듯해했다. 아이도 나름대로 어떻게든 새로운 환경에 적응해 보고, 친구도 만들어 보고자 애를 쓰는 것 같아 마음이 짠했다. 그래도 내 아이가 좋아하면 됐지, 지금 내 기준에 맞춰서 이것저것 따져 가며 찬밥 더운밥 가릴 때가 아니었다.

어느 날부터는 반에 한 명 있는 흑인 여자아이가 괴롭힌다는 얘기가 슬금슬금 나오기 시작했다. 다행히 선생님께서 방관하지 않으셨고, 그 아이를 불러 잘 타이르기도 하시는 것 같아 크게 걱정하지는 않았다.

그래도, 가끔 우리 애가 너무 속상해하면 아이 편에 선생님께 메모를 전달했고, 그때마다 선생님께서는 다시 그 아이와 잘 얘기했다고 답을 주시는 등 성의껏 대처해 주셨다. 그렇지만 아직 어린 두 아이가 한 교실에서 생활하는 이상 언제든지 뜻하지 않게 문제가 생길 수 있었다.

나는 우리 딸에게 "만약에 니가 억울한 일을 당하거나, 진짜 화가 나면 참지 말고 한국말로 하고 싶은 얘기를 다 해라."라고 말해 줬다. 정말 하고 싶은 말이 있다면 참지 말고 한국말로라도 표현을 하라고 했다. 그러면, 자세하게 무슨 말을 하는지는 몰라도 네가 억울한지, 화가 나는지, 슬픈지는 선생님도 대충은 알 수 있을 것이라며 영어를 못한다고 해서 하고 싶은 말도 못 하는 건 아니라고 말해 주었다.

아이에게 이런 말을 할 수 있었던 것은 우리 애가 본인의 감정을 일방적으로 쏟아 내는 성향은 아니기도 했지만, 아이에게 이 상황을 무조건 참고 견뎌 내라고만 하는 것도 맞는 것은 아니라는 생각이 들었기 때문이다. 또, 영어로 말 한마디를 제대로 못 하는 아이가 아무런 표현조차 없다면 상대방도 우리 아이를 이해하는 데 한계가 있을 것이다. 영어로 정확한 전달을 못 한다 뿐이지 표정이나 보디랭귀지 혹은 한국말로 어느 정도의 감정표현은 전달할 수 있고, 그래야 아이도 언어에서 오는 답답함을 조금이라도 해소할 수 있지 않을까 싶었다.

그 후로 우리 애가 학교에서 한국말을 했다는 얘기를 듣지도 못했고, 이게 맞는 건지도 모르겠다. 왜냐하면, 7, 8년이 흐른 후에 우리 집 둘째랑 친하게 지냈던 아이가 2년 동안 미국에서 살고 온다면서 "엄마가 미국에서는 절대로 한국말 쓰면 안 된다고 했어요."라고 말했기 때문이다. 서울의 한 대학에 출강을 다니던 그 아이의 엄마는 미국에서 공부도 하며 생활을 해 봤고, 나보다 훨씬 더 오래 체류했었으니 나름의 무슨 이유가 있으니까 자기 아이에게 그렇게 말했을 것이다. 그렇지만, 나는 그 아이의 말을 듣곤 '그럼 얘는 정말 답답하면 어떻게 해야 돼?'라는 생각이 들었다.

어쨌든 이 일은 선생님의 보살핌 때문이었는지, 우리 아이의 사교적인 성격 때문이었는지 조용히 사라졌다.

하루는 아이가 수업 시간에 얼마나 지루했는지, 종이에 한글로 자기 이름 석 자를 써서 옆 친구에게 보여 줬다고 했다. 그러자 친구가 깜짝 놀라면서 "선생님 얘 이상한 글자 썼어요." 했단다. 그러니까 선생님께서 "이게 네 한국 이름이니?" 하시며, 앞에 칠판에 나와서 적어 보라고 하셨고, 칠판에 적은 자신의 한글 이름을 반 친구들이랑 다 같이 읽어 봤다면서 무척 좋아했다. 그렇게 우리 아이는 여전히 영어를 못했지만, 학교생활에 서서히 적응하기 시작했다. 하교할 때 데리러 가면 친구들과 어울리며 엄마를 기다렸고 표정도 밝아졌다.

등교 첫날, 우리 아이를 잘 돌보겠다고 한 약속을 지켜 주시는 담임선생님께 나는 늘 고마운 마음이었다. 그래도, 가끔은 수업 시간에 아이의 태도나 학교생활을 잘하고 있는지 등의 내용으로 선생님께 메모를 보내면서, 우리 아이의 학교생활에 지속적인 관심을 가지고 있다는 표시는 했다.

한번은 학교에서 가까운 곳으로 가벼운 소풍을 간다고 해서, 아침 일찍 일어나 선생님께 드릴 김밥을 정성껏 쌌다. 내가 국민학교 다닐 때는 소풍 갈 때 부모님들이 선생님 도시락도 같이 싸서 보냈던 게 기억이 났기 때문이다. 그 지역 특성상 다른 나라 음식을 자주 접할 기회가 없었을 것 같아서 작은 이벤트로 재밌게 즐기길 바랐다. 한국에서는 소풍을 가면 '김밥'이라는 이 음식을 도시락으로 가져가니, 맛있게 드시라는 쪽지와 함께 동료 선생님들과 나눠 드시라고 넉넉하게 싸서 보냈다.

집으로 돌아온 우리 아이가 선생님이 정말 맛있게 먹었다면서 너무 감사하다고 여러 번 말씀하셨다며 빈 도시락통을 내밀었다. 그래서, 다른 선생님들은 반응이 어떻더냐 물으니까 담임선생님이 하루 종일 그 김밥을 야금야금 꺼내서 혼자 다 드셨다는 것이다. 나중에야 알게 된 사실인데, 미국 사람들은 개인주의라서 그런 건지, 알레르기 체질이 많아서인지 음식을 나눠 먹는 문화는 아니었다. 어쨌거나 그 많은 김밥을 다 드셨다니 놀라긴 했지만, 입에 맞으셨다니 수고한 보람은 있었다.

미국에 있는 동안, 5월 15일이 되면 담임선생님들께 스승의 날 카드를 써서 고마운 마음을 표현했다.


　　한국은 매년 5월 15일이 스승의 날로,

　　선생님께 감사한 마음을 갖는 문화가 있습니다.

　　영어 한마디 못 했던 K가

　　이렇게 행복하게 학교생활을 할 수 있는 이유는

　　선생님이 계시기 때문입니다.

　　선생님 덕분에 걱정 없이 아이를 학교에 보낼 수 있게 되어

　　가족 모두 선생님께 늘 감사한 마음을 가지고 있습니다.

　　선생님이 오늘 하루를 정말 행복하게 보내시기를 바랍니다.


K의 가족 올림


　이라고 간단하게 카드를 써서 보냈는데, 생각보다 너무들 좋아하셨고 한국의 이런 문화를 무척 부러워하셨다.

　반면, 얼마 전 서울의 모 초등학교 교사의 자살로 불씨가 된 현재 우리나라의 교권을 생각할 때 참담함을 느낀다. 내가 한국에 돌아와 우리 애들을 학교에 보내면서 들려오는 이야기를 보면, 이게 진짜 가당키나 한 일인가 싶을 때가 많았다. 우리는 '스승의 그림자도 밟지 않는다.' 같은 훌륭한 문화가 있는데, 어쩌다 이런 안타까운 현실을 마주하게 되었는지 씁쓸하다.

　어느 순간 아이를 데리러 학교에 가면, 하교 지도를 하시는 여러 선생

님 중에서도 내 차가 보이면 꼭 교장 선생
님이 K를 부르고, 차 문을 열어서 아이를
태워 주고 나에게 인사를 건넸다. 그렇게
학년이 바뀌고 우리 아이는 학교에서 큰
상을 받게 되었다. 그런 상을 주는 줄도 모
르고 있다가, 하교할 때 아이를 데리러 갔
더니 상을 받았다며 우리 애 얼굴에 웃음
이 가득했다.

　나는 곧바로 주차를 시키고 아이와 함께
그 당시 담임선생님을 찾아갔다. 고맙다고, 선생님 덕분이라고 인사를
전하는데 갑자기 그동안 씩씩하게 잘 버텨 준 아이 생각으로 말끝에 목소
리가 떨렸다. 내가 "미안하다."라고 하자 선생님이 "아니에요. 저도 아이
가 있는 엄마랍니다. K가 정말 잘 해냈어요."라며 축하해 주셨다.

　그리고는, 처음 미국에 와서 우리 애가 영어 한마디 못 하던 시절에 담
임을 맡아서 잘 돌보겠다는 약속을 해 주셨던 그 선생님께 감사 인사를
하러 교실로 찾아갔다. 선생님은 우리 애를 보자마자 "오늘 아침에 방송
에서 네가 그 상을 받는다는 걸 들었을 때, 나는 너무 당연한 일이라고 생
각했어. 너는 그럴 자격이 있는 아이야! 네가 정말 자랑스럽다!" 하시며
눈물을 흘리셨고, 그 모습에 나 역시도 울컥했다. 그렇게 우리 셋은 서로
를 꼭 안아 주었다.

# 6개월이라는 마법의 주문

미국에 가기 전, 여기저기서 하나같이 해 준 말은 "애들은 6개월만 지나면 영어 잘해요."였다. 심지어 우리 앞집에 살던 영국계 미국인 케빈 아저씨도 "애들은 6개월만 지나면 영어 잘한다."라며 걱정하지 말라고 하셨다. 다 겪어 보신 분들이 그렇다고 하니, 나는 오로지 이 마법의 주문 같은 말에 의지하면서 6개월만, 이 6개월만 어떻게 버티면 된다고 생각했다.

그러나, 6개월은 고사하고 당장 아이가 학교에 갔다 온 첫날부터 혼돈의 대 환장 파티를 시작하게 된다. '이렇게 낫 놓고 기역 자도 모르는 상태로 가만히 있어도 6개월만 지나면 된다는 건가? 아무리 그래도 집에서 뭘 좀 해 줘야 빨리 배우는 거 아닌가? 애가 답답해서 앞으로 어떻게 학교생활을 하지?' 하는 생각이 꼬리를 물면서, 알파벳도 다 모르는 아이를 도대체 어디서부터 손을 대야 하는 건지 막막했다.

그러다, 등교 첫날 학교에서 교과서가 아닌 프린트된 종이를 수업교재로 쓴다는 걸 알았다. 그 초등학교에서는 교과서를 물려서 쓰기 때문에 교과서에 바로 문제를 풀고 필기를 하는 게 아니라, 주로 프린트물을 나눠 줘서 수업했다. 그 후, 매일 둘이 앉아서 날마다 학교에서 받아 온 그 프린트된 종이에 있는 단어들부터 외우기 시작했다.

엄밀히 말하면 알파벳을 떼지도 않은 8살짜리가 막 스펠링을 써 가면서 외울 수는 없으니까, 외운다기보다는 눈에 익히는 수준이었다. 엄마가 옆에 앉아서 단어를 반복해서 소리 내 읽어 주고, 뜻을 알려 주고, 계속 따라 읽기를 몇 시간씩 했다. 읽히려니까 파닉스를 가르쳐야 하고, 파닉스를 하려니까 알파벳을 가르쳐야 하고 뭐 이런 식이었다. 알파벳을 배우고, 그다음에 파닉스, 단어, 문장을 공부하는 식이 아니라 완전히 거꾸로 그날그날 배운 문장부터 복습을 시작하는 것이었다.

아무것도 모르는 애를 붙들고, 정말 맨땅에 헤딩하는 기분이었다. 지금 생각해 보면 아이 입장에서는 내 앞에 꼬불꼬불하고 무슨 그림같이 생긴 걸 갖다 놓고 '자, 오늘은 이거를 외워 보자.' 하고 말하는 거랑 똑같았다. 그래도, 미국 생활이 현실로 다가온 아이는 투정 한 번 없이 잘 따라와 줬다. 아이가 하기 싫다고, 모르겠다고 나한테 짜증을 낸 기억은 한 번도 없는데, 내가 가르치다 답답하고 힘들다고 애한테 짜증을 낸 기억이 난다. 잘 따라오는 걸 고마운 줄도 모르고, 업고 다녀도 부족했을 아이한테 왜 그랬을까 후회가 된다.


사실 남편과 딸아이처럼 나 역시도 그 낯선 생활에 적응하는 중이었다. 나는 잠이 많은 편이고, 특히 세상 둘째가라면 서러울 정도로 아침잠이 많은 사람이었다. 하지만, 학기가 시작되고는 매일 새벽같이 일어나서 밥을 했다. 아침부터 자정까지 학교에서, 도서관에서 살다시피 하는 남편의 도시락 2개와 딸아이의 점심 도시락을 정성껏 쌌고, 아침마다 밥을 해서 국이나 찌개로 한식을 차려 속이 든든하도록 먹여서 보냈다. 늦은 나이에 다시 공부를 하는 남편과 영어를 한마디도 못 하는 아이가 하루 종일 학교에서 버티려면 배라도 든든하게 먹여서 보내야 했다.

매일 아침 일찍 나가서 한밤중이 되어야 귀가하는 남편 대신 어떻게든 애들을 돌보고, 살림을 챙기고, 크고 작은 학교 행사도 쫓아다니며 동분서주하다 보면 하루가 저물었다. 특히, 학교 행사에 빠지면 아직 말이 자유롭지 않은 우리 아이가 스스로 아웃사이더라고 느낄까 봐 빠짐없이 쫓아다녔다. 주말이나 되어야 한숨 돌리는데, 남편이 시험 기간이거나 과제가 있으면 그마저도 여의찮았다.

나의 생활이 고단해도, 남편에게 불만을 가질 수도 없었다. 한식을 도시락으로 싸 주면 냄새가 나니까, 매일 점심과 저녁으로 샌드위치를 먹어 가며 그 늦은 시간까지 남편은 정말 열심히 공부했다. 남편이라고 오랜 시간 손을 놨던 공부가 쉬웠겠는가? 본인보다 체력도 좋고 머리도 잘 돌아가는 젊은 청춘들 사이에서 학교생활을 하려니 남편의 상황도 말해 뭐 하겠나.

그렇게 묵묵히 공부하는 남편을 옆에서 지켜보면서, 미국 오기 참 잘했다고 생각했다. '저렇게 열심히 하는걸, 안 했더라면 어쩔 뻔했나.' 하는 생각이 저절로 들었다.

지났으니 하는 말이지만, 미국에 가서 적응하는 것보다 가기 전에 반대하는 부모님을 설득하는 게 더 힘이 들었다. 성실하게 직장생활 잘하던 아들이 모든 걸 제쳐 두고 유학을 떠나겠다는 폭탄선언을 하자, 이 사실을 믿기 어려우셨던 시부모님께선 이 일의 발단은 옆에서 며느리가 바람을 넣었기 때문이라고 자체적으로 결론을 내리셨다. 남편이 하고 싶어 하는 일을 도와준다고 생각했던 입장에서는 억울한 면이 있었다.

그렇지만, 사실 내가 부모 입장이라도 두 손 들고 환영할 일은 아니었다. 나이가 어린 것도 아니었고, 주재원으로 나가서 생활비라도 벌면서 있는 것도 아니었다. 게다가 남들이 부러워하는 좋은 직장 놔두고 어린 자식들 줄줄이 데리고 나간다니, 이참에 미국에 터를 잡아 아주 떨어져 지내게 되는 것은 아닌지 하는 걱정을 하셨을 것이다. 안정된 생활을 불확실한 미래랑 바꾸겠다며 되지노 않는 고생을 하겠다는 걸 빈대히지 않는 것이 더 이상한 일이긴 했다.

나도 내 식구 일인데 잘못될 수도 있다는 걸 생각 안 해 본 것도 아니다. 하지만, 나는 이 세상 모든 일은 동전 같다고 생각하는 사람이다. 동전을 던져서 이쪽으로 쓰러지면 앞면이고 저쪽으로 쓰러지면 뒷면이 나오듯이, 어느 쪽으로 쓰러질지는 아무도 모르는 것이니 당연히 성공할 확률도 있고 실패할 확률도 있는 것이다. 그런데, 설사 실패를 했더라도 그럴 만한 가치가 있는 일이라면, 혹은 남은 평생에 아쉬움과 후회를 남길 일이라면 그래도 해 보는 게 맞다고 생각했기에 남편을 지지하고 응원했을 뿐이다.

남편과 내가 20대 시절, 같이 한 술자리에서 "야, 젊음이 쪼나!"라고 말하던 친구가 있었다. 우리 부부가 미국행을 결정할 당시에 적은 나이는 아니었지만, 그래도 그때만 해도 우리는 젊었고, 젊음 앞에 쫄지는 않았으니 한 선택이었다고 생각한다. 그렇게 선택한 미국행에서 남편은 남편대로, 나는 나대로, 큰애는 큰애대로, 작은애는 작은애대로 우리는 각자 자기 자리에서 앞도 뒤도 재지 않고 자기 몫을 했다.

아무튼 당시 나의 상황이 이러했으니 항상 피곤했고, 오후 3, 4시쯤이면 딱 30분만 자고 싶은 생각이 굴뚝같았다. 그래도, 큰애를 가르쳐야겠으니 책상에는 앉아 있어야 했고, 3살짜리 둘째는 엄마의 머리끄덩이를 붙잡고 등을 타고 오르락내리락하고 있으니, 나도 사람인지라 그때 큰애 가르칠 때 화도 내고 그랬다. 짧은 생각으로 애를 위한답시고 한 것이었다. 이게 자랑도 아니고, 아무도 모르도록 깊숙이 숨기고 싶은 기억이지만, 그래도 애한테 미안하다는 말은 하고 싶어서 이 이야기를 꺼낸다. 엄마가 너보다 한참 모자란 사람이라서 그랬다, 정말 미안하다.

그렇게 하루, 일주일, 한 달이 가고 어느새, 3개월이 지났다. 그즈음 집 앞 주차장이 공사 중이라, 주차 자리가 마땅치 않았었다. 아이를 학교에서 데리고 와 간신히 주차를 시키고 집으로 들어가는 길에 어떤 여자가 내 옆을 지나가면서 뭐라고 중얼거렸다. 가만히 마주 보고 천천히 말을 해 줘도 알아들을까 말깐데, 조그맣게 흘리는 말을 나는 한마디도 못 알아들었다. 그런데, 옆에 있던 우리 애가 "엄마, 저 아줌마가 자기 차 지금 빼니까 엄마 차를 자기 차 뺀 자리에다 대래."라고 했다. 나는 단어 하나도 귀에 들어오지 않았는데 애가 저걸 어떻게 알아들었는지 싶어 갑자기 눈이 번쩍 뜨였다. 그러면서 '아, 이제 됐구나.' 하는 안도감이 들었다. 지나고 보니, 이제 됐다고 생각할 정도는 아니었지만, 그 순간에는 얼마나 기분이 좋았는지 모른다. 이때부터는 그래도 좀 알아들어서 그랬는지, 학교에서 있었던 일이나 친구들이랑 지냈던 일들을 얘기도 많이 해서 나도 서서히 마음이 놓였다. 아이는 점점 그곳 생활에 적응해 나갔고, 이대로 시간만 지나면 되겠다 싶었다.

드디어, 기다리고 기다리던 6개월이 지났다.

그런데 뭔가 이상하다. 사람들이 말하길 애들은 6개월만 지나면 영어를 "잘한다"고들 했다. 그런데, 아직도 우리 애는 영어를 잘하지 못했다. 어떤 때는 근근이 어떻게 하는 것 같기도 하고, 또 어떤 때는 영 시원찮았다. 이즈음이면 영어를 잘해야 했는데 이상했다.

답답한 마음에 집에서 한참을 가야 겨우 하나 있는 아시안 식품점을 운영하시는 분의 가게를 찾아갔다. 대구에서 오신 그 사장님은 하나밖에 없는 아들을 잘 키워 보고자 미국 이민을 선택하셨다고 했다. 그 댁 아이가 처음 미국에 왔을 때 나이가 우리 딸이랑 같은 나이였고, 여러 가지로 그나마 우리 애랑 제일 비슷했기 때문에 내가 유일하게 참고할 수 있는 대상이었다.

아니, 사람들이 6개월만 지나면 영어 잘한다고 했는데, 우리 애는 지금 이런 상황이라고 하소연했더니, 그분 아이도 8개월 지나니까 좀 낫고 1년이 다 돼서야 잘하게 되었다고 얘기해 주셨다. 그런데, 지나고 보니 그 말이 맞았다.

우리 애를 기준으로 했을 때 "애들은 6개월이면 영어를 잘한다"는 말은 6개월이면 귀가 조금 뜨이고 그나마 생활이 좀 된다는 뜻이었다. 그 시점에서 "잘한다"는 말은 그럭저럭하게 된다는 뜻인데, 영어를 유창하게 한다는 뜻으로 해석했으니 마음이 조급했던 것이다. '그래, 저 댁 아이도 1년이 지나고부터 잘했다고 하니 6개월만 더 기다려 보자.' 했다. 더는 못 기다린다고 한들 시간을 두 배속, 세 배속으로 돌릴 수도 없고, 다른 뾰족한 수도 없었다.

그렇게 8개월쯤 된 어느 날 저녁, 애가 자는 줄 알았는데 아이 방에서 갑자기 서럽게 우는 소리가 들렸다. 왠지 모를 불안감에 가슴이 철렁했다. 도대체 학교에서 무슨 일이 있었길래 낮에 엄마한테 말도 안 하고 혼자 이불 속에서 저리 우나 싶었다. 그 짧은 거실을 지나가는데 마음이 심란했다. 놀란 가슴은 덮어 두고 왜 우냐고 물어봤더니, 생각지도 못한 대답이 나온다. 영어를 못해서 너무너무 답답하다는 것이다.

엥? 이건 또 뭐지? 아니, 왜 지금?

처음에 아무것도 못 알아듣고 말도 못 할 때도 잘 다녔는데, 심지어 학교 간 첫날에는 영어 다 알아들었다며? 지금은 일상생활에서 듣기, 말하기, 쓰기가 80% 이상은 되는 것 같은데 밤에 갑자기 울 정도로 답답함을 느낀다고?

일단 학교에서 별일이 없었다는 것에 안도했다. "○○ 오빠도 미국 와서 1년 지나고부터 영어를 잘했다고 하니까 우리도 기다려 보자. 그래도 지금은 처음보다 많이 알아듣고, 하고 싶은 얘기도 조금 하니까 1년이 될 때까지 조금만 더 견뎌 보자." 하며 아이를 달래서 재웠다.

그날 저녁에 자려고 누우니, 참 희한하다는 생각이 들었다. 내 생각에는 처음에 아무것도 모를 때가 제일 답답하고 어려운 건 줄 알았더니 그게 아니었나 보다. 아예 모를 때는 이게 똥인지 된장인지도 모를 정도로 그냥 어리둥절했다가, 뭘 좀 아니까 더 답답하게 느껴졌나 보다. 그게 하루 이틀도 아니고 매일의 생활이 그러니 얇은 종이가 한 장, 두 장 쌓여서 나중에는 한 번에 들지 못할 정도로 무거워지듯이, 그 답답함이 차곡차곡 쌓여서 아이 마음을 짓눌렀었나 보다. 다행히 아이는 그날 저녁에 한 번 울더니, 그 후로는 언제 그런 일이 있었냐는 듯 또 잘 생활했다.

옛날에 군대를 갔다 온 사람들이 거꾸로 매달아도 국방부 시계는 돌아
간다더니, 어느덧 미국에 온 지 1년이 됐다. 그 당시 아무도 한국에 관심
없던 그 동네에서, 대한항공에 조종사로 취직하고 싶다고 한국말을 배우
고 있는 마이클이라는 백인 청년이 있었다. 파일럿이 되겠다며 대학에서
항공기 조종을 배우던 친구였는데, 한국말을 잘하면 대한항공에 입사할
때 유리하지 않을까 싶어서 한국말을 배운다고 했다. 내 영어 실력이나
마이클의 한국어 실력이나 도긴개긴이었다. 그래서, 우리는 만나면 마이
클은 나한테 한국말로 말하고, 나는 마이클한테 영어로 말하기로 했었다.

미국에 온 지 1년쯤 된 어느 날 마이클이 나에게 "Juli, 니 딸은 이제 한
국 사람 아니야. 애는 이제 미국 사람이야. 애는 뇌가 미국 사람이 됐어."
라고 말할 정도로 영어를 "잘했다".

누가 외국에 아무것도 모르는 애를 데리고 간다면 나는 뭐라고 말해 줄까?

음, 나도 다른 사람들이 그랬던 것처럼 어린애들은 6개월만 지나면 그 나라 말 잘하니까 걱정하지 말라고 얘기해 줄 것 같다.

등산할 때, 산에서 내려오는 사람들한테 정상까지 얼마나 남았냐고 물어보면 "금방이에요. 다 왔어요."라고 대답해 주는 거랑 비슷하다. 막바지 가파른 코스가 남아 있지만, 아직도 헐떡거리며 한참은 올라가야 하지만, 그렇게 가다 보면 결국엔 어떻게든 정상에 도착하게 되니까 조금만 더 힘내라고 다 왔다고 얘기해 주는 것처럼 말이다.

처음부터 1년을 기다려야 한다면 하루하루가 버거운 초창기 타국 생활에서, '1년 365일을 어떻게 버티나.' 하는 무거운 마음이 들었을 것 같다. 하지만, 6개월은 어찌어찌하면 그 정도는 버틸 수 있을 것 같았다. 6개월이 되기 전에는 그 "6개월"만 버티면 된다는 막연한 희망 같은 게 있었다. 그렇게 한 달을 버티고, 두 달을 버티고 하다 보면 3개월이 되고, 그러다 보면 아이 귀가 뜨이고, 그다음엔 말이 조금 길어지면서 아이를 지켜보는 엄마 마음도 점점 가벼워졌다.

물론 사람들이 말했던 6개월이 지났는데도 생각처럼 영어가 막 늘고 그러지는 못했으니까 걱정은 했지만, 6개월 이전에 했던 걱정의 무게와 비교하면 귀와 입이 점점 트이기 시작하는 6개월 이후 걱정의 무게는 아무것도 아니다. 게다가 6개월까지는 신경 쓸 것도 많고, 적응하느라 정신이 없어서 시간이 언제 갔는지도 모른다. 그리고 인생은 알면서도 속고 모르면서도 속고 그렇게 사는 거라고들 하니까.

# 미국인 친구를 만들어 준 이유

우리 가족이 미국에 간다고 했을 때, 다른 엄마들이 "아휴 이제 K는 영어 해결됐네. 갔다 오면 영어 잘할 거 아니야." 하는 부러움 섞인 이야기를 많이 들었고, 나 역시도 그럴 수 있겠다고 생각했다.

그런데, 미국에 가서 딱 3개월이 되니까 '아, 애가 여기서 영어를 배워 간다고 생각하면 그건 망하는 거다.'라는 생각이 들었다. 일단 나와 3살짜리 둘째는 영어를 못했고, 애들 아빠도 미국에 공부하러 오긴 했지만, 영어를 한국말 하듯 편하게 하는 사람은 아니니, 집에서든 밖에서든 우리 가족들끼리는 100% 한국말을 썼다. 그러니까 우리 애가 영어에 노출되는 시간은 학교에 가 있는 시간뿐이었다.

미국 생활이 3개월 정도 되니까 아이의 영어가 그렇게 느는 것 같지는 않은 반면, 한국말은 까먹기 시작하는데 너무 기본적인 한국말도 정신없이 잊어버리기 시작했다. 그 모습을 보면서, 나는 곰곰이 생각해 봤다.

한국에서 태어나서 지금까지 살다 왔고, 초등학교에 입학해서 한국말도 글도 다 아는데, 미국 와서 3개월 만에 한국말을 저렇게 까먹는다? 그러면, 다시 한국에 가면? 그때는 학교와 집에서 전부 한국말만 쓰는데 미국에서 배운 영어를 유지한다? 그건 부모의 희망 사항일 뿐이다.

애들이 어리면 어릴수록 말을 빨리 배울지는 몰라도, 배운 걸 까먹는 속도는 그보다 더 빨랐다. 그렇다면, 다시 한국으로 돌아갔을 때 그동안 배운 영어를 까먹는 데 얼마나 걸릴까? 길어야 6개월 본다.

물론 현지에서 영어를 익혔으니 당장은 또래보다 영어를 엄청나게 잘하는 것처럼 보일 수도 있겠지만, 시간이 지나면 지날수록 나중에는 그 차이라는 것도 미미한 수준에 불과할 것이 분명했다. 솔직히 한국의 학원 시스템이나 커리큘럼들이 워낙 훌륭해서 우리처럼 2년도 안 되는 시간을, 그것도 저학년일 때 잠깐 갔다 온 정도면, 외국 생활 안 해도 충분히 따라잡을 수 있을 정도의 차이밖엔 안 된다.

실제로 한국에 돌아왔을 때, 고등학교 영어 선생님인 지인의 현실적인 조언이 있었다. 우리 집 둘째의 친구 엄마가 지역 유명 자사고의 영어 선생님이었다. 그때 당시 6학년인 우리 큰애를 영어학원도 안 보내고, 운동장에서 축구나 하게 놔두고 하니까 그 엄마가 "외국 나갔다 온 애들 영어 잘한다고 학원 안 보내고 그러면 안 돼요. 초등학교 때 외국 갔다 온 거는 딱 중학교 1학년, 길어야 2학년까지뿐이에요. 우리 학교에도 외국 살다 온 애들 많은데 그거랑 영어 성적 상관없어요."라고 걱정해 줬고, 그 엄마 말이 맞다. 미국에 간 지 3개월 됐을 때 내가 느낀 게 바로 그거다.

그럼, 우리는 여기서 무엇을 얻어 가야 하나? 경험, 경험뿐이었다. 미국에서만 할 수 있는 경험. 미국 사람과 친구가 되고, 이곳에서 생활하고 같이 어울리면서 미국 속에 들어가 보는 것. 그 문화를 경험해 보는 것, 우리와는 다르다는데 그 다름을 체험해 보는 것. 그게 내가 내린 결론이었다.

그래서, 멀리 다니던 한인교회도 우리가 사는 동네의 현지 교회로 옮겼고, 우리 애들도 유치부랑 초등부에 등록시켰다. 그 큰 교회에 동양사람은 우리 가족 4명과 한 백인 부부가 중국에서 입양한 갓난아기 한 명 해서 총 5명뿐이었다. 그때도 나의 영어 실력은 볼품없었지만, 나만 아니면 우리 가족 나머지 3명은 굳이 현지 교회를 못 다닐 이유가 없었다. 내가 조금 불편한 걸 감수하면 다른 가족들에겐 기회가 생긴다. 영어 듣기 연습한다 생각하고 다녔고, 어떻게든 되겠지 하고 다녔다. 그러면서 좋은 인언들을 만났고, 소중한 추어과 잊지 못한 경험들도 쌓였다

지역의 크고 작은 행사가 됐든, 이웃의 초대가 됐든, 남편의 학교 사무실 사람들과의 홈파티가 됐든 어색하다고 안 간 적 없고, 가능한 한 애들까지 다 데리고 부지런히 다녔다. 스스로 부족한 영어 실력에 연연하지 않으려 했고, 나를 솔직하게 소개하고 열린 마음으로 그 자리를 즐기려고 했다.

마음을 이렇게 먹고 나니 이때부터는 어떻게 하면 우리 아이한테 친구를 만들어 줄까 하는 생각뿐이었다. 한국에서도 친구들하고 놀면서 세상을 배우듯 미국에서도 미국인 친구들과 놀아야 미국 생활을 배우고 경험할 것이고, 영어도 빨리 늘 것이라고 생각했다. 물론, 그즈음 학교에서도 단짝 친구가 생겨 그 집 식구들이랑 같이 놀이동산에도 가고, 그 동네에 가서 할로윈도 함께하며 어울렸지만, 그 친구가 사는 곳은 우리 집이랑 거리가 좀 있었다. 더 이상 학교 프린트물에 나오는 영어 공부로 영어 실력을 키우는 것에 한계가 있다고 생각했기 때문에 우리 아이가 방과 후에도 쉽게, 수시로 자주 어울릴 수 있는 동네 친구가 필요했다.

그래서, 짬만 나면 동네의 공원이든, 놀이터든 애들이 모일만한 곳에

데리고 나가서 다른 아이들과 어울릴 수 있게 했다. 처음에는 우리 애들이 영어를 못해서 안 놀아주면 어쩌나 했는데, 아이들이 아직 어려서 그랬는지 영어 못해서 "너랑 안 놀아"라든지, 말이 안 통해서 불편한 기색을 하는 아이들은 한 명도 보지 못했다. 오히려 나중에 한국에 돌아와서 놀이터에 갔더니 자기 친구들끼리 논다고 "야, 우리끼리 하는 거야!" 이러면서 안 끼워 주고 그러는 게 더 충격이었다.

동네 친구를 만들어 주고자 집이 가깝고 나이가 비슷해 보이는 아이를 열심히 찾아봤지만, 애들이 있는 집들은 다 주택가에 사는지 우리 아파트 단지 근처에는 또래 아이를 찾기도 어려웠다.

그렇게 우리 식구가 미국에 온 지 4개월 남짓 되니까 크리스마스가 찾아왔다. 아파트 입주민을 위한 크리스마스 파티가 단지 내에 있는 커뮤니티룸에서 열렸다. 있는 동안 열심히 미국 경험을 하기로 한 우리 가족들도 물론 그 파티에 참석했다. 부모님의 미국 이주 이야기를 해 주셨던 분도 계셨고, 자신의 오빠가 한국전쟁에 참전했었다는 분도 있었다. 그렇게 이웃들과 이런저런 이야기를 하고 있는데, 우리 아이랑 비슷한 나이로 보이는 여자아이가 눈에 들어왔다. 앞집의 케빈 아저씨한테 저 아이가 몇 살이냐고 물어보니, 우리 딸과 같은 초등학교에 다니는 한 살 많은 아이라고 알려 줬다. 게다가 파티 내내 우리 딸이랑 그 여자아이랑 둘이 잘 어울려 노는 것이 아닌가.

그래, 저 아이다! 나는 그 타티아나라는 아이가 크리스마스 선물 같은 기분이 들었다. 그날 밤, 어떻게든 타티아나를 우리 딸의 친구로 만들어 주자 다짐하며 잠자리에 들었다.

# 깍쟁이 백인 아줌마

크리스마스 시즌이 끝나고 아이가 다시 학교에 등교하기 시작했다. 여느 때와 같이 하교 시간이 되어 아이를 데리러 학교에 갔다.

타티아나와 우리 아이가 동네 친구가 되려면, 먼저 그 아이의 엄마랑 친해져야만 했다. 언어에 문제가 없다고 해도 크리스마스 파티에서 잠깐 본 낯선 아줌마랑 무슨 수로 갑자기 친해질지 난감한데, 이거 뭐 만나면 무슨 얘길 하고 영어는 또 어떻게 하나 싶었다.

그런 어수선한 마음과는 달리 나는 이미 주차장에 차를 대고, 교실을 돌아다니면서 타티아나 엄마를 찾기 시작했다. 보통은 학교 내의 승하차장에서 바로 아이들을 픽업하면서 하교하지만, 그 엄마는 항상 주차장에 차를 대고 교실 앞으로 직접 아이를 데리러 갔기 때문에 그동안 서로 만나질 못했던 것이었다.

저쪽에 노란 단발머리를 보니까 타티아나의 엄마인 줄리가 분명했다. 교실 앞에서 아이를 기다리고 있는 그녀에게 다가가 인사를 했다. 짧은 영어 실력에 날씨 같은 일상적인 말 몇 마디 나누고 나니 할 얘기가 없다.

이번엔 저 아줌마가 어색하지 않도록 뭔가 계속 대화를 이어 주면 좋을 텐데, 표정이며 말투가 전형적인 깍쟁이 백인 여자였다.

정말 어색하고 서로 난처한 몇 분이 지난 후, 타티아나가 나타나자 그 모녀는 서둘러 자리를 떠났다. 정작 이 서먹한 대화를 시작한 장본인인 나는 그 둘이 사라지고 나자, 오늘 해야 했던 숙제를 끝낸 것 같은 홀가분한 마음까지 들었다.

첫날 나의 시도는 이렇게나 끔찍했지만, 다음날에도, 그다음 날에도, 날마다 하교 시간이 되면 줄리를 찾아가 반갑게 인사를 건네며 말을 시켰다. 오늘은 무슨 얘기를 할까, 영어로 어떻게 말할까 생각하면서 학교에 갔다.

어순도 엉망인 영어로, 매일 와서 아는 척을 하는 애 딸린 동양 여자가 줄리는 얼마나 불편했을까? 나중엔 내 차만 보여도 주머니에서 핸드폰을 꺼내거나, 몸을 돌려서 다른 곳을 쳐다보거나 했었던 것만 봐도 그 하교 시간이 그녀에게 얼마나 난감했었는지 알 수 있었다. 그게 눈에 뻔히 보이는데도, 그 낯선 곳에서 내 아이에게 단짝 친구를 만들어 주고 싶은 마음에 '여기 지금 내 친구 만들러 온 거 아니야. 정신 차려.'라고 다짐하며 그냥 들이댔다. 사실 살면서, 줄리 외에 남자고 여자고 남한테 매달려 본 기억이 없다. 싫으면 마는 거고, 아니면 아닌 거고, 가는 사람 잡지 않고 오는 사람 막지 않는 게 난데, 어린 자식 일 앞에서는 그런 걸 따지게 되지 않았다. 사람 좋아하는 우리 애가 난데없이 미국에 와서, 저 역시도 애 쓰는 모습을 곁에서 지켜보자니 그렇게 간절하지 않았나 싶다.

그렇게 한참이 지나고 어느 날부터는 줄리가 아예 보이질 않는다. 이 아줌마가 이제는 나를 피해서 차로 픽업을 하나 싶었지만, 어쩐 일인지는 알 수가 없었다.

그러던 어느 일요일 오후, 우리 아이가 타티아나랑 놀고 싶다고 했다. 남편도 공부하러 학교에 갔고, 집에서 무료한 주말 오후를 보낼 아이를 생각하니 왠지 나도 갑갑했다. 타티아나네 전화번호도 모르고 집도 몰라서 안 된다고 하니까, 우리 애가 그 집을 안다는 것이다. 아파트 단지에 있는 수영장에서 놀다가 집 앞에 같이 갔던 적이 있다고 했다.

줄리의 전화번호도 모르는 이 상황에서 같이 놀려면 집에 찾아가는 수밖엔 없었다. 나는 잠깐 고민했다. '일요일 오후면 그 집도 지금 쉬는 중일 텐데…. 초대하지도 않았는데 불쑥 남의 집에 찾아가는 건 매너가 아닌데…. 그렇다고 맨날 하교 시간에 되지도 않는 말 몇 마디 해서 언제 친해지겠어. 이참에 더 친해지든지 아주 끝이 나든지 어떻게 되겠지. 에이, 모르겠다. 집을 모르면 모를까, 한번 가 보고 안 된다고 하면 다시 오면 되지.'라고 생각했다.

사실 우리 애가 기억하는 그 집이 진짜 그 친구의 집인지도 확실하지 않았지만, 어쨌든 나는 우리 애들을 양손에 하나씩 달고 타티아나네 집이라는 곳에 가서 초인종을 눌렀다.

민소매 티셔츠를 입고 팔뚝이 울끈불끈한 백인 아저씨가 나왔다. 내 딸 K가 타티아나 친군데, 같이 놀고 싶다고 해서 찾아왔다고 하니까 안에서 줄리가 들어오라고 하는 소리가 들린다. 거실로 들어가 봤더니, 줄리가 허벅지까지 올라오노록 다리에 깁스를 하고 앉아 있었나. K가 타티아나랑 놀고 싶다고 해서 이렇게 왔는데, 갑자기 찾아와서 미안하다고 했다. 그리고, 그동안 네가 안 보여서 궁금했는데 다리를 다쳐서 학교에 못 왔었냐면서 안부를 물었다.

사실 줄리가 나와 무슨 대단한 친분이 있는 것도 아니었고, 주말에 약속도 없이 불쑥 집에 찾아와서 당황했을 수도 있었다. 그러나, 내 염려와 달리 줄리는 나와 우리 아이들을 반갑게 맞아 주었다. 내 생각엔 그녀도 다리를 다쳐서 한동안 바깥출입을 못 했기 때문에 그 집도 여러 가지로 답답하지 않았나 싶다.

그래서인지 줄리는 흔쾌히 같이 놀아도 된다고 허락해 줬다. 다만, 조금 이따 큰아들의 여자친구가 오기 때문에 자기네 집에서 노는 건 곤란하다고 했다. 그러면 아이들을 우리 집으로 데리고 가겠다고 하니까, 그러라고 하더니 자기 남편에게 갔다 오라고 했다.

'어? 잠깐만. 남편에게 갔다 오라고? 어딜? 왜?'

나는 이게 뭔가 했다. 타티아나를 나랑 같이 보내면 되지, 왜 남편에게 같이 갔다 오라고 하는 거지? 그 집 아저씨는 벌써 신발을 갈아 신고 나설 준비를 했다. 나는 머릿속이 복잡해졌다. 이거 뭐지?

아! 그제야 생각이 났다.

우리가 살던 주는 만 13세 미만의 아이는 반드시 보호자가 함께 있어야 한다. 그래서 등·하교 시간에도 꼭 부모가 아이를 학교에 데리고 다녀야 했다. 회사에서 일을 하다가도 아이의 하교 시간이 되면 학교에 와서 아이를 집에 데려다주고 다시 출근해야 한다. 자기 집 안이라도 아이를 혼자 놔두고 부모가 마트를 간다든지 했을 때, 누가 신고하면 그 부모는 경찰서에 출석해야 하고 아이는 부모와 분리되어 아동보호소로 간다고, 절대로 한국에서처럼 애를 놔두고 잠깐이라도 자리를 비우면 안 된다고 신신당부했던 애들 고모의 말이 생각났다. 그러니까, 그 사람들 입장에서는 아이의 보호자가 동행하는 건 당연한 일이었다.

비로소 상황 파악이 된 나는 집으로 돌아오는 내내, 오늘 처음 본 저 아저씨랑 어떻게 시간을 보내나 싶었다. 그렇게 집에 오자마자 아이들은 신이 나서 베란다에 나가 물감 놀이도 하고, 더우면 거실에 들어와서 게임도 하고 한참을 잘 놀았다. 타티아나는 동생이 없어서 그랬는지 우리 둘째도 잘 데리고 놀았다.

타티아나의 아빠에게 너희 집이라 생각하고 편하게 있으라고 말은 했지만, 정작 내가 편하지 않았다. 우리 집에서, 외국인이랑, 그것도 그날 처음 본 남의 집 애 아빠랑 같이 있게 될 줄은 생각도 못 했다. 모르는 한국 남자하고도 한 집에 둘이 있어 본 적이 없는데, 오늘 만난 백인 아저씨하고 이게 무슨 일인가 했다. 할 일이 있어서 방에 있을 테니 필요한 게 있으면 말해 달라 하곤 나는 방으로 들어가 버렸다.

두 시간 남짓 놀았을 때, 그 아저씨가 그만 집에 가자고 타티아나를 불렀다. 나는 그 말이 얼마나 반가웠는지 모른다. 나중에야 이 아저씨하고도 아파트 헬스장이나 학교에서 마주치면 서로 농담도 하고, 장난도 치고, 같이 놀러도 다니면서 편한 사이가 됐지만, 그때는 정말 난처했다.


그날 이후로 나는 하교 시간에 줄리를 찾아가 말을 붙일 필요가 없어져서, 다시 차를 타고 우리 애를 픽업했다. K와 타티아나는 동네 절친이 됐고, 자주 단지에 있는 수영장에서 놀거나 우리 집에 와서 놀곤 했다. 주말에 남편이 학교에 가고, 타티아나네 아빠가 볼일이 있어서 나기는 날엔 타티아나랑 줄리는 우리 집에 와서 만두도 같이 만들어 먹고, 커피도 마시고, 우리 가족이 한국에서 찍은 사진들도 보면서 함께 주말을 보내곤 했다.

한번은 줄리가 설날에 한 상 푸짐하게 차려서 가족들과 둘러앉아 떡국 먹는 사진을 보더니 "왜 다 바닥에 앉아서 먹냐?"라고 물어봤다. 그때 그 동네 사람들에게 동양은, 한국은 그렇게 낯선 곳이었다.

날씨가 더운 지역이라 두 아이가 자주 만나서 물놀이를 했기 때문에, 수영장으로 간식거리를 가져가면 우리는 거기서 또 엄마들끼리 수다를 떨다가 저녁을 챙기러 각자 집으로 돌아가곤 했다.

자, 이렇게 미국 아줌마랑 동네에서 수시로 만나 수다를 떨었으니 내 영어가 많이 늘었을까? 노 노, 전혀. 왜냐하면 나는 미국 아줌마랑 수다를 한국말로, 그것도 입으로 떤 게 아니라 손가락으로 떨었기 때문이다.

하루는 수영장에 갔더니 줄리가 세상 신이 나서 나를 보며 빨리 오라고 부르고 난리가 났다. 가보니까, 자기가 기가 막힌 걸 찾았다면서 노트북에서 영·한 번역이 되는 구글 번역기를 찾아서 보여 줬다. 번역기를 처음 본 나는 '와, 이게 신문물이구나.' 했다. 그런데, 그 당시 구글 번역기의 번역 수준은 진짜 거지 같았다.

그래도, 우리는 애들을 수영장에 풀어놓고, 그늘에 앉아 몇 시간이고 구글 번역기를 돌려 가며 수다를 떨었다. 그러다 보니, 이게 영어가 느는 게 아니라 눈치가 늘어서 나중에는 번역이 되는 것만 봐도 "이거 뜻 이상하지?" 이러면서 서로 그런 부분만 영어로 말하곤 했다. 그녀가 그 구글 번역기를 찾지 않았더라면 나 영어 많이 늘었을 텐데. 줄리, 왜 그랬어?

요즘엔 번역기가 많이 진화해서 참 편할 것 같다. 사진만 찍어도 다 번역해 주고, 전화하면서 동시통역도 해 주고, 상점에서 말 한마디 안 하고 핸드폰에 앱 깔아서 주문도 할 수 있으니, 이제 더 이상 '카디건' 같은 단어 때문에 진땀 빼는 일은 없을 것이다. 10년 남짓한 사이에 또 다른 세상이 됐다.

처음 학교 교실 앞에서 서로 어색했던 그 깍쟁이 백인 아줌마는 어느새 나에게 남편 흉도 보고, 남에게 하기 힘든 속 얘기도 털어놓는 친구가 됐다. 그렇게 할 이야기가 한 보따린데 내가 영어를 잘 못 하니까 번역기라도 찾아왔던 줄리.

내 이설픈 영어 실력에도 불구하고 "네가 저 교수보다 영어 잘해. 나는 니 영어 다 알아들어."라며 말도 안 되는 편을 들어 줬던 친구. 아이 친구를 만들어 주고 싶어서 내가 먼저 질척거렸지만, 나중에는 아이들이 학교 갔을 때 우리 부부들끼리 낚시도 가고, 공원도 가고 그랬다.

우리가 한국에 오고 줄리도 사정이 생겨 친정이 있는 조지아로 갔는데, 생각해 보니 그때 뿌리치지 않고 막무가내였던 내 손 잡아 줘서 고마웠다는 인사를 아직도 못 했네.

**18**

# 외국살이에서 느낀 것

사실 1년 10개월 정도의 타국 생활은 어디 가서 해외 생활 했다고 말할 거리도 못 된다. 하지만, 이 짧은 시간이 우리 가족에겐 여러 면에서 큰 변화를 줬다. 당시 둘째가 너무 어린 3살에 갔기 때문에 그 점이 조금 아쉽다는 것 외에는 우리 가족에게 많은 것을 남겨 준 시간이 되었다. 채 2년도 안 되는 시간이었지만, 준비 없이 간 것치고는 꽤 만족스러운 타국 생활이었다. 우리 가족에게 잊지 못할 소중한 경험과 이국적인 추억을 많이 만들어 줬다. 이후 한국에 와서도 어떤 일을 하든지 두려움보다는 '아무도 것도 모르고, 아는 사람 하나 없는 데 가서도 잘 살았는데 뭐.' 하는 배짱 같은 게 생겼다.

우리가 그곳에서의 시간을 행복한 추억으로 남길 수 있었던 것은 무엇보다 좋은 사람들을 만났기 때문이다. 또, 우리 가족들 각자가 그 시간을 허투루 보내지 않고 알차게 지내려 했기 때문에 가능했다고 생각한다.

그런 미국 생활은 나에게 무엇을 남겼나? 가서 생활해 보지 않았더라면 내가 지금도 몰랐었을 것에 대해 얘기해 보려 한다.

첫 번째, 나는 대한민국을 소중하게 생각하게 되었다.

토종 대한민국 국민으로서 이 무슨 생뚱맞고 뻔한 애긴가 싶겠지만 나는 그렇다.

2011년 처음 미국에 가서 놀랐던 것은 현지 사람들이 삼성 핸드폰을 많이 쓴다는 것이었다. 최근에 샌프란시스코에서 한동안 머물렀었는데, 거기 사람들은 애플 핸드폰을 썼고, 교통카드 같은 앱도 애플과 연동되어야 편리하게 쓸 수 있었다. 그런데, 그 당시 내가 살던 지역은 왜 그랬었는지 모르겠지만, 너나없이 삼성 핸드폰을 썼다. 생각보다 많은 사람들이 삼성 핸드폰을 쓴다는 사실에 한 번 놀랐고, 삼성이라는 회사가 한국 기업인지도 모르고 삼성 핸드폰을 쓴다는 것에 두 번 놀랐던 기억이 있다. 내가 애국심이 차고 넘치는 사람은 아니지만, 아무리 그래도 날마다 삼성 핸드폰을 쓰면서 한국 기업인 줄도 모르고, 심지어 일본 회사 아니냐고 하는 사람도 봤는데 그건 한국인으로서 상당히 심기가 불편한 면이 있었다.

나가서 살아 보니 타국에서 우리나라 제품이 인기가 있다는 사실만으로도 왠지 모를 위안이 되었다. 그때 당시 인터넷상에서 "헬조선"이라는 말을 쓰곤 했었는데, 나가서 살아 보면 안다. 막연히 동경했던 선진국의 복지에 대해 가졌던 환상, 자주 국가의 국민으로 내 여권이 있다는 것에 대한 소중함과 해 떨어지면 돌아가서 내 몸 누일 집이 있는 것처럼 원하면 언제든지 돌아살 나의 소국이 있다는 것이 얼마나 감사한 일인지 말이다. 오죽하면, 내가 답답하면 쫓아갔던 그 아시안 마트 여사장님이 미국 마트 Sam's Club에 어느 날 LG 세탁기가 진열된 걸 보고, 그 세탁기 앞에서 오열을 했다고 할까?

　나가서 살아 보면 조국이란 그런 의미가 되는 것이다. 아마 타국 생활을 해 보지 않았다면, 나 역시도 한국 사회에 대해 적지 않은 피로감을 느끼는 사람 중의 하나였을 것이다. 하지만, 이제 나는 미우나 고우나 우리나라를 소중하게 생각하게 되었다.


　그런 면에서 지금의 한류가 얼마나 고마운지 모른다. 우리나라 뉴스에서는 맨날 미국이 어떻고, 미군이 어떻고 하니까 미국 사람들도 한국을 그렇게 잘 알고 관심이 많은 줄 알았다. 내가 미국 살 때, 그 시골 동네에서 한국은 별 관심에도 없는 나라였다. 나중에 한국으로 돌아간다고 하니까 우리 아파트 이웃 중에 한 분이 아무렇지도 않게 "너 그럼 북한으로 가는 거야?"라고 물어보신 적도 있다.

　한번은 내가 초창기 다니던 한인교회에서 한국 이민자 청년들이 양로원에 봉사활동을 가서 빔프로젝터로 영상을 보여 드리는 활동을 했었다. 거기 계시던 미국 할머니, 할아버지들이 빔프로젝터를 가리키면서 "누가 저거 기계 사용법 저 친구들 알려 줘야 돼. 쟤네 한국에서 와서 저런 거 쓸 줄 몰라."라고 하신 얘기를 나도 그 양로원에 따라갔다가 들었다. 아직도 그분들에게 한국은 6.25 전쟁으로 가난하고 힘이 없어 미국의 원조를 받아야 했던 나라로 기억되고 있었다. 휴전된 지가 언제고, '대통령 직속 국가 브랜드 위원회'도 있었던 나라에서 그동안 어떻게 외교를 했기에 국가 인지도가 그 정도밖에 안 됐었나 믿기 어려운 순간이었다. 거짓말 같지만 이게 2011년도의 이야기다.

　우리 가족이 미국에 간 지 1년 남짓 되니까 싸이의 '강남스타일'이 미국에서 크게 히트를 쳤고, 당시 멕시코로 가는 크루즈 안에서 한국어로 선 내에 가득 울려 퍼지는 '강남스타일'을 듣고 놀랐던 기억이 있다. 그때, 그 뮤직비디오의 배경에 나온 건물들을 보고 "한국에 저렇게 높은 빌딩들이 있었어?"라는 말이 나왔었다.

12년 전 미국에서 한국과 한국인의 위상과 지금 블랙핑크, BTS 같은 한 류스타나 K-콘텐츠가 히트를 친 한국과 한국인의 위상은 차원이 다른 거 다. 이게 여기 한국에서 한류, 한류 하니까 그런가 보다 하겠지만, 12년 선 미국 시골에 있어 본 사람으로서 한류가 아니었다면, 그 어떤 외교적 활동으로 이 짧은 시간에 한나라의 국격을 이 정도로 바꿔 놓을 수 있었 을까 싶다. 나는 진심으로 한류가 스쳐 지나가는 유행 같은 것이 아닌, 지 속 가능한 어떤 것이 되길 바란다.

### ● 가장 세계적인 것

두 번째, '가장 한국적인 것이 가장 세계적인 것'이란 말이 무슨 뜻인지 알게 되었다.

미국 갈 준비를 할 때, 새로운 생활에 적응하고 새로 사람을 만나려면 왠지 다른 사람들하고 나눌 수 있는 음식을 배워 가야 할 것 같다는 생각 이 들었다. 그래서, 음식 솜씨가 좋은 친구에게 잡채 만드는 걸 배웠고, 호불호가 없을 것 같은 김밥을 싸는 법도 배워 갔는데, 실제로 요긴하게 잘 써먹었다.

모임은 대부분 음식을 하나씩 준비해 오는 potluck party가 많았고, potluck party가 아니더라도 초대해 줘서 고맙다고 잡채나 김밥 같은 걸 해 가면 다들 너무 좋아했다. 특히 잡채는 어느 자리든 잘 어울렸고, 인종에 상관없이 정말 인기가 좋았다.

외국 생활이 계획에 있다면, 비장의 무기처럼 쓸 수 있는 한국 음식을 하나 배워 가길 추천한다. 자연스러운 아이스 브레이킹에는 음식을 나누고, 그 음식과 관련한 가벼운 수다로 시작하는 것만큼 좋은 것도 없다. 그 나라 사람들이 흔하게 접할 수 있는 뻔한 메뉴보다는 조금 특별한 음식이 분위기를 돋우는 데는 더 효과적이다. 우리나라 음식을 해가면 말할 거리도 생기고, 분위기도 자연스러워지고, 나에 대한 호감도는 상승하는 일석삼조의 효과가 있었다.

그렇게 또 하나 챙겨 간 것이 우리나라의 문화 상품이었다. 국립중앙박물관 인터넷 문화상품점에서 아주 한국적인 물건을 골라 이민 가방에 넣어 갔다. 지금은 팔지 않을 것 같지만 그때만 해도 마우스 패드를 많이 썼기 때문에 김홍도의 '씨름', '서당' 같은 풍속화가 그려져 있는 마우스 패드와 남계우의 '화접도'가 그려진 연필 세트나 수첩들을 사 갔다. 당시 5천 원, 8천 원짜리였지만 받는 사람들은 귀한 걸 받았다며 만족도가 높은 선물이 되었다.

이렇게 우리나라 음식이나 문화 상품 같은 우리 것에 대한 외국 사람들의 반응을 보면서, 우리의 전통적인 유·무형 문화유산이 굉장한 힘이 있다는 것을 깨달았다. 또, "가장 민족적인 것이 가장 세계적"이라는 괴테의 말을 생각해 본다면 우리나라만의 문화적 특성과 정서가 담긴 유·무형 문화유산이나 고유의 독특한 전통이 우리의 재산이고 경쟁력일 것이다. 희귀하거나 유일무이한 것, 혹은 넘사벽인 것. 그게 국가 경쟁력이다.

글로벌, 글로벌 참 많이 들어 본 말인데, 미국 가서 내가 느낀 글로벌은 서로의 개성을 이해하고 존중하면서 그것이 인종과 나라를 초월해 영향을 미치는 것이었다. 여기서 개성이라는 것은 결국 나의 정체성이다. 내가 한국 사람이라는 것, 한국이 다른 나라와 다른 것, 한국인만이 가지고 있는 문화적 특징, 이런 것들의 뿌리는 결국 우리 고유의 역사와 문화유산이라는 걸 그 나이 들어서 미국에 가서야 알았다. 남의 나라 실면 다 애국자 된다더니, 학창 시절에 시험 보려고 억지로 외웠던 국사는 시험을 보고 나옴과 동시에 다 까먹고 머리에 남은 게 없는데, 외국 나와 살면서 비로소 우리 역사와 문화의 소중함을 체험했다.

그래서, 한국으로 돌아가면 우리 애들한테 역사 공부를 제대로 시켜야겠다고 생각했다. 이미 우리는 어떤 면에 있어서는 국경이라는 것도 무의미해진 세상에 살고 있기 때문이다. 이런 이야길 하면 내가 너무 옛날 사람인 것 같아서 조금 서글퍼지는데, 예전에는 해외여행도 자유롭게 할 수 있는 시대가 아니었다. 내가 중학생이던 1980년대 후반이 되어서야 뉴스에서 '해외여행 전면 자유화'가 됐다는 소식을 들었다. 요즘같이 연휴가 단 며칠이라도 붙어 있으면 공항이 북새통을 이루던 시대가 된 것이 그렇게 오래된 일이 아니다. 물리적 거리가 더 이상 장애가 되지 않고 언어, 나라, 국경의 제한이 희미해지면 조그만 나라의 정체성 같은 것은 별 의미가 없을 것 같지만, 내 경험상 그 반대다. 내 나라, 내 민속의 정체성을 빼고 '나'라는 사람을 설명할 수 없기 때문이다.

세 번째, 저만 잘하면 엄마의 치맛바람은 없어도 된다는 확신이 생겼다.

사실 저 '치맛바람'이라는 단어 자체가 별로 맘에 들지는 않는데, 달리 대체할 만한 단어가 생각나지 않아서 쓴다.

애들이 어렸을 때는, 치맛바람이 센 사람을 보면 유난을 떤다고 생각했다. 그런데, 나도 아이를 초·중·고생이 되도록 키워보니까 그 엄마들의 마음이 충분히 이해가 가는 부분이 있고, 한편 그것도 능력이라는 생각도 든다. 그 방법이 옳고 그르냐는 논외로 두고 봤을 때, 이 치맛바람을 제대로 부리려면 정신적, 물질적, 육체적으로 지극정성을 다해야 한다. 아이의 체력부터 컨디션 관리에 학원 정보, 입시 정보, 학업 스케줄 관리, 목표 학교에 맞춘 독서 관리 및 학업성취 상황을 면밀히 파악해야 한다. 또, 엄마가 아프면 아이의 스케줄에도 차질이 생길 수 있기 때문에 엄마의 체력, 정보력, 판단력, 실행력, 기동력이 기본이다. 공부를 못하면 다른 걸해 보기도 전에 무능력자가 되어 버리는 우리 사회에서 이걸 엄마가 유난스럽다고 탓할 건 아닌 것 같다.

그런 교육환경에 있다가 갑자기 미국에 가게 되어 뭐가 어떻게 돌아가는 건지도 모르고, 심지어 말도 못 알아듣는 아이를 학교에 보냈는데, 아이 본인이 알아서 하니까 엄마의 특별한 간섭 없이도 다 잘 되는 경험을 나는 해 봤다. 육아도 그렇지만 특히, 학업에 있어서만큼은 '장님 코끼리 만지기' 식이라, 이게 뭐가 맞는지 틀리는지 나는 알 수가 없다. 그게 미국이어서 가능했던 것인지, 저학년이어서 가능했던 것인지는 모르겠지만,

어쨌든 기본에 충실하면 잘할 수 있고, 아이가 잘하면 굳이 엄마가 아니어도 선생님이나 학교 내에서 밀어주고 당겨 주고 한다는 확신이 생겼다.

엄마의 치맛바람보다는 그날 배운 것 그날 복습하고, 모르는 것 알고 넘어가고, 주어진 일에 일관되게 근면, 성실하게 책임감을 갖는 등의 기본적인 것들을 충실하게 해내는 것이 더 중요하고 효과적이라는 것을 경험으로 알게 되었다.

부모가 그런 기본적인 습관과 태도를 가르치고 몸에 배도록 지도할 수는 있겠지만, 부모가 아이 대신 책상에 앉아서 해 줄 수는 없다. 그래서, 결국 공부는 자기가 하는 거다. 그렇기에 저학년일수록 성적이나 점수 같은 결과에 집중할 게 아니라 이런 습관과 태도를 익히도록 하는 것이 맞는 접근법이라고 생각한다.


나의 경우, 아이가 초등학교에 입학하고 한 학기 만에 미국으로 갔기 때문에 이때의 경험이 이후 한국에서 학부모로서 방향을 잡는 데 큰 도움이 되었다.

우리가 살던 곳은 워낙에 바다가 가까운 조용하고 한적한 곳이었고, 교육열 높은 중국, 인도, 한국 사람들이 아예 없다시피 했지만, 어디를 가도 교육열 높고 아이 일에 발 벗고 나서는 부모들은 반드시 있다. 미국도 사커맘이라고 자녀교육에 열성적인 엄마들이 있다. 우리는 전국대회를 나가려면 지방에서 자차나 KTX를 타고 오는 수준이라면, 미국에서 좀 큰 대회에 나가려면 주를 넘어 다녀야 하는 스케일이 된다. 미국의 주 하나가 한국보다 크니까 해외로 나가는 것처럼 비행기며 호텔을 예약해야 하는 등 일이 많아진다.

학원을 하나 보내려고 해도 우리나라처럼 노란 학원 차들이 집 앞까지 와서 태워다 주는 것도 아니고, 잠깐 간식이라도 먹이려면 편의점이나 떡볶이집 같은 가게들이 골목마다 있는 것도 아니니, 하다못해 물이라도 다 싸서 가지고 다녀야 한다. 하나부터 열까지 일일이 엄마 손이 가야 키울 수 있는 게 미국이고, 미국의 열성적인 엄마들의 자녀에 대한 뒷바라지도 우리나라 엄마들 못지않다.

그런데다 미국은 빈부 차이가 대단한 나라다. 우리 동네도 조금만 외곽으로 나가면 무슨 중세 시대 성같이 생긴 집들부터 시작해서, 보트고 뭐고 집안에서 길 잃어버릴 만한 으리으리한 집들이 많았다. 우리 아이가 그런 집에 사는 친구의 생일 파티에 초대받아서 가 보면, 잡지나 영화에 나올 것 같은 인테리어와 규모에 놀랄 때가 종종 있었다.

거기에 미국학교는 크고 작은 행사를 학부모들의 참여나 기부로 운영되는 경우도 많아서 이렇게 교육열에 재력까지 더한 사람들이 학교 활동에 직·간접적으로 활발하게 활동하는 경우도 한국보다 훨씬 많았다.

그러나, 우리 모녀는 다른 세상에 있었다. 학교에서 뭐를 하는지, 시험을 언제, 어떻게 보는지 제대로 알 수가 없으니 시험을 보고 집에 와서 "엄마, 오늘 시험 봤어." 하면 '아, 시험을 봤구나.' 했다. 애나 엄마나 보이지만 볼 수 없고, 들리지만 들을 수 없는 상태로 각자 자기 자리에서 그저 주어진 대로 열심히 살았더니, 어느 순간 아이는 그 학교의 에이스가 되어 있었다.


내가 이런 일련의 과정들을 겪은 바로는, 저만 잘하면 엄마의 정보력이니 치맛바람이니 하는 것들이 별 의미가 없을 수도 있다는 것이다. 이런 경험은 우리 가족이 한국으로 돌아오고 아이가 학교를 잘 다니다가, 느

닷없이 고등학교를 국제학교로 진학하게 되면서 한 번 더 체험하기도 했다. 그때도 국제학교의 생리를 전혀 알지 못했던 엄마인 나는 뭐가 어떻게 돌아가는지도 몰랐고, 사실 내가 끼려야 낄 수도 없었으니 학교 일은 알 수가 없었는데 아이가 알아서 학업과 학교생활을 착실하게 하니까 선생님들이 다방면으로 도와주셨고, 아이의 시간과 몸이 모자랄 정도로 많은 기회가 생기는 것을 볼 수 있었다.

우리 아이의 경우, 결과적으로는 전형적인 한국의 교육제도와 대학 입시 시스템을 따른 경우가 아니었기에 가능했던 것인지도 모르겠다. 하지만, 일반 공교육을 받는다 해도 중학교부터는 어차피 엄마가 애를 몰아붙이고 쪼아서 공부를 시키는 것에도 한계가 있고, 초등학교 시절처럼 부모 말이 먹히지도 않으니 공부는 결국 아이의 의지에 맡겨야 하는 부분이 크다는 점을 생각해 보면 비슷한 맥락인 것 같다.

여하튼, 치맛바람이든 뭐든 능력이 되어 내 아이에게 재량껏, 성심성의 껏 키우는 것도 대단한 열정과 에너지가 필요한 것이고, 엄마의 이런 역량이 아이가 실력을 업그레이드시킬 수 있도록 적지 않은 도움을 주는 것도 사실이다. 솔직히 한편으로 그런 점이 어떤 면에서는 내심 부러우니까 '치맛바람'이니 '돼지엄마'니 하면서 비하하는 어투를 쓴다고 생각한다. 어찌 되었건 나의 경우, 미국에서 학부모로서 보냈던 경험 덕분에 한국의 교육 분위기 속에서 학부모로서 내가 결정한 방향으로 나가는 것에 대한 불안이나 부담에 있어서 조금 더 자유로워질 수 있었다는 것이다.

아이가 7살이 되고 학교에 다닐 때가 되니까 나도 또래 엄마들 무리에 껴서 남들은 애를 어떻게 키우는지도 좀 보고, 학원 정보도 귀동냥해 가며 분위기 파악이라도 해야 한다고 생각했었다. '하는 놈은 섬에서도 서울대 간다'는 신조가 있었던 나는, 내키지는 않아도 한국에서 애를 키우려면 그래야 하는 것이려니 했다. 그러다 잠깐이었지만, 미국에서 학부모로 아이를 키워 본 경험 덕에 내가 생각했던 대로 아이를 키우는 것에 대해 막연히 '그래도 되는 것 아닌가?'에서 '그래도 되더라.'로 바뀌었다. 어떤 면에 있어서는 이런 엄마 때문에 수학 선행을 못 하고 중학교에 입학해서 고생을 좀 했지만, 그것까지야 어쩌겠나. 그런 미련한 부모를 만났으니.

● 성공적인 유학 생활의 열쇠

네 번째, 성공적인 유학 생활에는 영어 못지않게 중요한 것이 있다는 걸 알게 되었다.


　미국에서 아침·저녁으로 남편을 픽업하느라 매일같이 학교를 들락날락하면서 한국 유학생들을 지켜봤을 때, 행동들이 뭔가 묘하게 나를 갸우뚱하게 했다.

　처음엔 한국 유학생에게 정보를 얻을 수밖에 없으니 학생들끼리 서로 가까운 동네에 모여 살고, 아무래도 렌트비 때문에 여럿이 모여 자취하는 경우가 많았다. 1학년일 때야 아무것도 모르니 그렇게 시작해야 했을 것이고, 그 대학의 특성상 전공이 같은 학생들이 많아 비슷비슷한 수업을 들을 테니 모여 다니는 것이 당연할지도 모른다. 그렇다손 치더라도 내가 봤을 때 한국 학생들은 하교 후 공부도, 노는 것도, 생활하는 것도 생각보다 너무 많은 시간을 함께 보내는 것 같았다. 현지인 사이에서 이방인으로서 느끼는 거리감을 몰라서 이런 이야기를 하는 것이 아니다. 이게 잘잘못의 문제도 아니고, 유학생들이 어떻게 사는지 쫓아다니면서 일거수일투족을 다 본 것도 아니다. 또, 이제 갓 20살 된, 군대 갔다 와 봐야 20대 초반의 나이에 타국에서 지내는 그 마음을 이해하지 못하는 것도 아니다.

　그러나, 내가 거기서 우리 학생들을 보면서 느낀 건, 보통 한국에서 아이를 유학 보낼 때 부모의 입장에서 기대하는 것과는 조금 차이가 있다는 것이다. 우선, 전공 공부를 잘하고 목표에 맞게 준비해서 졸업하는 것이 제일 중요하지만, 그래도 부모가 큰마음 먹고 남의 나라에 유학을 보낼 때는 단순히 학업적인 부분만 보고 내린 결정은 아닐 것이다.

　여러 나라의 친구들과 같이 수업을 들으며 학우로서 서로의 생각과 다름도 공유하고, 그네들 문화도 충분히 경험하고, 다양한 인적 네트워크도 쌓고, 학식과 견문도 넓히면서 한국에서는 할 수 없는 새로운 세계의 경험과 배움을 기대할 것이다. 그러려면 나와는 인종, 국적, 문화권 등 다른 특성을 지닌 사람들이 주위에 있어야 하고, 현지의 학생들은 물론이고 다른 나라의 유학생들과도 친근하고 가깝게 어울릴 수 있어야 한다. 그런데, 같은 유학생 신분의 다른 나라 학생들과 비교해 봐도 우리 학생들의 뭔가 수동적인 느낌, 그 안에서 겉돈다는 느낌을 나는 받았다. 아마도 그 원인은 한국 유학생들의 소극적인 자세와 사교적인 부분들의 부재로부터 나오는 것이라고 생각한다.

나는 영어를 잘해서 의사소통에 문제가 없으면 외국 생활을 하는 데 별 어려움이 없을 것이라고 간단하게 생각했었다. 그런데, 살아 보니 영어를 잘한다 해도 모국어가 아닌 이상 어느 정도 언어에 대한 불편함이 있고, 그러다 보니 본의 아니게 어색한 상황을 맞닥뜨리게도 되고, 거절이나 실수에 대한 두려움, 예상치 못한 당혹스러운 순간들에 대한 긴장감이 있기 마련이다. 그런 경험이 불편하겠지만 그렇다고 부끄러운 일도 아니고 주눅 들 일도 아니다. 학교 안에서든 밖에서든 말 몇 마디만 나눠 보면 이방인이라는 티는 나기 마련이고, 이방인에겐 모든 것이 어설프고 낯선 것이 당연하다.

익숙한 곳을 떠나 남의 나라로 유학을 간다고 결정했을 때는 이런 어려움을 짐작했을 것이고, 어느 정도 내가 모험을 한다는 용기와 강단이 필요했을 것이다. 그렇다면 조금 서툴고, 조금 창피해도 조금 더 과감하게 도전할 수 있도록 스스로를 독려하는 게 필요하다고 생각한다. 오늘 망신 좀 당했거나 실패했어도 괜찮다. 결국엔 그런 것도 모두 과정일 뿐이고, 그렇게 미치 알지 못했던 새로운 경험을 하기 위해 그곳에 가 있는 것이다. 그리고, 우리에겐 내일이 있으니까 내일 다시 하면 된다. 왜냐하면, 내가 생각하는 것보다 이 지구인들은 훨씬 너그럽기 때문이다.

손흥민 선수가 16살에 독일에 갔을 때 독일어를 빨리 배우고 싶어서 일부러 한국 사람을 안 만나려고 했다는 이야기를 하면서 "독일에 있을 때 많은 사람이 날 좋아하던 이유가 내가 모든 걸 다 해 보려고 노력했기 때문"이라고 인터뷰한 것을 본 적이 있다. 나 역시도 미국에 살았을 때, 뭐 하나 잘하는 것은 없었지만 해 보려고 노력하는 사람으로 보였기 때문에 부족한 나에게 친절했던 것 같다. 손흥민 선수의 말처럼 나의 실수는 "상대 나라에 대한 존중을 배우는 과정이며, 그것을 위해 노력하고 있다"는 걸 알아주는 사람도 있다. 그러니, 불편한 상황에서 소극적인 태도를 보이기보다는 새로운 걸 배우려고 노력하는 사람이라는 태도를 보이는 것이 관계에 더 긍정적인 영향을 미칠 수 있다. 용기 내어 내가 먼저 손을 내밀면 그 손을 뿌리치는 사람이 더 많다고 해도 내 손을 잡아 주는 사람은 반드시 있다. 그리고, 누군가 내 손을 뿌리친다면, 나도 그 사람을 거르면 된다.


사실 한국에서 아이를 키워 보니까 우리 젊은 친구들이 소극적이거나 비사교적인 태도를 보이는 것에 대해 왜 그러는지 짐작이 간다. 또, 그것에 대해서도 할 말이 많지만 각설하고, 한 외국인 학생의 말을 보자.

"수업에서 외국인들과 영어 하는 것을 무서워하는 것 같아요. 한국 학생들과 조별 과제를 하면, 다른 건 괜찮은데 누구도 친해지려고 먼저 다가오지 않아요."

이 말은, 한국 대학교에서 외국인 학생으로서 실망한 점이 무엇인지에 관한 질문에 실제 외국 유학생이 한 대답이다. 실수에 인색한 환경에서 공부한 우리 학생들은 영어를 완벽하게 구사해야 한다는 것에 대한 부담이 있고, 외국 학생은 "친해지려고 먼저 다가오지 않는다"는 것을 지적하고 있다. 내 생각에는 외국 대학에서 같이 수업을 듣는 학생들한테, 한국인 유학생들에 대해 질문해도 비슷한 대답이 나올 것 같다.

우리 학생들이 사교적인 사람, 혹은 사교적인 성격에 대해 느끼는 부담감이 있는 것 같다. 그동안 각 개인이 지닌 능력의 우수성만을 평가하는 시스템과 정형화된 교육환경, 다양성에 대한 포용이 부족한 환경에서 공부하고 자랐기 때문에 이 사교성에 대한 가치를 생각해 볼 기회가 많지 않았을 것이다. 그런데, 대부분의 경우 사회집단 안에서 이 사교성이라는 것은 무시할 수 없는 능력이다. 더군다나, 지금까지 나를 정의했던 많은 배경들이 순식간에 사라진 곳에서 적응을 하고, 새로운 관계를 맺어야만 하는 상황이라면 더욱 필요한 자질이다.

그렇다고, 사교성이라는 것이 무슨 대단한 능력이 아니다. 사교적인 사람이 되는 데는 적극적이고 활동적인 성향 혹은 친화력이 좋고, 관계 맺기가 잘 되는 성격적 특성이 있어야만 하는 것은 아니라는 말이다. 사교적인 사람이란, 내가 열린 마음으로 상대를 대하고 받아줄 준비가 되어 있다는 것을 상대방에게 먼저 표현할 줄 아는 사람이라고 생각한다. 그래서, 경험한 바로는 영어가 조금 부족해도, 미소 띤 얼굴로 인사를 건네는 정도만으로도 짧은 시간 안에 사교적인 사람이 될 수 있었다. 먼저 웃으며 건네는 가벼운 인사부터 시작하면 충분한 것이다.

그래서, 이럴 때 필요한 것이 미소와 매너다. 실제로 표정이 밝고 매너가 좋은 학생들이 시간이 지날수록 훨씬 더 친화력이 높았고 두루두루 잘 어울리며 능동적인 학교생활을 했다. 미소 띤 얼굴과 상황에 맞는 예의 있는 행동, 즉 매너가 몸에 배어 있는 사람이라면 사교적인 사람이 되는데 필요조건은 다 갖춘 것이다. 내가 미국에 있으면서 느낀 것은 개인의 선택과 개성을 존중하고 꽤 자유분방한 나라지만, 상류층, 상류 사회로 올라갈수록 우리나라보다 훨씬 더 보수적이고 예의나 예절을 중요하게 생각한다는 느낌을 받았다.

내가 우리 애들이 영어 한마디 못 할 때부터 미국을 떠날 때까지 놀이터를 참 열심히 다녔는데, 놀이터의 아기들 세계에도 무언의 룰이 있었다. 7, 8살 아이가 그네를 타고 있다가 저보다 더 어린 5, 6살 아이가 오면 바로 일어나서 그네를 양보했다. 신통하게 5, 6살 아이들도 그네를 타다가 더 어린 동생이 오면, 바로 일어나서 그네를 양보해 줬다. 이게 가능한 것은 아이가 아주 어릴 때부터 "동생이 왔는데, 우리 양보해 줄까?"라면서 부모가 약자를 배려하는 태도를 가르치기 때문이다.

미국에서 그런 분위기의 암묵적인 룰이 있는 놀이터에서 놀다가 한국에 와서 당시에 5살짜리 우리 둘째를 데리고 동네 놀이터를 가 보니까, 먼저 탄 애가 임자다. 오히려 큰 아이들이 타고 있으면 어린아이들한테 더 양보를 안 해 주거나, 옆에 저보다 어린 동생들이 줄을 서서 기다리고 있는데도 하염없이 그네를 타는 경우도 있었다. 한국에서 애를 둘이나 키우면서 놀이터를 수도 없이 갔었지만, 이런 상황에서 아이에게 양보를 가르치는 부모를 볼 수 있는 기회는 생각보다 많지 않았다. 아마 어린아이들을 키워 본 집이라면, 놀이터나 체험장같이 아이들이 많이 몰리는 곳에 갔을 때 묘한 신경전을 해 본 피곤한 경험들이 있을 것이다.

미국 애들은 양보를 잘 하고 한국 애들은 양보를 잘 안 한다는 이분법적인 이야기를 하는 게 아니다. 그러나, 어려서부터 우리 애가 최고고, 내 새끼 손해 보는 꼴은 못 보고, 줄 세우기식 성적표를 받아 가며 남한테 지지 말라고 20년을 배운 사람이 갑자기 미국에 가서 사소한 일상에서 다른 사람을 배려하고, 매너 있는 행동이 자연스럽게 나오기는 쉽지 않다는 말이다. 어색한 것을 의식적으로 해야 하니까 불편하고 기가 빨리는 느낌이 드는데, 그런 마음으로 그 무리에 녹아들기는 어려울 것이다.


그리고, 내 생각에는 한국 유학생들의 소극적이고 비사교적인 면이 단순하게 외국 친구들이랑 잘 어울린다, 아니다의 이야기는 아니다.

공부의 끝은 자립이다. 대학을 졸업하고 계속 공부 쪽으로 진로를 선택할 게 아니면 취업을 해야 한다. 내가 취업할 때만 해도 유학만 갔다 오면 만사형통이었다. 하지만, 이제 유학파라면 묻지도 따지지도 않고 취업이 되던 시대는 일찌감치 사라진 지 오래다. 유학생이 많아지면서 해외 명문대학의 입시는 더 어려워진 반면, 취업에서는 오히려 유학생이기에 더 불리해진 면이 있다. 이제는 해외에서 취업을 하든, 국내에서 취업을 하든 유학생 신분이라는 분명한 핸디캡이 있고, 특히나 해외 취업과 정착을 염두에 두고 있다면 외국인으로서 그 나라의 국가정책에 따라 여건이 달라지기도 하고 외교나 국제 정세 등 여러 가지 불리한 이유는 많다. 그 나라 국민으로 거기서 나고 자라 아무 제약이 없어도 만만하지 않은 게 취업시장이다.

그러니, 유학생이라면 더더욱 놓치고 있는 부분이 없는지 꼼꼼히 살펴야 할 필요가 있다. 고등학교 때처럼 담임선생님이 일일이 상담을 하고, 가정통신문을 주면서 알려 주는 것도 아닌데, 남의 나라에 갔으면 그 나라의 학생들과 어울려서 그네들이 1학년 때 무엇을 하고, 2, 3, 4학년 때 뭘 준비하는지 알아야 한다. 그 친구들이 그 나라의 사정에 맞게 차곡차곡 준비를 하고 학년이 올라가는데, 한국 유학생끼리 한국에서 대학을 다니는 것 같이 시간을 보내게 되면 분명히 놓치는 게 있기 마련이다.

해마다 우리나라의 많은 학생들이 미국에서 1% 안에 드는 이른바 명문대라고 불리는 좋은 학교로 유학을 가고 졸업을 히지만, 이런 흘륭한 학생들의 5%만이 미국 내 취업에서 성공한다는 사실을 간과해서는 안 된다. 현지의 친구들과 잘 어울린다는 것은 적지 않은 교육비와 시간과 수고를 들인 유학 생활에서 기왕이면 현지의 습성을 이해하고, 그 실정에 맞게 재학 기간 중 현실적인 준비를 해서 경쟁력을 갖출 수 있도록 하는 길잡이가 될 수도 있다는 말이다.


● 경쟁보다는 동행


다섯 번째, 적어도 교육에 있어서만큼은 경쟁보다 동행이 맞는 방향이라 생각하게 되었다.


어느 날, 하교하는 아이를 데리러 학교에 샀너니 우리 애가 멀리시도 한눈에 보일 만큼 큰 팻말을 들고 서 있었다. 양쪽 끝에는 잔디에 꽂아 세울 수 있도록 만들어진, 제 허리만큼 오는 그 팻말이 학교에서 준 상이라

고 했다. 이 상을 집 앞 잔디에 꽂아 놨
다가 보름 후, 다시 학교에 반납해야 한
다는 것이다. 거기에는 「○○초등학교에
다니는 우수한 학생의 집입니다.」라는
글씨가 멀리서도 보일 정도로 큼지막하
게 적혀 있었다. 이 팻말이 꽂혀 있는 집
에 사는 아이가 우리 학교 모범생이라는
걸, 동네방네 대놓고 2주 동안 실컷 자랑
하라고 주는 상이다.

컬쳐쇼크라고 하더니, 이게 그건가 했다. 내 평생 '벼는 익을수록 고개
를 숙인다'고 배웠거늘, 온 동네에 대놓고 자랑이라니! '사촌이 땅을 사면
배가 아프다'는 속담이 있는 나라에서, 분단국가의 흑백논리를 등에 업고
유년기를 보낸 세대로서 내 편 아니면 적이고, 이긴 거 아니면 진 건데,
경쟁에 있어서 나를 이긴 사람에게 승패를 인정하고 박수를 보낼 수 있는
그런 너그러움이 가능한 사회, 그것이 참 부러웠다.

솔직히 저 팻말을 보는 순간 이거는 한국에서는 불가능한 것이고, 우리
가 미국에 왔기 때문에 경험해 볼 수 있는 것이라고 생각했다. 만약에 한
국에서 이런 상을 초등학교에서 줬다면, 그날로 당장 학부모들의 항의로
학교가 시끄러웠을 것이다. 그 팻말을 못 받은 애들 기를 죽이려고 작정
했냐, 이런 게 공교육이냐, 그런 생각은 도대체 누구 머리에서 나왔냐, 교
육청에 민원을 넣겠다는 등 한바탕 소동이 나고, 그 팻말을 집 앞에 갖다
걸으란다고 눈치 없이 진짜 갖다 걸었다간 그 아이와 아이 엄마는 그 동

네 친구들과 학부모들의 '공공의 적'이 될 확률이 높다.

그럼 미국학교에서는 왜 저게 가능한 걸까?

내가 느낀 미국 사회는 무엇인가를 희생하는 것에 대한 가치를 높이 평가했다. 타인이나 공익 혹은 어떤 가치 있는 목적을 위해서 자신의 목숨, 재산, 시간 같은 것을 바치는 것에 대해 깊은 존경심을 표하는 문화가 있었다. 아이들과 놀이동산에 가도 큰 쇼를 하기 전에는 군인이나 군인 가족들은 자리에서 일어나라고 한 후, 나라를 위해 헌신해 준 것에 대해 감사하다고 말하며 다 같이 그분들에 박수를 보냈었다. 같은 맥락으로 누구든지, 어느 분야에서든지 독보적으로 우수한 성과를 낸 사람은 반드시 본인이 희생한 무엇이 있기 마련이다. 그 사람이 그 수준에 도달하기까지 희생한 것에 대해 높이 평가하고 존중하는 문화가 교육에 그대로 반영된 것이라고 생각한다.


그렇게 승패를 인정하고 박수를 보낼 수 있는 너그러움이 있다고 해서 경쟁심이 없는 것도 아니었다. 나도 다음에는 저렇게 되어야지 하는 욕심이 사람이라면 누구나 있고, 미국 애들도 승부욕은 적지 않다. 그런데, 그 경쟁심의 초점이 남이 아니라 나 자신이 되도록 하는 분위기가 있었다. 남하고 비교하면서 하는 경쟁이 아니라 '내가 다음에는 더 열심히 해서 저렇게 돼 봐야지.', '내가 이번 시험에는 1시간 더 해서 이겨 봐야지.' 하면서 그 경쟁의 상대가 본인 자신이 되도록 하는 분위기가 분명히 있다.

그렇다고 어떤 개그맨의 유행어처럼 "1등만 기억하는 너러운 세성"은 또 아니었다. 우리 아이가 다녔던 학교에서는 우수한 성적을 낸 학생에게는 우등상 하나를 주는데, 1등이 아니더라도 지난번보다 월등히 실력이 향상된 학생에게는 격려하는 상까지 해서 2개를 주었다. 물론, 그 이면에는 초등학교 3학년이 되도록 구구단도 못 뗀 아이들이 적지 않을 정도로 낮은 미국의 교육열과 이민자나 저소득계층의 교육 독려 등 여러 이유도 있겠지만, 잘한 사람에게 애썼다고 아낌없이 칭찬해 주고 비록 1등은 아닐지라도 노력한 사람에게 수고했다고, 너도 할 수 있다고 북돋아 주는 교육 분위기는 정말 부러웠다.

특히, 하위권 학생들에 대한 별다른 대안 없이 영재고, 과고, 국제고, 외고, 자사고 등 엘리트 교육에 치중되어 있는 한국의 공교육과 달리 미국은 학창 시절 공부에 소질이 없던 학생들이 고등학교를 졸업했더라도 지역 community college처럼 문턱을 낮춘 교육 기관들의 접근성을 높여 언제든지 마음만 먹으면 새로 공부를 시작할 수 있는 여건이 주어지고, 학교에서, 지역사회에서, 교육제도 내에서 여러 가지 방면으로 그 사람이 성장할 수 있도록 도와주는 시스템이 있었다.


1980년대 초등학교 5학년 나이에 미국으로 이민 가신 한국 교민을 한 분 알게 됐다. 이분은 그래도 초등학생이라 어떻게 적응해서 가정의학과 의사가 됐는데, 이분의 오빠는 중학생 사춘기와 함께 미국 생활을 시작하다 보니 그 옛날의 이민 생활에 적응하기도 쉽지 않았고, 영어도 어려워 학업을 제대로 따라가지 못했다. 어떻게 고등학교를 졸업하고 자동차 정비공으로 일했던 그분의 오빠는 한참이 지나고서야 '공부를 더 해야겠다.' 마음먹게 되었고, 지역 college부터 시작해서 결국 의사가 되셨다고 했다. 이게 가능했던 것은 고등학교를 졸업해도 언제든 열심히 노력하면 교육제도 내에서 그런 게 가능하도록 사다리를 만들어 놨기 때문이다.

　물론 우리나라에도 변변찮은 성적으로 고등학교를 졸업하고 건설 현장 잡부를 전전하다 5수 끝에 서울대 수석 입학 후, 변호사가 되신《공부가 가장 쉬웠어요》라는 책을 쓴 장승수씨 같은 분이 계신다. 우리나라는 이런 드라마틱한 일이 생기려면 오로지 개인의 초인적인 능력으로 해내야 한다. 여건이 된다면 돈과 시간을 투자해 재수 학원을 다닌다든지 방법은 있겠지만, 일단 공식적으로는 고등학교를 졸업하고 나면 이후 공부를 통해 뒤늦게 인생의 방향을 확 바꿀 수 있는 기회 자체가 희박해지기에, 어떻게 됐든지 기를 쓰고 초중고 시설을 오로지 *성적*에 매달려 고등학교 졸업 전에 대입에서 끝을 보려는 것이다. 이제는 일인당 GDP가 삼만 불이 훌쩍 넘어 남부럽지 않게 사는 나라가 됐는데, 언제라도 맘만 먹으면 제2, 제3의 장승수들이 많이 나올 수 있도록 교육 환경과 제도를 개선하는 것은 정녕 불가능한 것인가?

　내가 10년이 넘도록 지역의 평생학습 동아리 활동을 해 본 결과, 아주 불가능한 것은 아니다. 지역마다 대학교 산하 평생교육원, 평생학습관, 지역재단, 마을 교육 공동체, 청소년 수련관은 물론이고 관련한 예산 지원도 생각보다 많다. 그런 것들을 잘 활용해서 조금 더 밀도 있게 기획하고, 지역 대학과 유기적으로 공조하고, 내 주머니에서 내 돈 나가는 것처럼 실효성 있게 예산을 편성한다면 한 계단, 한 계단 딛고 올라갈 수 있는 시스템을 만드는 것이 정말 못 할 일도 아니다. 좋은 시스템은 한 번 만들어 놓으면 두고두고 생각지도 못한 열매를 맺게 한다. 내 생각에는 못해서 못 하는 게 아니라 그 중요성과 필요성을 느끼지 못하고 관심이 없는 것 같다.

고질적인 한국 사교육의 폐해를 해결하겠다고 교육제도만 이리저리 뒤틀면서 경제학자 프리드먼이 말한 "샤워실의 바보" 같은 정책만 양산하지 말고, 선택의 폭과 길을 다양하게 열어 주면 굳이 그 한길로 가겠다고 피 터지게 싸울 이유가 없어진다.

입시란 학생 입장에서는 좋은 학교에 진학하는 것이고, 학교 입장에서는 그 학교가 추구하는 우수한 학생을 선발한다는 분명한 목적이 있고, 이것은 전 세계 어느 나라나 똑같다. 그런 확실한 목적을 외면하는 척하는 제도를 자꾸 만들 게 아니라 그 너머, 우리가 입시에 성공해서 얻고자 하는 것에 도달하는 길을 여러 갈래로 만들어서 각자의 재능과 능력에 맞게, 궁극적으로 어떤 길을 선택하든지 본인이 노력한다면 그 목적지에 도착할 수 있도록 길을 터 주자는 것이다. 공부에 소질이 있어서 입시를 할 사람은 입시를 하고, 다른 재능이 있거나 뒤늦게 공부가 트이는 사람도 주저앉지 않도록 하는 일은 국가와 사회가 제도화해야 하는 일이다.

이런 생각을 하는 사람들이 많아지고, 소득과 삶의 질이 높아진 사람들의 눈높이에 맞는 교육에 대한 다양한 니즈들이 공교육 안에서 해결이 안 되니까 '학교 밖 청소년'이 증가하고, 여기저기 크고 작은 대안학교와 비인가 학교들이 우후죽순 생기는 것이다. 현재 우리나라는 인구절벽으로 학생 수가 현저하게 감소했음에도 적지 않은 교육예산을 쓰고 있는데, 그 예산이 미래지향적인 방향으로 쓰이고 있는지 냉정하게 점검해 봐야 한다.

더욱이 다음 세대에는 100세를 훌쩍 뛰어넘는 늘어난 평균 수명에 맞춰서 한 사람이 평생 10개 이상의 직업을 필요로 한다는 보고서들이 나오고 있는 만큼, 전 생애에 걸쳐 배움과 전공 선택의 과정이 이전 세대처럼 한두 사이클로 끝날 수가 없을 것이다. 그러니 지금처럼 대학 입학과 동시에 모든 학업의 방향성이 종착역처럼 돼 버리면 안 된다. 고등학교를 졸업하더라도 언제든지 새로운 배움을 위한 학업의 접근성을 높이고, 이를 통해 새로운 직종과 직군에 대한 진입장벽을 최소화해야 한다. 이제는 우리나라도 경쟁심을 원동력으로 하는 교육에서 벗어나 다양한 기회를 제공하는 교육으로의 전환을 모색해야 할 때다.


● 마음의 빛


여섯 번째, 한국에 사는 외국인에게 관심을 갖게 되었다.


요즘 주위를 둘러보면 내가 자랄 때와는 비교도 할 수 없을 정도로 외국 여행도 자주 다니고, 유학 경험자나 방학 동안 해외살이 같은 걸 하는 사람들도 어렵지 않게 볼 수 있다. 그만큼 해외 경험이 많아졌고 익숙해졌다. 하지만, 여행과 삶은 다르다.

외국인으로서의 뻔한 커뮤니티와 한정적 네트워크 안에서 고립된 것 같은 울적한 기분을 타국 생활해 본 사람은 알 것이다. 한국 사람들이 많은 지역이야 워낙 그들만의 커뮤니티와 네트워크가 활발하니 조금 다른 케이스가 되겠지만, 묘하게 헛헛한 기분이 들 때도 있고, 또 어떤 날은 괜스레 이유 없는 무력감에 갈 데 없어서 마트 간다고 하는 얘기가 그냥 나오는 말이 아니다. 그런 기분이 유독 도드라지는 날에는 현지 이웃의 작은 관심이 나도 이 지역사회에 소속되어 있는 사람이라는 느낌이 들게 했고, 마음도 한결 가벼워지게 했다. 그래서, 남의 나라에 살면 가까이 사는 현지인 이웃과 친하게 지내는 것이 여러모로 든든하고 정신 건강에도 도움이 된다.

운 좋게도 우리 가족에게는 우리가 살던 미국의 그 시골 동네를 제2의 고향이라고 생각할 만큼 정을 붙일 수 있도록 해 준 고마운 인연들과 동네 이웃들이 있었다. 특히, 케빈 아저씨는 우리 가족에게 이웃사촌 그 이상이었다.


처음 미국에 도착해서 집을 얻고 얼마 지나지 않은 어느 날, 외출하고 돌아와 보니 우리 집 문 앞에 아이들을 위한 모래놀이 세트가 하나 놓여 있었다. 우리 아파트의 매니저인 앞집 케빈 아저씨가 놓고 간 것이 분명했다. 그 만 원 남짓한 모래놀이 세트가 나에겐 잊지 못할 선물이 됐다. 아는 사람 한 명 없는 낯선 땅에서 종일 혼자서 3살, 8살짜리 애들을 돌보다가 '행여나 급한 일이 생기면 당장 쫓아가서 도와 달라고 사정할 사람은 생겼구나.' 싶어 위안이 되었던 선물이었다. 그게 고마워서, 우리 가족에게 특별한 선물이 됐다고 쓴 카드를 그 집 문 앞에 놓고 왔었다.

그 후로, 케빈 아저씨는 우리가 미국을 떠날 때까지 4, 5일에 한 번씩 아주 작은 m&m초콜릿 두 봉지를 늘 우리 집 현관의 아이들 손이 잘 닿는 곳에 붙여 두셨다. 우리 애들은 엄마가 잘 안 사 주는 초콜릿을 먹는 기쁨과 외출하고 돌아오면 반겨 주는 그 초콜릿을 보며 여기가 우리 집이라는 안정감을 느꼈을 것이고, 그걸 보는 나는 혼자가 아니라는 마음이 들곤 했다. 그래서 우리 가족이 한국으로 돌아오고 난 후, 마트에 가서 한국의 초콜릿을 종류별로 사서 케빈 아저씨 부부에게 크리스마스 선물로 보냈고, 그때부터 지금까지 우리는 매해 크리스마스마다 안부를 전하는 사이가 되었다.

"내가 자꾸 말을 시켜야 네 영어가 늘지 않겠냐?"라며 나를 마주치기만 하면, 동네 마트에서 아보카도를 얼마에 세일한다, 이름이 '케빈'이라서 어릴 때는 양배추인 '캐비지'라고 놀림을 받았다는 이야기 등 미주알고주알 말을 붙이던 파란 눈의 케빈 아저씨는 늦은 밤 생각난 우리 아이의 학교 준비물을 대신 사다 건네줬고, 추수감사절이나 크리스마스 같은 명절엔

함께 시간을 보내기도 했다. 늘 나에게 "너는 도움이 필요하면 언제든지 우리 집 문을 두드릴 수 있어."라며 따뜻한 말을 건네주신 분이다. 영어가 약한 우리 대신 집주인과 렌트비를 조율하며 싸워 주기도 했고, 동네 전파사가 어디에 있는지부터 폭풍이 오니까 조심하라는 얘기까지 정말 사는 동안 우리 일을 가족같이 챙겨 주셨다.


그런 케빈 아저씨뿐만 아니라, 외국인인 우리 가족을 초대해서 가정식을 대접해 주신 분들, 오며 가며 안부를 걱정해 주신 분들, 영어가 부족한 나를 위해 쉬운 단어로 천천히 말해 가며 말동무가 되어 준 좋은 이웃들이 있었다.

이 세상에는 모질고 이기적인 사람도 많지만, 그 못지않게 대가 없이 친절하고 선한 사람도 많았다. 낯선 타인인 나와 우리 가족에게 따뜻한 마음을 베풀어 주었던 케빈 아저씨 부부와 그 이웃들이 아니었다면, 나의

미국 생활이 그렇게 좋은 추억으로만 남진 않았을 것이다.

그래서, 나는 그들에게 마음의 빛이 있다. 내가 받은 게 있는데, 그 사람들에게 갚을 길이 없으니 한국에 와 있는 이들에게 돌려준다 생각한다. 이게 내가 길을 찾느라 한참을 서성이는 외국인을 보면 쉽게 지나치지 못하는 이유고, 우리 딸의 한국에 사는 외국 친구들을 스스럼없이 집으로 불러 소소하게 음식을 나누는 이유다.


### ● 말하기의 중요성

일곱 번째, 여러 사람 앞에서 자기 생각을 조리 있게 말할 수 있는 것도 큰 능력이라는 것을 알게 되었다.

사실 나는 남 앞에서 말을 해야 하는 자리에서 말주변이 없어 애를 먹어 본 기억이 없어서 이걸 별 대수롭지 않은 것으로 생각했었다. 또, 학교에 다니면서 말하기도 공부고, 능력이라는 생각 역시 해 본 적이 없었다. 나에게 공부란 외우고, 반복하고, 점수가 잘 나오는 것이었다. 대학에 가서야 교수님께서 "우리가 가진 지식을 말이나 글로 표현할 줄 알아야 하고, 내가 안다 해도 그것을 말이나 글로 제대로 표현하지 못하면 그건 아는 게 아니다."라면서 실존주의 철학자 하이데거에 대해서 강의하신 적이 있었는데, 그때가 내가 말하는 것의 중요성에 대해 지각하게 된 유일한 경험이었다. 그리곤, 남편이 미국에 가서 공부하는 모습을 보면서 다시 한번 말하기의 중요성을 깨닫게 된다.

그 시절 남편은 공부를 열심히 했고, 정말 영어를 잘했다. 여기서 영어를 잘했다는 것이 영어로 말을 잘했다는 뜻은 아니다. 그런데, 공부도 어느 수준 이상이 되면 내가 공부하고 정립한 나의 이론을 다른 사람들 앞에서 설명하고, 이해시키고, 내 이론의 논리성과 정당성을 입증하는 데는 말이 필요하다. 어떻게 말을 하느냐가 결과물의 완성도와 신뢰도에도 영향을 미치기 때문에 마지막 프레젠테이션이 화룡점정이 된다. 남편은 이 프레젠테이션을 어려워했다. 이건 우리 남편이 말재주가 있고 없고의 문제가 아니다. 우리는 어려서부터 발표가 익숙한 교육을 받은 기억이 없다. 발표를 하고자 할 때는 정답이 아니면 창피한 거니까 모르면 손 들면 안 되는 거고, 초등학교부터 대학까지 꼭 수업 종 치기 1분 전에 "자, 질문 있는 사람?"이라고 물으실 때 질문을 하면 눈치 없는 밉상이 되는 분위기 속에서 교육을 받고 성인이 됐을 뿐이다. 미국에서 남편이 공부하는 모습을 지켜보면서 그동안 내가 받은 교육에 대해 허탈함을 느낄 즈음, 나는 놀이동산에서 또 한 번 충격을 받게 된다.

미국에서 우리 애들을 데리고 놀이동산에 갔었다. 한 극장에서 어린이 과학실험을 하는 프로그램을 관람했다. 객석에는 200명 남짓의 가족 단위 관람자들이 있었고, 무대에서는 진행자가 신나게 실험하다가 청중에게 질문을 했다. 그러자, 객석에 있던 아이들이 거의 모두, 일 초의 망설임도 없이 일제히 손을 드는 모습을 보고 나는 깜짝 놀랐다. 한국에서도 우리 애들을 데리고 그런 비슷한 프로그램을 여러 번 구경했지만, 청중에게 질문했을 때 손을 드는 사람이 몇 안 됐었다. 그런데, 여기서는 손을 들지 않은 아이가 도리어 이상하게 느껴질 정도였다. 더 어이가 없는 건,

옆에 앉아 있던 우리 딸도 번쩍 손을 들었는데 내가 순간적으로 "너 답 알아?" 하면서 반사적으로 아이의 팔을 잡았다는 사실이다.

무대 위의 진행자가 한 명씩 아이를 지목하니까 각자가 생각했던 답을 말하는데, 그 대답들이 참 가관이다. 나는 처음에 그 많은 애들이 다 정답을 아는 줄 알았다. 그런데, 지목한 아이의 숫자가 5명, 6명이 되도록 하나같이 엉뚱한 대답을 한다. 그런 아이들에게 진행자는 그렇게 생각할 수도 있겠다, 기발한 생각이다, 왜 그런 생각을 했냐는 식의 멘트를 했다.

정답을 알든 모르든 자기 생각을 말하려고 너나없이 손을 들고 참여하는 그곳 아이들의 모습과 딸아이가 손을 드니까 틀린 답을 말할까 봐 화들짝 놀라는 내 모습을 보면서 지금까지 뭔가 잘못 알고 있었다는 걸 깨달았다.

그 많은 사람들 앞에서, 내가 알고 있는 게 확실한 정답이 아닌 줄 알면서도 거침없이 자기 생각을 말하는 걸 용기라고 해야 하는지, 자신감이라고 해야 하는지 모르겠지만, 어려서부터 이렇게 자신의 생각과 다른 사람들의 생각을 서로 나누면서 부담없이 이야기를 주고받는 자연스러운 분위기와 기회가 주어진다는 사실이 나에게는 신선한 충격이었다. 반복되는 이런 경험에서 사고의 확장과 배움이 있고, 그런 순간들이 쌓여서 논리적인 말하기, 비판적 사고 능력, 다른 사람의 의견 존중, 경청 등 토론의 기본 틀이 생기는 건데, 어느 날 고학년이나 돼서야 "자, 지금부터 토론을 시작하지." 이러면 의미 있는 토론을 할 수 있는 능력이 갑자기 생길 수는 없을 것이다. 왜냐하면 청중 앞에서 조리 있게 말하기는 하루아침에 맘먹는다고 되는 게 아니라 훈련이 필요하기 때문이다.

미국 친구들은 이런 훈련을 언제부터 어떻게 하기에 능청스러울 정도로 자연스럽고, 뻔뻔스러울 만큼 용기 있게 말할 수 있는 것인가?

한번은 컵케이크를 나눠 줄 일이 있어서 당시 초등학교 2학년인 우리 딸의 미국 교실에 두어 시간 정도 머물렀던 적이 있었다. 교실에 들어갔더니 선생님과 아이들이 자연스럽게 떠들길래 쉬는 시간인 줄 알았다. 그런데, 그게 수업 중의 모습이었다. 한국에서는 저학년이든 고학년이든 수업 시간에 선생님이 설명하시고, 학생은 바른 자세로 앉아서 조용히 듣고 필기하는 것이 일반적인 수업 시간의 모습이다. 그런데 미국 교실에서는 선생님이 설명하시는 거 반, 애들이 말하는 거 반이었다. 그 수업의 주제에 대해서 선생님이 아이들과 대화를 시도하며, 주거니 받거니 얘기들이 오고 갔다. 물론 2학년짜리들이니 엉뚱한 이야기도 하고 수업 주제와 다른 말도 하지만, 그럴 때마다 선생님이 주의를 주거나 주제 밖으로 벗어나지 않도록 컨트롤하셨다.

어려서부터 이런 문답식, 토론식 교육으로 자연스러운 말하기를 체득하기 때문에 자신의 의견을 적극적으로 피력할 줄 알고, 때로는 시기적절한 유머도 던져 가면서 몰입감 있고 완성도 높은 말하기를 할 수 있게 되는 것이다. 물론 미국 학생들의 기초 학력이 심각한 수준이라는 것도 사실이고, 무조건 미국 교육이 좋다는 것도 아니다. 다만, 질문을 하는 과정, 답을 찾아가는 과정이 빠진 한 방향 주입식 교육만 받은 사람은 훈련 없이 청중 앞에서 말을 잘하기란 쉽지 않다는 것이다.

스티브 잡스나 일론 머스크가 신제품을 발표하거나 사업설명을 할 때, 그 자연스러운 분위기 속에서 청중을 사로잡는 말하기를 할 수 있는 이유는 그 사람들만이 가지고 있는 특별한 능력이 있어서가 아니라, 어려서부터 자신의 생각을 자유롭게 말하는 교육을 받았고 다른 사람들 앞에서 말할 기회가 많았기 때문에 가능한 것이다.

2010년 서울에서 열린 G20 폐막 기자회견장에서 당시 미국 대통령이었던 버락 오바마가 개최국인 한국의 기자들에게 감사의 의미로 우선 질문권을 준 적이 있었다. 기자로서 미국의 대통령에게 질문을 할 기회가 인생에서 몇 번이나 있을 것이며, 세계 최강대국 미국 대통령에게 물어보고 싶은 질문이 한두 가지가 아니었을 텐데도 불구하고, 한국 기자 어느 누구도 질문을 하지 않은 채 어색한 적막이 흘렀다. 그러자, 오바마 대통령은 영어가 불편해서 질문을 망설이는 줄 알고 "한국어로 질문을 하면 통역이 필요할 겁니다. 사실 통역이 꼭 필요할 겁니다."라며 영어를 못해도 편하게 질문할 수 있도록 분위기를 만들어 주기까지 했지만, 우리나라 기자 누구도 질문하지 않았다. 정해진 기자회견 시간이 하염없이 흘러가는 게 아까웠던지, 한 중국 기자가 아시아를 대표해서 질문을 하겠다며 일어났다. 그러자, 오바마 대통령은 "나는 한국 기자들에게 우선 질문권을 줬다."라고 말했고, 중국 기자는 그럼 한국 기자들에게 자신이 대신 질문해도 되는지 묻겠다고 하는, 말도 안 되는 상황이 벌어졌다.

나는 우연히 이 영상을 보고 말문이 막혀 버렸다. 그게 거기 있었던 기자들만의 모습이 아니라 나의 모습, 우리들의 민낯이라는 사실에 창피함을 감출 수가 없었다. 질문을 하든, 답을 하든 우리는 어쩌다 남 앞에서 말하는 것이 그토록 신중에 신중을 기해야 하는 것이 되었고, 제대로 된 질문에 제대로 된 답을 해야만 한다는 강박에 시달리는 국민이 되었나?

그렇다면, 그 후로 15년이 지난 지금 우리들의 교육은 달라졌나?

유달리 지적 호기심이 강하고 적극적이었던 친구의 아들을 떠올려 봤을 때, 내가 학창 시절에 받았던 교육이나 지금이나 별반 차이가 없는 것 같다. 친구의 아들은 수업 시간에 선생님의 설명에 "왜?"라는 호기심이 왕성한 아이였다. 게다가 성격까지 적극적이니 궁금한 것을 참지 않았고, 선생님은 질문을 힘들어하셨다. 선생님의 성의 없는 대답으로는 궁금한 부분이 제대로 해결이 안 되니까, 아이는 선생님의 대답에 대해서 또 질문을 했다. 아이가 산만하거나 수업 내용과 관련이 없는 질문으로 수업을 방해하는 아이는 아니었음에도, 결국 내 친구는 선생님으로부터 "아이 때문에 진도를 나가기가 어려우니 수업 시간에는 질문을 자제했으면 좋겠다"는 전화를 여러 차례 받아야만 했다. 선생님은 선생님대로 난감하고, 학생은 학생대로 탐구가 어려운 환경이다.

어느 순간 학교에서 과학토론 대회, 영어 말하기 대회, 모의 유엔 같은 것들이 생기기 시작했다. 하지만, 대화를 할 줄 알아야 다음 단계로 토론도 하는 것인데, 학교에서는 주입식 교육만 받고 토론을 논술학원에서 배우는데 진짜 토론이 되나 싶고, 한편으론 다 각본 써서 외우기 대회나 마찬가지일지라도 그나마 남 앞에서 말할 수 있는 기회가 생겼다는 것은 다행이라는 생각도 든다.

이런 이슈를 생각할 때마다 나는 미국의 그 초등학교 2학년 교실이 떠오른다. 삐딱하게 앉아 있는 아이, 카펫 위에 앉아 있는 아이 등 각양각색이었지만 그 수업에서 자연스럽게 궁금한 것을 질문하고, 선생님의 질문에 답하고 주거니 받거니 하던 그 교실 분위기.

수업 시간에 말을 하려면 먼저 생각을 해야 한다. 그 생각이 깊든 얕든 나만의 생각이 있어야 질문이나 답을 할 수 있다. 토론식 수업은 지식만 습득하는 것이 아니다. 듣는 사람으로 하여금 계속 생각하도록 하는 수업방식이다. 또한, 토론은 상대방과 겨루면서 진실을 찾아가는 과정이다. 상대의 허를 찌르는 질문으로 공격하기도 하고, 상황에 따라 전술을 짜고, 어떻게든 상대방 생각의 허점을 찾아내 대화의 주도권을 뺏으려는 보이지 않는 창과 방패의 대결이다. 그러니 자연스럽게 판단력, 창의력, 사고의 확장, 순발력 등 여러 능력도 함께 향상된다.

다른 나라의 학생들이 초·중·고 12년을 논리적으로 생각하고 표현하는 교육을 할 때, 우리는 바른 자세로 앉아서 선생님이 가르쳐 주시는 걸 듣는 수업을 한다. 우리 때야 학교가 아니면 배울 수가 없었으니까 다들 학교를 그만두면 큰일이 나는 줄 알았지만, 요즘 세상엔 그런 수업은 꼭 학교가 아니어도 일타강사가 혹은 인터넷 강의가, 학원이 얼마든지 대체할 수 있다. 그러니까 지금 자퇴율이 해마다 증가하면서, 한 해 2만 5천 명이 넘는 고등학생들이 학교를 떠나는 것이다. 왜냐하면 우리는 대학에 진학할 때, "자신의 생각을 단 한 줄도 쓸 필요가 없는 입시"를 치르기 때문에 배운 대로 정해진 답을 쓰면 되기 때문이다.

토론식 교육은 고사하고, 어른이 말씀하시는데 내 의견을 내면 말대꾸가 되는 문화에서 자라다 보니, 계획에 있는 것은 훈련한 대로 성실하게 잘 해내지만 돌발상황이 되면 뇌정지가 오게 되는 것이다. 그러니 미국 대통령이 갑자기 예정에 없던 상황을 만들면 마치 약속이나 한 듯이 다 같이 얼어 버리는 게 어떻게 보면 당연한 일이었다.


우리 애가 한국에서 일반 공교육을 고등학교 1학년 1학기 과정까지 마치고, IB수업을 하는 국제학교로 진학했다. 딱 한 달이 지난 후, 새로운 수업방식이 어떠냐는 나의 질문에 "뇌의 생각하는 구조 자체가 바뀐 것 같은 기분"이라는 대답을 했다. 이게 지금까지 내가 받아 온, 이제는 우리 집 둘째 아이가 겪고 있는 주입식 교육의 한계다.

국가 간 이익전쟁은 협상 기술의 싸움이라고 해도 과언이 아닐 것이다. 우수한 인적 자원을 밑거름으로 이만큼 성장한 이 나라의 교육이 어떤 방향으로 가야 하는지 심각하게 고민하고, 변해야 산다. 그런 점에서 고교학점제나 2028년 공교육에서 IB 시행 등의 변화가 반가울 수밖에 없다. 여러 시행착오와 난관이 예상되나 미래를 생각한다면 계속 제자리걸음을 하고 있을 수만은 없는 현실이다.


미국에서 공부하던 남편을 보고 여러 사람 앞에서 말하기가 오랜 훈련을 통해서 되는 것이라는 걸 알았기 때문에, 한국에 돌아와서도 우리 아이들에게 다른 사람들 앞에서 말하는 거는 이다음에 필요할 때 한다고 되는 게 아니고, 언젠간 재산이 될 테니 기회만 있으면 남들 앞에서 말을 하는 자리에 서라고 했다. 하지만, 미국에서 학교 다닐 때처럼 교실에서 몇 번 선생님께 질문을 했다가 "잘난 척한다", "선생님한테 잘 보이려고 한다"며 같은 반 아이들에게 뒷소리를 듣고는 우리 애도 학교 수업 시간에는 눈치껏 조용히 살게 됐다.

한국의 교육 분위기가 그러하니 어쩔 수 없는 부분은 차치하더라도, 어려서부터 교내든 교외든 앞에 나가서 말하는 대회가 있으면 그런 자리에 서도록 아이를 부추겼고, 기특하게도 아이는 부지런히 그런 자리에 나갔다. 초등학교 시절을 그렇게 보내고 나니 중학생이 되고부터는 내가 특별히 챙기지 않아도 아이가 오며 가며, 학교 게시판에 붙어 있는 공고문도 찾아보면서 기회만 되면 다른 학교나 기관의 교외 말하기 대회도 자주 나갔었다.

사실 입시만 생각한다면, 이런 대회 참여 이력이나 수상 경력이 특목고 입시원서에는 쓸 수 없는 부분이기 때문에 할 필요도 없는 활동이다. 또, 대회를 하나 나가는 데는 시간이나 공이 생각보다 많이 들기 때문에 그 시간과 에너지를 차라리 갑 중의 갑이라는 내신 성적이나, 입시에 활용할 수 있는 교내 활동에 공을 들이는 게 더 현명하다.

그런 면에서 우리 아이는 초등학교와 중학교를 다니는 9년 동안 뻘짓을 참 많이 했다. 그런데, 뒤돌아보니 그 뻘짓 때문에 남들과 차별이 되는 장점을 가진 아이가 되었다. 그 덕에, 한 학원 선생님이 "내국인에겐 낙타가 바늘구멍 들어가기"라고 했던 모 국제학교의 10학년 입시에서 외국인 면접관으로부터 "너 정말 한국의 일반 공립학교 다닌 거 맞니?"라는 질문을 여러 차례 받으며 그 학교에 입학할 수 있었다. 대학 입시와 인턴지원에서도 마찬가지였고, 그 뻘짓들이 결국 아이가 원하는 목적을 달성하는 수단으로써 아이가 가진 무기가 됐다.

중학교 시절부터 외국인문화해설사로 활동하면서 여러 사람을 인솔해 투어를 다닐 때도, 고등학생 때 특강을 하러 서울에 있는 대학들에 강의를 다닐 때도, 외국인 교수님들과 유튜브나 팟캐스트를 할 때도, 졸업식에서 동시통역을 할 때도, 고등학교를 졸업하자마자 스타트업 회사를 차려 프레젠테이션하며 비즈니스를 할 때도 일이 성사되는 결정적 기술은 바로 여러 사람 앞에서 말하기를 했던 그 경험이었다.

HATS
From the Korean tradition

# 사악한 결속력에 대하여

## ● 희한한 삼자관계

어느덧 다시 한국으로 돌아온 우리 가족은 아이의 전학 서류를 제출하러 집 근처 초등학교를 방문했다. 반갑게 맞아 주신 담임선생님은 안 그래도 반 아이들에게 요즘 영어 공부를 시키는데 미국에서 온 친구가 있어서 너무 잘 됐다며 우리 애를 무척 반겨 주셨다.

그런데, 얼마 지나지 않아 아이의 학교생활에서 이상함을 느꼈다. 새로 배정받은 반의 반장인 여자아이가 우리 애한테 하는 행동이 그냥 넘길 일 같지 않아서 하교 시간에 맞춰 학교로 가 봤다. 아이들이 우르르 나오길래 한 아이에게 몇 반이냐 물으니 마침 우리 애랑 같은 반이다. 내가 "그럼, K 못 봤니?"라고 물었는데 그 소리를 들었는지, 저쪽에서 친구랑 같이 건물 모퉁이를 막 돌아 나온 여자아이가 "K야~ 여기 너희 어머니 오셨어~" 하며 세상 친절하게 우리 애를 불렀다.

'너구나!' 나는 대번에 그 여자아이가 그 반장이라는 아이인 줄 알았다.

나랑 눈이 마주치자마자 머리를 쓰느라 눈알을 막 굴리는 게 보였기 때문이다.

아담한 체구에 똘망똘망한 얼굴로 누가 봐도 초등학교 3학년 학생인 그 반장 아이가 도대체 한 달도 채 안 된 시간 동안, 우리 애가 무슨 대단한 잘못을 했다고 그렇게 괴롭히는 건지 이해가 안 됐다. 알고 봤더니 이유는 한 가지, 질투였다. 우리 애가 전학을 오기 전에는 그 반에서 제일 이쁘고, 제일 인기 있는 학생이었는데, 이제는 선생님이랑 친구들이 다들 K를 좋아하고 K에게 관심을 주는 것이 우리 애가 그 친구에게 미움받는 이유였다.

물론 아직 어린 그 아이에게는 그 상황이 뭔가 서운하기도 하고 속상할 수도 있다는 걸 이해 못 하는 것은 아니다. 그렇다고 어떻게 젖살도 다 빠지지 않은 앳된 얼굴의 어린애가 그렇게 고약하게 행동할 수 있는지 모르겠다. 그 짧은 인생을 그동안 어떻게 살아왔기에, 어떻게 길러졌기에 손바닥 뒤집듯이 말을 바꿔 가며 그렇게 못되게 굴 수 있는지 도무지 알 수가 없었다. 그리고, 그 몇 초 안 되는 사이에 그 아이가 보여 줬던 눈빛과 그 짧은 순간에 자신에게 위기가 왔다는 걸 간파하고, 그 상황을 모면하려 세상 친절하게 우리 아이를 부르면서 대처하는 걸 보고, 생각보다 우리 딸이 마음고생을 많이 했겠다 싶었다. 미국에서 말 한마디 못 할 때도, 담임선생님뿐만 아니라 교장 선생님께도 대놓고 이쁨받을 때도 겪어 보지 못했던 은따. 이것이 우리 아이가 다시 한국 땅을 밟고 한 달도 안 돼서 겪은 일이었다.

요즘 아이들 특히, 여자아이들은 빠르면 유치원부터 아니면 초중고 시절 우리 애가 겪은 것과 같은 은따나 혹은 왕따를 크든 작든 한두 번씩은 겪어 봤을 것이라고 감히 장담할 수 있다. 이건 학생들 각자가 피해자가 됐다가, 가해자가 됐다가, 침묵하는 방관자가 됐다가 하면서 서로 상처를 주고받는 희한한 관계다. 그 많은 학생들이 그런 경험을 했는데도 불구하고 학창 시절 내내 그 안에서 반복적으로 이런 상황이 계속 연출된다는 사실도 참 묘하다. 이런 상황이 반복해서 일어난다는 것은 그 상황에 대한 학생들의 비판적 사고가 빠져 있다는 증거다. 철학자 한나 아렌트는 이런 "생각 없음" 즉, 사유의 결여가 평범한 사람도 악인으로 만들 수 있다고 경고했다.

우리 애는 초등학교 입학 후, 한 학기를 마치고 미국에 갔고, 한국에 돌아와서 배정받은 학교는 미국학교와 학기가 안 맞아서 2달 정도 다니다가 여름 방학을 맞았다. 그 사이에 우리 아파트 단지 가까이에 초등학교가 생기면서 통학구역 변경 조치를 받아 새로 개교한 학교로 옮기게 되었고, 5학년 말에는 옆 동네로 이사를 나오는 바람에 초등학교 6년 동안 5개의 학교에 다니게 되었다. 어쩌다 보니 여러 학교에 다니게 되었지만, 학교마다 아이들의 행태는 비슷비슷했다.

학기 초만 되면 삼삼오오 무리를 만들고, 시간이 조금 지나 서로 간 보기가 끝나면 한 명씩 솎아 내는 패턴이 초등학교부터 중학교까지 똑같았다. 학교가 다 다르고, 아이들도 다른데 왜 이런 비슷한 모습을 보였을까?

있지도 않은 사실을 그럴듯하게 부풀려서 다른 사람을 뒷담화하려면 그 사실을 상대가 알아차렸을 때 나를 밟을 애인지, 내가 밟을 수 있는 애인지 확인하려는 졸렬한 속내가 있기 때문이다. 그것만 봐도 왕따에 가담하는 애들은 강한 상대에게는 약하고, 약한 상대에게는 강한 전형적인 강약약강인 비겁한 애들이라는 걸 알 수 있다.

친구를 따돌리는 아이들이 무리 지어서 그러고 다니는 걸 가만히 들여다보면, 사실은 상대가 약하다 한들 혼자서는 누구를 적으로 만들 만한 배짱도 없는 애들이 대부분이다. 그런 언행을 하는 아이들은 자신들이 무엇인가 우위에 있다고 착각하겠지만, 제대로 된 분별력이 있는 사람이라면 그 아이들이 하는 행동이 얼마나 스스로를 못난 사람인지 드러내는 것으로밖엔 보이지 않는다.

그래서, 말을 만들고 뒷담화하는 애들은 1:1로 대응해야 한다. 교실 안에서는 몰려다니면서 있는 대로 까불다가도, 우리 애가 얘기 좀 하자고 일대일로 불러내면 슬금슬금 피하거나, 마주 보고 말할 용기도 없는지 전화로 얘기하자고 하는 것이 보통이었다. 들어보면 그냥 꼬투리를 잡는 거였고, 사소하고 의미 없는 것을 가지고 부풀려 흠을 잡았으니 핑계라고 대는 것들도 못 들어 줄 정도로 유치했다. 선생님들이 K를 이뻐해서, 같이 다니는 친구들이 다 욕을 하는데 K만 욕을 안 해서, 내가 ○○이랑 친구하고 싶은데 ○○이가 K를 더 좋아해서, 다른 친구들은 다 화장하는데 K만 화장을 안 해서 등등 같잖지도 않은 이유를 붙였지만, 아무리 생각하고 또 생각을 해 봐도 우리 아이가 따를 당한 이유는 딱 하나다. 애들이 생각하는 '못된 년'이 아니기 때문이다.


안 맞거나 싫으면 그냥 상대를 안 하면 그만이지, 도대체 왜 한결같이 뒷담화를 할까? 유발 하라리는 《사피엔스》에서 "뒷담화는 악의적인 능력이지만, 많은 숫자가 모여 협동을 하려면 사실상 반드시 필요하다"고 했다. 우리 종이 7만 년 전 "긴밀하고 복잡한 협력 관계를 발달시키기 위해"

사용한 도구를 아이들이 본능적으로 교묘하게 사용하는 것이 왕따의 시작이다. 즉, 뒷담화야말로 짧은 시간 안에 조직적이고 결속력 있는 관계를 만드는 것이 가능하기 때문이다. 게다가 뒷담화는 실행이 쉽고, 내용은 무궁무진하고, 효과는 확실하다. 뒷담화는 결국 소문이 되고, 소문은 허구를 만든다. 이런 소문과 허구는 사실 여부를 확인하거나, 가해 학생들과 피해 학생 중 오해를 일으킬 만한 행동을 한 사람이 누구인지 증거를 찾는 데 집중하게 하면서, 정작 짚고 넘어가야 하는 가해 아이들의 잘못된 생각과 행동을 바로잡기 위해 훈육하고, 교육하는 일에 대한 주의를 분산시킨다.

우리가 학교폭력위원회를 여는 이유가 아직은 어린 학생들에 대한 징벌만이 목적은 아닐 것이다. 무엇이 잘못된 행동이고 왜 그런 행동을 하면 안 되는지, 사회구성원으로서 마땅히 지켜야 할 옳고 그른 것이 무엇인지를 교육시켜서, 다시는 이런 경솔하고 비인간적인 행동을 하지 않는 성인으로 성장하여 사회에 나가길 바라는 데 그 목적이 있을 것이다. 그렇다면, 그 목적에 맞는 사후 관리와 교정이 있었는지 점검해 봐야 한다.

중학교 때 다른 친구들을 살살 부추기며 우리 애를 험담하던 아이가 있었다. 담임선생님도 그 아이가 어떤지는 대충 알고 계셨지만, 아이가 어찌나 교묘하고 약은지 일이 생기면 요리조리 잘 빠져나갔다. 어느덧 중학교를 졸업하고 고등학교에 진학했고, 그 아이도 지역의 특목고에 입학했다. 기숙학교인 그 고등학교에는 우리 아이와 서울에서 같이 문화해설사 활동을 하는 친구인 A와 B도 다니고 있었다.

어느 날 이 두 친구가 각각 왕따로 학교생활이 너무 힘이 들어서, 서울에 있는 일반고로 전학 가는 걸 고민하고 있다는 말을 전해 들었다. 고등학교 시절 전학은 입시에서 단순 전학이 아니라는 사실을 알 텐데도 불구하고, 학생 본인이나 부모님들이나 오죽하면 저럴까 싶어 마음이 무거웠다. 결국, 건강까지 나빠진 남자아이인 A는 서울의 일반고로 전학을 갔고, 여자아이인 B는 어렵게 마음 맞는 친구를 하나 사귀게 되어 그 친구에게 의지하며 고등학교 생활을 버텼다. 그러다 보니 학업에 온전히 매진하기 어려웠는지 실력에 비해 대입 결과가 크게 만족스럽지는 않았다. 그런데, 놀라운 사실은 서로 친분이 없던 A와 B를 각각 왕따시킨 주동자가 중학교 시절 다른 친구들을 부추겨 가며 우리 애를 뒷담화했던 그 아이였다는 것이다.

잘못된 행동에 대한 교육과 교정이 이루어지지 않은 결과는 그 순간에만 머무르는 것이 아니었다. 한번 그런 행동으로 자기가 원하는 걸 얻어 본 아이는 그게 학습이 됐고 습성이 됐다. 그래서, 상급학교에 진학하고 나서도 그런 행동이 나오는 거고, 그 아이는 아마 대학을 가고 어른이 되어 직장생활을 하면서도 언제고 기회가 되고 자신에게 이익이 된다면, 아무 죄책감이나 거리낌 없이 누군가의 가슴에 못을 박는 삶을 살게 될 확률이 높다. 그 아이가 죽을 때까지 맺게 되는 사회적 관계 속에서 나오게 될 피해자들을 생각할 때, 초중고 시절에 이런 행동을 바로잡는 것이 얼마나 중요한 일인지, 각 가정과 교육 현장에 있는 분들은 무거운 책임감을 느껴야 한다.

그러나, 현실에서는 왕따를 대하는 과정에서 학교나 가정의 교육적 역할은 빠지고, 법정에서 증거에 근거하여 판결을 내리는 것처럼 시시비비를 가릴 뿐이었다. 그러니, 이제는 학폭이 열린다고 하면, 가해 학생과 학부모 대신 학폭 전담 변호사가 피해 학생을 대면하는 일이 생기는 것이다.

담임으로서 피해 아이의 아픔보다는 일단 적당한 선에서 조용히 넘어가길 바라시는 선생님도 겪어봤는데, 학교에서조차 옳고 그름에 입각한 판단과 행위의 가치를 모른척한다면, 그 도덕성이 빠진 교육이 무슨 의미가 있는 건지 나는 잘 모르겠다. 그래서, 그동안 수도 없이 홈스쿨을 생각했었다. 설사 세상이 그렇게만 돌아가지 않는다 하더라도, 적어도 학교에서 만큼은 그래도 이 세상에 권선징악이 존재한다는 희망은 줘야 한다.


## ● 왕따의 목적


유치원 꼬마라도 따돌림이 나쁜 일이라는 것쯤은 안다.

왜? 친구가 속상해하니까? 다른 사람에게 상처를 주니까?

왕따는 그렇게 가벼운 잘못이 아니다. 왕따는 인간 존엄성의 심각한 침해다. 헌법에도 명시되어 있다시피 인간으로 구성된 우리 사회에는 인간의 존엄성이라는 아주 기본적인 권리가 있다. 인간에게 '존엄'이라는, 세상의 그 어떤 "인물이나 지위 따위가 감히 범할 수 없을 정도로 높고 엄숙"한 고차원적 가치를 부여함으로써, 인간으로 태어난 순간, 그 자체로 존중받고 대우받아야 할 권리를 우리는 가졌다. 그렇기에, 우리 각자가 주체성을 가지고 인생을 살아갈 수 있는 것이다.

왕따는 이런 기본 권리를 유린하고, 상대를 무력하게 만든다. 그래서, 이게 아이들이 했다는 이유만으로 그렇게 가볍게 넘길 일이 아닌 것이다. 사람을 죽이는 살인을 하고 장난이었다고, 몰랐다고 하는 것이 이유가 될 수 없듯, 인격 살인인 왕따도 경중을 따질 일이 아니다.

　왕따를 당하는 아이는 이 힘든 상황을 개선해 보기 위해 본인이 할 수 있는 최선을 다해 방법을 찾아보기도 하고 참아도 본다. 그러나, 이내 조직적인 힘의 불균형 앞에 그 모든 시도가 물거품 같은 것이라는 걸 깨닫게 되면, 최소한의 저항할 힘도 남지 않게 된다. 내가 노력하면 지금 이 괴로운 순간들이 지나갈 것이라는 작은 소망마저 남겨 두질 않으니 결국 극단적인 선택을 하는 것이다. 그래서 왕따를 철없는 시절에 할 수도 있는 그저 그런 일로 덮어 버릴 수가 없는 것이고, 다 큰 어른이라도 직장에서 태움 같은 일을 당하면 끝을 생각하게 되는 것이다. 왕따라는 것이 이렇게 악랄하고 잔인한데 그게 그냥 장난이었다고, 그럴 줄 몰랐다고 변명으로 넘길 수 있는 게 아니다.

　더군다나 몰랐다고, 장난이었다고 하기엔 왕따의 목적은 너무나도 분명하다. 결국 가해자의 즐거움과 그 무리의 결속력이다. 즐거움과 결속력이 유지가 되려면 이게 절대로 한두 번으로 끝날 수가 없다. 왕따의 지속성이라는 것은 당하는 사람으로 하여금 반복적으로 철저하게 굴욕을 느끼게 해서, 그 괴로움이 이 순간뿐만이 아니라 앞으로도 어떻게 하든 이 상황이 절대 바뀔 수 없을 것 같은 무력감을 느끼게 한다.

　사전에서 '굴욕'은 '남에게 억눌리어 업신여김을 받음'이라고 정의하고 있고, '업신여김'은 '남을 낮추어 보거나 하찮게 여기는 일'이라고 설명하고 있다. 즉, 상대도 하여금 굴욕을 느끼게 함으로써 수평직 관계인 동급생 친구가 아니라 수직적 상하관계를 만들어 상대의 감정을 지배하고 모욕감을 주는 것이다. 이게 얼마나 잔인한 것이냐 하면, 철학자 페터 비에

리는《삶의 격》이라는 책에서 "굴욕이 굴욕으로 느껴지기 위해서는 무력
감을 느끼게 하는 상황이 일부러 만들어져야 한다. 무력감이 단순한 무
력감이 아니라 굴욕으로 성립되려면, 당하는 쪽에서 굴욕감을 느끼게끔
누군가 자신에게 어떤 상황을 일부러 불러일으켰다고 분명히 느낄 수 있
어야 한다. 바로 코앞에서 삶을 파괴하는 장벽이 건설된다. (중략) 나에
게 굴욕을 주는 자는 자신이 굴욕을 선사하는 장본인이라는 것을 나로 하
여금 느끼게 하는 데 그치지 않고, 내가 스스로의 무력감을 느끼는 모습
을 보며 그 장면을 만끽한다는 것을 내가 알게끔 한다. 여기서 만천하에
드러나는 것은 당하는 자의 무력감 자체가 아니라 그것으로 인한 가해자
의 즐거움이다."라고 했다. 왕따가 자제력과 분별력이 아직 부족한 아이
들이 멋모르고 한 것이라고 너그럽게 봐주기엔 생각보다 치밀하고 가혹
하다. 결국, 자신의 즐거움을 위해 다른 사람의 존엄성을 훼손하는 것, 그
것이 왕따다.


## ● 놀이의 상실


어쩌다 요즘 아이들이 이런 잔인한 것에서 즐거움을 찾게 되었을까? 역
사상 유례없이 풍요롭고 평화로운, 단 한 번의 전쟁이나 기근도 경험하지
못한 기적 같은 시대를 사는 이 세대는 어쩌다 휴머니즘을 상실하고 동시
에 갈망하는 아이들이 되었나?

여러 복합적인 이유가 있겠지만, 놀이의 상실에 그 이유가 있지 않을까
하는 생각이다. 대한민국에서는 어린이의 삶을 살아 보지 않고 어른이 된

다는 말들을 한다. 반박할 수가 없다. 요즘 아이들이 사는 걸 보면, 어른들이 아침에 회사에 출근했다가 퇴근하는 거랑 별 차이도 없는 것 같다. 대부분 맞벌이하는 부모들이니 아이들은 일찍부터 어린이집이나 유치원을 다니기 시작하고, 부모님이 퇴근하실 즈음 아이들도 다 저녁이 되어서야 집에 온다. 그러다가 초등학생이 되면 방과 후 학원은 필수 코스가 된다. 수학, 영어는 기본으로 넣어야 할 것 같고, 논술학원은 옵션이다. 금전적, 시간적 여유가 되면 토요일 오전에 과학 하나 더 들어가면 뿌듯한 마음이 든다. 아이가 있다면 누구네 집이든 기의 비슷비슷한 코스다. 거기에 태권도가 됐든 피아노가 됐든 노는 시간에 예체능이라도 하나 더 시켜야 한다. 친구들이 다들 학원을 다니니, 학원을 가야 친구도 만날 수 있다. 심심해서 놀이터를 빙빙 돌며 시간을 때우거나, 지루할 때까지 방바닥을 뒹굴다가 친구가 부르는 소리에 신이 나서 뛰쳐나가거나, 할 게 마땅찮아 멍때리며 하늘을 보면서 자란 아이가 몇이나 될까 궁금해진다.

내가 국민학교를 다닐 때만 해도 "애들은 놀면서 큰다"는 말들을 했었던 것 같은데, 지금은 '애들=공부한다'라는 공식이라도 있는 것 같다. '호모 루덴스'라고 놀이는 인간의 본능이고 욕구라는데, 요즘 애들은 놀 시간이 없으니 왕따를 놀이로 생각하는 건 아닌가 하는 섬뜩한 기분이 든다. 여러 유아교육 전문가들이 어릴 때는 놀이를 통해 다른 사람의 감정을 이해하는 것이라고 했다. 그런데, 제대로 놀아 보지도 못하고 몸만 자라서 왕따 당하는 친구의 기분에 공감하거나 이해하지 못하고, 오로지 나만 아니면 그뿐이라고 생각하면서 자라는 것인지도 모르겠다.

놀이를 통해서 얻는 재미와 보상을 가까이 있는 친구를 왕따시키면서, 자신들의 무리 안에서 존재감과 소속감을 느끼는 것이라는 슬프고 처량

한 생각도 한편 든다. 관계를 통한 경험은 결핍이 되고, 신체활동은 줄어든 요즘 아이들에게 별다른 선택지는 없었을 것이다. 고개만 돌려도 인권을 부르짖는 시대에 살고 있으면서도 가해 아이들은 가해 아이들대로, 피해 아이들은 피해 아이들대로 어른들과 시대의 요구에 의해 다들 각자의 인권을 보호받지 못한 피해자가 된 것만 같다.

더욱이 학교 안에서 왕따라고 불리는 폭력을 당하는 학생에게 그 인권이라는 것이 얼마나 그림의 떡과 같은 것인지 겪어 보지 않은 사람은 모른다. 학교폭력위원회, 학폭 상담 전화, 전담조사관 제도, 학폭 예방과 대책에 관한 법률 개정, 학생부 기록·관리 강화 및 대입 반영 확대, 학폭 제도 센터 운영, 학교문화 책임 규약 등 여러 제도가 있지만 우리의 경우, 이것 중 어느 것도 실질적으로 도움이 되진 않았다. 우리 아이가 겪은 것도 그렇지만, 대부분의 왕따는 당사자가 겪는 고통에 비하면 표면적으로는 굉장히 사소하고 보잘것없는 것처럼 보이기 때문에 이런 제도들을 선뜻 이용하기에는 그 절차나 형식에 있어서 현실적인 괴리감이 있었다.

2023년 교육부에서 '학교폭력 근절 종합대책'을 발표했음에도 오히려 그 전보다 학교폭력 발생 건수가 증가했다는 뉴스를 봤다. 왕따나 학폭을 지금과 같은 식으로 운영하려면 차라리 없느니만 못하다고 생각한다. 이렇게 권위 없고 실효성 없는 제도는 가해 아이들에게 이 세상이 만만하고, 규칙이나 더 나아가서는 법과 어른들도 우습게 볼 수 있는 존재라고 확인시켜 줄 뿐이다.

더군다나, 학폭의 가해자는 대다수가 앞서 초등학교 3학년인 10살짜리도 그렇듯이 어떤 아이를 내가 건드려도 되는지 본능적으로 알아보는 능력이 있는 만큼, 내가 어느 선까지, 어떻게 행동해야 목적은 달성하되 화는 피할 수 있는지도 기가 막히게 안다. 피해자가 확실한 증거를 제시해야만 한다는 걸 아는데, 가해자들이 그렇게 쉽게 흔적을 남길 애들이 아니다. 그러니 이런 제도의 힘을 빌리려면, 진짜 갈 데까지 간 상황이 되어야 한다. 그리고, 그런 상황까지 만드는 아이들에게는 생기부에 기록이 되든, 대입에 불이익을 주든, 취업에 영향을 미치든 무서운 건 없다.

몇 년 전, 우리 동네의 한 중학교 아이들이 동급생을 불러내 성폭행을 한 게 뉴스에 나와서 그 범죄의 대담하고 잔인함에 한동안 우리 사회가 발칵 뒤집혔다. 그런데, 가해자 중 한 아이가 버스를 타고 가면서 자기는 촉법소년이라 별일 없을 거라며 킬킬거리고 통화를 했다는 사실이 같은 버스에 탔던 동네 아줌마에 의해 들통이 나면서 다시 한번 동네가 들썩거렸었다. 잃을 게 없는 사람이 제일 답이 없는 법이다. 그렇기에 그럴싸한 것처럼 보이지만 현실성 떨어지는 제도보다는 좀 더 근본적인 해결책이 필요하다.





2018년도 후반에 '스카이 캐슬'이라는 드라마가 히트를 쳤었다. 명문가로 시집가서 자식들의 학업과 입시에 목숨을 거는 주인공이 자신의 아이가 공부에 대한 스트레스로 편의점에서 도둑질하는 걸 뻔히 알면서도 그걸 나무라기는커녕, 딸의 도둑질을 못 본 척하고 넘어가라고 편의점 주인에게 정기적으로 돈을 주면서 "내 딸한텐 그게 게임이고 놀이"라고 말하는 걸 보며 적잖게 충격을 받았을 것이다. 그런데, 드라마가 조금 더 직설적이고 솔직했을 뿐, 사실 현실에서 이런 엄마들을 어렵지 않게 봤다.

왕따 무리에는 교묘하게 분위기를 조성하고, 대놓고 나서지는 않지만 다른 친구들을 부추기는 우두머리인 아이와 행동대장 역할을 하는 아이들이 있다. 그런데, 우두머리 격인 아이들이 의외로 성적이 좋은 경우가 많았다. 우두머리 격인 아이에게 잘 보이려고 무리의 다른 아이들은 피해 학생에 대해 있는 말, 없는 말 부지런히 물어다 나른다. 그러니 실제 선생님이나 피해 학생의 학부모가 잘잘못을 따지면 행동대장 격인 아이들의 잘못만 드러나고 정작 주범인 우두머리 격인 아이는 가벼운 주의만 듣고 상황이 마무리되기가 싶다. 선생님께서 주범인 아이의 부모에게도 이런 일에 있었으니 주의를 주십사 말씀하시지만, 그 부모는 그걸 대수롭지 않게 들었다. 그저 공부를 열심히 하고 성적이 높은 내 새끼가 기특하고 대견할 뿐이라는 눈빛으로 자기 아이를 쳐다볼 뿐이었다. 그런 부모들을 보면서 '어떻게 저렇게 세상을 맹목적이고 단순하게 살 수 있을까?' 생각했던 적도 있었다.

심성이 곱고 반듯하거나 부모에게 바르게 배운 아이들은 자기 마음이 불편해서라도 함부로 그런 행동을 하지 못한다. 다른 사람을 험담하고 괴롭히는 일을 설사 시킨다고 한들, 아무나 할 수 있는 게 아니다. 이 부분에서 가해 학생의 부모는 자신의 아이에 대해 깊이 생각해 봐야 한다. 솔직히 말해서, 누굴 왕따를 시키든 뭘 하든 모두 그 가해 학생에게는 스쳐 지나가는 인연일 뿐이다. 그러나, 가해 학생과 그 가족들은 죽을 때까지 끊으려야 끊을 수도 없는 서로 필연인 관계다. 그런데 도대체 무슨 근거로, 그 아이의 행실이 부모 자신과 그 가족에게 미치게 될 영향이나 인과관계에 대해서는 생각해 보지 않는 건지 모르겠다. 그 아이와 가족 구성원들이 서로에게 어떤 의미와 관계가 되길 바라는 게 있다면, 그런 언행이 고작 공부를 잘한다는 이유만으로 대수롭지 않게 넘길 일은 아니다. 다른 친구들을 괴롭히고 험담하면서 타인의 고통을 가볍게 생각하는 아이가 선별적으로 자신의 가족에 대한 마음만은 진심일 것이라는 착각은 무슨 논리인지 모르겠다.

우리 딸이 초등학교 5학년일 때, 같은 반 친구의 엄마이자 나와도 동갑인 동네 아줌마가 있었다. 어느 날, 이 엄마가 인근 중학교에서 하교하는 학생들과 같이 버스를 탄 일이 있었다. 그런데, 그 많은 학생 중에 유독 교복을 단정하게 입고 참하게 생긴 여학생을 보며 '우리 ○○이도 저렇게 이쁘게 컸으면' 했단다. 잠시 뒤, 그 여학생에게 전화가 왔고, 전화기 너머로 들리는 목소리는 아이의 엄마인 듯했다고 했다. 몇 마디 통화를 하고 끊자, 옆에 있던 친구가 "누구야?" 하고 물었단다. 그랬더니 그 이쁜 여학생이 '엄마'라고 한다는 말이 "응, 집에 있는 년."이라고 하는 소리를 듣고 이 엄마가 너무 충격을 받아서 도대체 요즘엔 애들을 어떻게 키워야 하는 건지 모르겠다고 하소연했었다. 다른 사람에게 함부로 욕을 하고 말이 거친 아이는 가족에게도 마찬가지였다. 아침에 교복을 단정하게 입혀서 보낸 그 여학생의 어머니는 자신의 딸이 엄마를 "집에 있는 년"이라고 말하고 다니리라곤 상상도 못 할 것이다.


우리 애가 중학교 1학년이 됐을 때, 같은 중학교 엄마 두 분이랑 동네에서 가끔 만나 등산도 하고 커피도 마시고 했었다. 선행을 안 시키고 중학교를 보내 고생한 우리 애를 보면서 남들은 어떻게 키우는지 좀 보고, 나도 좀 깨어 보자 해서 가까이 지냈었다.

그러다 하루는 ○○이네 엄마가 학교 앞을 지나가는데, 뒤에서 쫓아오는 아이들이 말끝마다 어찌나 욕을 하는지 참 기가 찼다고 한다. 그런데, 그 아이들 중 한 명의 목소리가 귀에 익어 뒤돌아보니 자기 아이인 ○○이였다면서, 요즘엔 초등학생부터 고등학생까지 욕을 빼면 애들 사이에서 대화가 안 된다고 할 정도로 애들이 욕을 많이 한다는 이야기가 나왔다.

그래서, 내가 그 집 아이들은 어떠냐고 물으니, 말투도 거칠고 욕도 툭툭 하기 시작하더니 어느 날 카톡을 보니까 무슨 내용인지 이해가 안 될 정도로 욕이 많더라 했다. 그렇다면, 내 상식으로는 아이를 불러 잘못된 걸 꾸짖고 제대로 가르치는 게 순서인데, 이 엄마들이 한다는 말이 "욕을 안 하면 친구를 못 사귄다는데 어쩌겠냐"라며 그 후로는 그러려니 한다는 말을 듣고 '아, 부모들이 이러니 애들이 그러는구나.' 했다.

내가 어릴 때는 잘못된 행실을 하면 우리 부모님은 물론이거니와 지나가는 모르는 다른 어른들께도 한 소리를 듣곤 했었다. 이제는 학교 선생님조차도 다른 집 아이에게 섣불리 바른 소리 한마디 못 하는 세상이 됐는데, 부모도 가르치지 않으면 애들은 어디서 배워야 하는 건지 모르겠다. 부모에게 배워야 할 것을 세상에 나가서 배우게 되면 치르는 대가가 크고, 주위 사람에겐 피해를 준다. 부모로서 너무 무책임했던 그 말을 듣고 나는 그분들과 더는 왕래하지 않았다.

세상엔 쉬운 길도 참 많다. 그 길을 갈 줄 몰라서 못 가는 게 아니라, 그게 맞는 길이 아니기 때문에 가지 않는 것이다. 인간을 인간답게 살게 하고자 우리는 교육이라는 걸 한다. 맹자는 "부끄러움을 모르면 사람이 아니다."라고 했다. 내 새끼를 잘 살게 하자고 공부도 시키고 뼈가 빠지게 가르치고 뒷바라지하는 것 아닌가? 그렇다면 적어도 내 자식이 인간답게 살 수 있도록 최소한의 옳고 그름은 분간할 수 있도록 키워야 한다.

우리 애가 초등학교 4학년일 때, 동네 놀이터를 갔다가 제 동생들도 잘 돌보고 서글서글한 여자아이를 봤다. 애가 하는 짓이 기특해서 이름을 물어보고, 우리 아이한테 그 친구랑 친하게 지내라고까지 이야기했던 아이가 있었다. 그런데, 이 아이가 나중에 같은 반이 된 우리 애를 험담하고 괴롭힐 줄은 생각도 못 했다.

참다 참다 그 아이 엄마에게 어떻게 연락을 해서 만나자고 했다. 그래서, 우리는 양쪽 집 아이들과 엄마들이 만나 4자 대면을 했다. 그동안의 일을 설명하고 어머니가 잘 가르쳐 주셨으면 좋겠다고 하니, 그 엄마가 아이에게 사과를 하도록 시키셨고, 집에 가서 아이와 잘 이야기를 해 보겠다 하셨다. 상식적이고 경우가 있으신 분이라 마음을 놓고 있는데, 갑자기 그 아이가 한다는 소리가 "K네 엄마는 K 편을 들어 주는데, 엄마는 왜 내 편을 들어 주지 않느냐?"라고 앙칼진 목소리로 따지고 들었다. 마지못해 사과는 했으나, 그 아이에게는 자기 행동에 대한 반성이나 미안함 따위는 안중에도 없었다. 그저 상대 아이와 그 엄마를 이길 순 없을 것 같으니, 만만한 자기 엄마에게 분풀이를 하는 것이었다.

아이의 말투를 들어 봤을 때, 평상시에 엄마를 이겨 먹는 아이라는 걸 금방 알아챌 수 있었다. 처음에는 세내로 훈육을 하는가 싶더니, 아이가 드세게 대들자 엄마는 쩔쩔맸다. 엄마가 애를 이기질 못하고, 애가 엄마보다 약으니 그 아이에게 훈육이라는 게 될 리가 없었다. 나중에 그 아이는 중학생이 되면서부터 동네 코인노래방이나 편의점에서 돈이나 물건들을 훔쳐서 경찰서를 들락날락하다가, 학폭으로 강제 전학을 갔다는 소리를 건너 건너 들었다.

자식을 키우다 보면 애를 이겨 먹어야 할 때가 있다. 내가 해보니까, 애를 이기는 게 생각도 많이 해야 하고, 행동도 신중해야 하고, 마음도 복잡하고 에너지도 많이 써야 하는 쉽지 않은 싸움이다. 눈에 넣어도 아프지 않을 내 새끼를 이겨서 뭐 할 거라고 이기라고 하겠냐마는, 도덕적으로 타협할 수 없는 분명한 명분이 있을 때는 아이에게 지면 안 된다. 이게 부모로서의 권위라는 것이다.

사람들은 권위라고 하면 강압적이고 일방적인 것이라는 편견을 가지고 있지만, 사실 권위는 서로 간의 진정한 신뢰와 사랑과 존경에서 나온다. 부모의 권위가 선다는 것은 아이에게 질서와 제한과 순종을 가르치는 것이다. 우리가 자식을 기른다는 것은 한 사람의 기본적인 인격을 형성하고, 올바른 가치관과 기준을 가르치며, 잘못된 행동을 교정하는 행위다. 그런데, 부모로서 권위가 없다면 이런 일들이 씨알도 안 먹히게 된다.

그리고, 이런 질서, 제한, 순종과 같은 기본적인 것들이 되고 학교를 보내야 학교에서 선생님의 권위가 서고, 그래야 아이들을 지도할 수 있고, 공동체 내에서 내가 해도 되는 일과 하면 안 되는 일을 구별해서 행동할 수 있는 것이다. 아이가 어렸을 때부터 가정에서 했어야 하는 기본적인 가정교육은 소홀히 하고 학교에 보내면서, 선생님들에게 오로지 사명감과 소명 의식으로 교육 현장을 바르게 지키시라고 당당하게 요구하는 현실이 아프다.

## ● 복수를 위한 선택

　누구든 한 사람의 인격체로 존중받으려면 자신의 행동에 책임을 져야 한다. 하지만, 아직 미성년자인 가해 아이들은 자신들이 이 일에 책임을 지지 않을 것이라는 걸 잘 알고 있다. 왜냐하면, 서두에 이야기했듯 이런 부류의 아이들은 약다. 학교가, 선생님이, 부모님이, 청소년 보호법이 어떻게든 좋게 좋게 해결할 걸 알고 있다. 당장은 누군가 그들의 행동에 대해 심판하지 않는다고 착각하지만, 사람은 자기가 반복적으로 하는 행동으로 자기가 어떤 부류의 인간인지 증명하는 법이다. 그 행동이 무서운 이유는 그때가 언제인지는 모르지만, 반드시 그 사람의 인생에 영향을 미치기 때문에 복수는 내가 아니라 세월이 해 준다.

　내가 20대 후반일 때, 나이 지긋한 직장 상사분이 의도치 않게 새파랗게 어린, 정말 무례한 사람에게 일방적으로 폭언을 당하는 모습을 우연히 본 적이 있었다. 그런데, 억울하고 어이없는 그 상황에 나의 상사분은 얼굴이 벌게지도록 참기만 하시는 것이 나는 도통 이해가 되지 않았다. 아마 내가 남자였다면 그 상사분을 대신해서 시비를 걸던 그 남자에게 주먹을 날렸을 것이다. 상황이 대충 정리가 되고, 내가 더 화가 나서 그 상사분에게 왜 아무 말씀도 안 하고 참으셨냐고 물으니, 그 사람은 본인이 아니어도 어차피 인생을 괴롭게 살 것이라는 말씀을 하셨다.

　당시 젊었던 나는 그 대답이 참 비겁하고, 무력했던 자신을 합리화시키는 초라한 변명이라고 생각했다. 받은 대로 갚아 줘야 하는 나 같은 사람은 살아 보니 참는 게 더 어렵다. 그런데, 나도 점점 나이가 들고 지금까지 살아오면서 이런저런 다른 사람들의 사는 모습을 봤을 때, 그 상사분의 말씀이 맞는 것 같다. 그럴 때마다 평소에도 점잖으셨던 그분이 문득문득 떠오르면서, 참 현명한 분이셨다는 생각이 든다. 아마도 그 상사분은 도덕경에서 노자가 말한 최고의 선은 물과 같으며, 물은 막히면 다투지 않고 돌아간다는 상선약수上善若水의 경지에 이르렀던 분이셨나 보다.

내가 왕따로 마음 아파하는 친구들에게 복수는 세월이 해 준다고 하는 말은 그냥 위로나 건네고, 막연한 희망이나 주고자 하는 말이 아니다. 세월이라는 시간이 가진 특성상, 이게 시차가 있어서 즉각적으로 지금 당장 내 눈앞에서 일어나지 않는다는 아쉬움이 있다 뿐이지, 내가 조금 살아 보니 대체적으로 세상이 그렇게 돌아가더라. 언젠가는 이런 이야기들이 행동 후성유전학 같은 학문에서 과학적으로 증명될 날도 멀지 않았다. 그러니, 정말 복수를 하고 싶다면, 스스로를 무너뜨리는 선택을 하는 것이 아니라 기다림을 선택하고 악착같이 버텨서 보란 듯이 잘 살아라. 복수는 세월에 맡기고 나는 이 악물고 내 인생을 살아가야 한다. 그것이 나를 위한 최선의 선택이고, 진정한 복수다. 그래야, 이다음에 한참 시간이 지나고 나서 후회가 없다. 아직은 어리기에 남들 다 다니는 초중고 시절이 별것 아닌 것 같아도, 이 시기를 성의 없이 보내게 되면 인생을 정말 빙빙 둘러 가면서 살게 된다. 지금 내 삶을 지옥같이 만든 아이들 때문에 내 미래까지 발목을 잡히게 할 순 없다. 그 아이들한테 당한 것도 억울한데, 내가 소중한 내 시간을 의미 없이 보낸다면 그건 다른 사람을 원망할 일이 아니다.

왕따의 특성상 당한 사람은 끝없는 무력감을 느끼게 되지만, 그럼에도 불구하고 할 수 있는 일이 있다. 바로 나를 위한 선택이다. 내가 내 인생의 주체자로서 어떤 결정을 할지 선택할 수 있다. 철학자 페터 비에리는 존엄한 삶에는 세 가지 차원이 있다고 했다.

첫 번째, 내가 타인에게 어떤 취급을 받느냐,

두 번째, 내가 타인을 어떻게 대하느냐,

세 번째, 내가 나를 어떻게 대하느냐.

타인이 나를 어떻게 대하는지는 바꿀 수 없더라도 내가 타인을 어떻게 대할지, 내가 나를 어떻게 대할지는 내가 선택하고 행동할 수 있다.

이 철학자는 《삶의 격》에서 "주체적 인간은 내적 갈등을 안고 살아갈 수 있어야 하며, 스스로의 행위와 경험을 존중할 것인지 무시할 것인지 자문할 줄 알아야 한다"고 했다. 왜냐하면 "우리는 마구잡이로 일어나는 온갖 경험의 희생양이 아니기" 때문이다.

**20**

# 정글에서 살아남기



### ● 뒷배가 되는 사춘기 인간관계

우리 애가 중학교 1학년 때, 바로 어제까지만 해도 친하게 지내자, 고민이 있으면 언제라도 얘기하라던 친구들이 있었다. 친구라고 생각했던 그 아이들이 별 이유도 없이 하룻밤 사이에 저들끼리 따로 단톡방을 만들고, 얼굴색 하나 바뀌지 않고 언제 그런 사이였냐는 듯이 대하는 모습에 우리 애가 상처를 받은 적이 있었다. 그런 아이들이 늘 그러하듯, 우리 애가 빠지고 천년만년 갈 것 같던 그 무리에서 얼마 안 가 다음 타깃이 지목되었고, 어떤 아이가 또 따돌림을 당했다.

그런데, 그 따돌림을 당한 친구가 우리 아이에게 내가 그 아이들과 같이 너를 험담하고 그래서 미안했다고 사과를 한 일이 있었다. 네가 속상할 줄은 알았지만 이렇게 힘든 건지 몰랐다면서, 한 번만 더 자신에게 이런 일이 있으면 그때는 학교를 못 다닐 것 같다고 이야기를 했다는 것이다. 그 친구가 우리 아이에게 진심 어린 사과를 해주고, 그런 일이 잘못된 행동이었다는 걸 뉘우쳐 줘서 무척 고마웠다. 이런 일을 여러 차례 겪었지만, 자신의 행동이 잘못됐다는 걸 자발적으로, 또 진심으로 사과한 친구는 그 아이가 유일했다.

그 아이처럼 한 번의 따돌림으로 학교 다니는 걸 포기할 생각까지 하는 걸 보면, 학창 시절 따돌림을 당하는 일이 아이들에게 얼마나 괴로운 일인지 단적으로 알 수 있다. 그렇다면, 이렇게 괴로운 따돌림을 여러 번 경험한 우리 아이는 어떻게 그 시간을 버텼을까?

우선, 우리 아이는 학교에서의 교우관계가 아이가 가진 인간관계의 전부가 아니었다. 초등학교 5학년부터 시작했던 문화해설사 과정이 마무리되면서, 중학교부터는 청소년문화해설사로 활동했기 때문에 그 단체에서 만나는 많은 해설사 친구들과 훌륭하신 선생님들이 계셨고, 매주 토요일에는 축구 FC에서 만나 같이 땀 흘리며 훈련하는 친구들과 감독님, 코치님들이 계셨다. 또, 옆 동네에 있는 작은 도서관에서 봉사활동으로 야간 성인 영어원서 읽기 수업을 지도했기 때문에, 그곳에서 공부하시는 분들께 영어도 가르쳐 드리고 개인적으로 가깝게 지내는 분도 있었다. 그리고, 친자매처럼 지내는 외국인 친구들도 여럿 있었기 때문에 그 친구들이 아이에게 큰 버팀목이 되어 주었다.

보통 아이들이 하루의 7시간 이상을 학교에서 보내기 때문에 학교, 특히 교실 안에서의 인간관계가 아이의 모든 것이 될 수밖에 없다. 눈만 뜨면 학교에 가고, 학교에서 같이 생활하는 친구들이 비슷한 동네 학원에 다니기 때문에 학교에서의 교우관계가 원만하지 못하면 아이는 하루 종일 사람에 시달리다 집에 오게 된다. 자고 나면 내일 또 그런 학교와 학원에 가야 하니 아이 입장에서는 지옥이 따로 없을 것이다.

그런데, 넓은 인간관계는 아이에게 그나마 숨 쉴 틈을 준다. 다른 곳에서는 나를 좋아하는 사람도 있고, 학교에서 친구들이 나를 어떻게 평가하고 대하든지 그게 전부가 아니라는 생각을 하게 해 준다. 그렇다고 하루의 대부분을 보내게 되는 학교생활에서 오는 속상하고 괴로운 마음을 아주 없앨 수는 없지만, 학교와 관련된 소셜 라이프만 있다면 학교에서의 인간관계가 무너지면 삶이 전부 무너지는 것 같은 기분을 느낄 텐데, 학교 외의 다른 활동이나 인간관계로 학교에서의 생활이 삶의 일부분이 되어 버리면 그 무너진 일부를 제외한 나머지 삶에서 그나마 견딜 힘을 얻을 수 있게 된다. 그래서, 학교 외의 관계는 아이가 어려운 시간을 버틸 수 있게 비빌 언덕이 되어 줬다.

　특히, 우리 아이는 외국인들을 대상으로 하는 문화해설사로 활동했기 때문에 정말 다양한 인종, 국적, 나이, 직업을 가진 사람들을 만나면서 내가 사는 우리 동네와 소속 학교, 교실이 얼마나 작은 곳인지 또래 누구보다 잘 알고 있었다.

　해설하는 경력이 쌓이고 스킬이 늘어 가면서 "네가 대학에 갈 때 나에게 연락을 달라"며 명함을 건넨 어느 외국 명문대 교수부터 여러 다른 나라의 장관, 방송국 PD, 미 상원의원, 기업체 임원 등 사회적으로 어느 정도 위치에 있는 사람들과 만나고 그런 사람들에게 인정받는 사람이 되면서 아이는 큰 꿈과 포부가 생겼고, 학교에서 저들끼리 아무것도 아닌 일을 가지고 꼬투리를 잡아 험담이나 하는 아이들에게 신경을 쓰는 것이 너무 의미 없고 소모적인 일이라고 생각하게 되었다.

　학교 친구들이 아니어도 같은 관심사를 가지고 함께 활동하는 해설사 친구들과 선생님들이 계셨고, 그런 사람들이 우리 아이를 믿고 지지해 주었기에 마음 나눌 친구가 없는 학교에서의 한정된 외로움이었지 학교 밖에서는 새로운 경험과 성취로 바빴다.

또, 우리 아이는 매주 금요일 저녁에 지역도서관에서 성인 영어원서 읽기 수업을 지도했었다. 그 수업을 들으시는 어른들이 "나이 차이가 크게 나서 불편할 법도 한데 어린 학생이 이야기도 잘 들어 주고, 수업도 쉽게 잘 가르쳐 준다"며 깍듯이 우리 아이에게 "선생님"이라고 불러 주시고 이뻐해 주셨다.

그래도, 저녁 시간에 오고 가는 길이 여러 가지로 걱정이 됐었는데, 마침 우리 동네의 한 아주머니도 그 수업을 들으셔서 우리 아이와 카풀을 해 주셨다. 그분도 당시 대학을 다니는 딸이 있던지라, 중학교 여자아이들의 학교에서의 교우관계가 어떤 생리로 돌아가는지 잘 알고 계신 분이셨다. 그래서, 우리 아이의 이야기도 들어 주시고 따님의 경험담도 이야기해 주시며 아이의 답답한 마음을 달래 주신 고마운 분이다. 몇 해를 그분이 매주 금요일 저녁에 수업이 끝나면 이곳저곳 동네 맛집을 데리고 다니며 아이에게 맛집 투어를 시켜 주셨고, 유독 아이가 속상해하는 날에는 고급 레스토랑에도 데리고 가서 아이의 기분을 풀어 주시곤 하셨다. 그게 그 당시 우리 아이에게는 또 다른 즐거움이 되어 그즈음의 학교생활을 한 주, 한 주 버티게 해 주었다. 아마도 엄마가 해주는 이야기와는 다른 위로를 얻었을 것이고, 나만 겪는 일이 아니고 다른 사람들도 그런 시간을 지나 대학을 다니고 또 다른 인생을 살아가고 있다는 희망도 얻었을 것이다.

게다가 아이는 우리 지역에 거주하고 있는 외국인 친구들과 근처 외국 대학의 교직원 자녀나 국제기구 직원 자녀 등과의 인맥이 꽤 넓었다. 특히, 하루가 멀다 하고 만나는 미국인 자매가 있었는데, 우리 아이가 학교 친구들로부터 이런 속상한 일이 있었다고 이야기하면 "너의 진가를 알아보지 못하는 바보들"이라며 학교가 끝나는 시간에 찾아가서 대신 그 애들을 혼쭐내 주겠다고 법석을 떠는 일도 있었다. 물론 그 자매를 타일러 학교 친구들과 맞짱을 뜨는 일은 생기지 않았지만, 아마도 우리 아이는 나를 응원해주는 친구들이 있다는 사실에 마음 한편이 든든했을 것이다.

같은 학교를 다니는 친구들은 아니었지만 가까이에 마음 터놓고 의지할 수 있는 그런 친구들이 동네에 여럿 있었으니 시험공부를 하다 힘이 들거나, 마음이 착잡할 때는 언제든 이야기 나눌 친구들이 있었고, 이런 다양한 소셜 라이프에서 오는 인간관계 덕분에 우리 아이의 학창 시절이 마냥 아픈 기억으로만 남지는 않았을 것이다.


## ● 취향을 찾아서 취미를 만드세요


이런 다양한 인간관계 외에도 우리 아이에게는 초등학교 시절부터 갈고 닦은 취미가 있었다. 내가 애들을 키우면서 악기와 운동은 우리 집에서 선택이 아니라 필수라고 얘기할 정도로 이 두 가지는 아이들이 어릴 때 배워서 충분히 즐길 수 있는 수준이 되길 바랐다.

애를 낳기만 했지, 아무것도 모르던 초보 엄마 시절 애청했던 '60분 부모'라는 TV프로에서 아이가 성취감을 느낄 수 있어야 한다고 여러 번 강조했었다. 그러나, 오늘이 내일이고 내일이 오늘 같은 일상에서 성취감을 자주 느끼게 해 준다는 것이 실행에 있어서는 좀 막연한 면이 있었다.

그래서, 고심 끝에 생각한 것이 운동이었다.

운동을 해 본 사람이면 알겠지만, 내가 어제까지 스쿼트 10개를 간신히 하는 사람이었는데, 오늘 드디어 12개를 했다고 하자. 그럼, 그건 어제까지 10개를 했던 나만 알지 아무도 모른다. 누가 나한테 칭찬을 해 주는 것도 아니고, 내가 뽐낼 수 있는 것도 아닌데, 운동을 하고 싹 씻고 나올 때의 그 가벼운 몸과 마음에서 오는 뿌듯함이 있다. 10개도 간신히 했던 내가 드디어 10개를 넘겼다는 자신에 대한 만족감과 그래도 오늘 하루를 헛되지 않게 보낸 것 같은 보람이 있다.

몸으로 하는 것은 무엇이 되었던지 꾸준히 하면 반드시 늘게 되어 있다. 그러니 아이가 계속하기만 하면 성취감은 저절로 느낄 수 있고, 덤으로 건강한 몸과 마음도 가질 수 있으니 안 시킬 이유도 없었다.

숨이 턱 밑까지 차오르는 운동, 정해진 시간 내내 계속 쉬지 않고 몸을 움직일 수 있는 운동, 무엇보다 아이 머리가 땀으로 범벅이 될 만큼 적당히 고된 운동을 찾았다. 그래야 운동을 통해서 힘들어도 참는 법도 배우고, 숨이 차서 주저앉을 것 같아도 끝까지 해낼 수 있다는 것도 배우고, 땀 흘리는 기쁨도 배울 수 있을 것으로 생각했다.

그러다 어느 날, 저녁을 먹고 동네에 새로 생긴 체육공원에 슬슬 공이나 차자고 애들을 데리고 나갔다가 우리 가족들 모두 땀에 흠뻑 젖는 경험을 하면서 곧바로 동네 FC에 등록시켰다. 그때가 초등학교 3학년 여름이었다.

그 후 5학년 겨울에 옆 동네로 이사를 나가게 되었다. 이사 간 곳에서도 축구를 계속 시킬 생각으로 일부러 중등부가 있는 곳을 찾아서 등록시켰다.

그런데, 중등부에 올라갈 때가 되자 축구팀에서 자꾸 전화가 왔다. 보통 여학생은 초등학교 고학년이 축구를 하는 경우가 없고, 간혹 있다 하더라도 학년이 높아지면서 체력이나 기술 면에서 남학생들을 따라가기 어렵기 때문에 자기 학년보다 2, 3학년 낮춰서 훈련한다고 하셨다. 그래서, 그동안 K가 같은 학년 남학생들과 뛴 것이 상당히 특이한 경우라고 했다. 그러나, 중학생부터는 남학생들과 체력 면에서 차이가 크게 나고, 경기도 과격해져서 여학생인 우리 아이는 중학생이 되더라도 초등학생들과 같이 뛰어야 한다고 하셨다.

아마 FC 입장에서는 중학생부터는 남학생들이 여학생보다 체격이나 체력 면에서 월등하다 보니 경기 중에 태클이나 몸싸움에서 우리 아이가 다칠 수도 있다는 점, 그리고 그때까지 중학생들이 하는 수업에서 여학생이 혼성으로 같이 뛴 적이 없었으니 여학생을 배려하다 보면 다른 학생들의 훈련이나 경기 수준까지 영향을 미칠 수 있다는 점, 또 그 당시 뉴스가 성추행 이슈로 시끄럽다 보니 하나 있는 여학생이 경기 중에 몸을 부딪치거나 했을 경우 본의 아니게 이런 류의 구설에 휘말릴 수 있다는 점도 염두에 두지 않을 수 없었을 것이다. 일단 학생 측에서 알아서 빠져 주면 좋을 텐데, 학생은 계속 다닌다고 하니 FC 안에서도 이 여학생을 중등부에 합류시킬 것인지에 대해 찬·반이 분분한 모양이었다.

미국에서는 동네 YMCA나 체육센터 같은 곳에 여학생들의 운동클럽도 많아서 이런 고민을 할 필요가 없다. 하지만, 한국에서는 진로를 운동 쪽으로 정하지 않은 이상, 초등학교 고학년 혹은 중·고등학교 여학생들이 취미로 땀이 흘러내려 눈을 뜨기 어려울 정도로 열심히 운동하는 걸 나는 보질 못했다. 그러니 여학생들을 대상으로 한 수입을 만들어도 수요가 없는 것인지 모르겠지만, 우리 아이같이 중학생이 되어서도 운동을 계속하려면 기존에 다니던 FC에서 하는 것 외에는 다른 선택지가 없었다.

그래서, 나는 감독님이 걱정하시는 모든 상황을 아이와 충분히 이야기 나눴고, 그래도 아이는 축구가 좋아서 계속하고 싶어 한다고 전했다. 나는 감독님께 아이 수준이 안 되는데 무슨 프로선수반 같은 데 넣어 달라고 말하고 있는 게 아니고, 우리 아이가 현재 그 팀에서 제일 못하는 아이가 아닌데도 불구하고 중등부에 합류도 시키지 않는 것은 옳지 않다고 했다. 그리고, 우리 아이 때문에 그 팀이 전반적으로 운동 수준을 낮추게 되거나 다른 친구들이 불편해하면 그때는 우리 아이가 알아서 스스로 그만둘 것이고, 그 정도 사리 분별은 하는 아이라고 말씀드렸다. 그렇게 아이는 중학생이 되어서도 계속 축구를 할 수 있었다.

초등학교 5학년 때 우리 아이의 꿈은 축구선수였다. 그래서, 그 당시 가장 좋아하는 사람은 연예인이 아니라 미국 여자축구 국가대표팀 공격수였던 알렉스 모건이었다. 그녀의 등번호가 13번이었기에 우리 아이의 등번호도 13번이다. 새 축구화를 사 주면 제 방에 진열해 놓고는 아까워서 신지도 못하고, 보고 또 보고 하는 아이였다. 하지만, 5학년 겨울 어느 날 FC에서 선수반 아이들과 경기를 하고 오더니 "엄마, 나는 축구로 밥 먹고 살기는 어려울 것 같아. 축구는 취미로만 해야겠어."라고 말했다.

축구선수의 꿈은 접었지만, 축구를 좋아했던 아이는 당연히 중학교에 가서도 계속하길 원했다. 중학교로 진학하고, 이런 속을 알 턱이 없는 학교의 여자아이들은 남자애들이랑 같이 운동장에서 축구 하는 우리 애를 보며, 남자애들한테 꼬리 친다는 소리나 하고 있으니 아이가 학교에 정을 붙일 수가 없지.

여자아이라고 한들 중학생 아이가 운동장에서 공을 차는 것이 무슨 그렇게 별난 일인 건지 모르겠다. 이게 유별난 일이 될 정도로 우리나라 아이들이 개성이 없다는 사실이 그저 갑갑했다. 개성이라는 것도 결국 취향이 있어야 생기는 거고, 취향을 찾는 과정은 불필요한 사소한 일들에 시간과 마음을 투자해야 한다. 그럴 여유가 아이들한테 주어진 적이 없었던 것이 우리 애 잘못은 아니었음에도, 우리 애가 그 피해를 고스란히 짊어지고 있는 느낌이 들 때도 있었다.

겨울이면 교복으로 맞추기라도 한 듯이 비슷한 브랜드의 검은색 패딩을 입어야만 무던하게 학교에 다닐 수 있는 건지, 너도나도 허연 얼굴에 빨간 입술을 바르고 앞머리에 분홍색 그루프 하나는 말고 다녀야 유별나지 않은 학생이 되는 거였나 보다.

조기축구에서 부상을 당해 평생 한쪽 다리를 절고 다니시던 분을 직장에서 본 적이 있던 나는 아이가 중학생이 되고 축구 연습에 갈 때면 다치지 않게 조심하라는 말을 입에 달고 살았다. 하지만, 여자아이들의 미묘한 신경전 같은 것에 질려서 학교에서의 말이나 행동이 늘 조심스러웠던 아이는 축구를 하며 한바탕 땀을 빼고 집에 들어오면 "이렇게 뛰고 오면 기분이 좀 풀린다"고 하니 그만두게 할 수도 없는 노릇이었다.

정말 운이 좋았던 것은 그 FC의 감독님들과 코치님들이 아이들을 가르치는 것에 진심이셨던 분들이라 세심하게 아이를 살펴 주셨고, 같이 뛰는 친구들도 그런 분들께 운동을 배우는 아이들이라 그런지 착하고 반듯한 학생들이었기에 가능했다고 생각한다. 그 뒤로 그 FC에는 다른 초등학교 여학생들도 등록해서 다닌다고 들었고, 그중에 우리 딸이 롤모델이라고 하던 한 여학생은 중학교 진로를 아예 축구로 갔다는 이야기를 들었다.

또 한 가지, 우리 아이는 피아노를 치는 취미가 있었다.

언젠가 우연히 영국 BBC방송에서 1980년대 후반에 만들었던 '셜록 홈스'라는 고전 드라마를 정말 재밌게 본 적이 있었다. 제레미 브렛이라는 배우가 셜록 역을 연기했는데, 극 중에서 셜록이 뭔가 생각을 정리해야 하거나, 냉소적이면서도 인간적인 외로움을 느낄 때 혼자 바이올린을 켜던 그 모습에 매료되어, '아, 사람으로 위로받을 수 없는 건 음악으로 위로받을 수 있는 거구나.' 하는 생각을 했었다. 그것이 우리 애들에게 악기를 가르쳐야겠다고 마음먹게 되는 계기가 되었고, 가르치려면 한 살이라도 어릴 때 가르쳐야 했다. 왜냐하면, 내가 20대 중반에 무슨 바람이 불었는지 피아노 학원을 한 1년 가까이 다닌 적이 있었다. 바쁜 시간을 쪼개 나름대로 열심히 다녔었는데, 퇴근하고 집에 오면 시간이 늦어서 피아노 연습을 할 수도 없었고, 생활이 바쁘고 하니 실력이 늘지도 않고 참 어려웠다. 그때, 이런 건 어렸을 때 배워야 하는 것이라고 느꼈기 때문이다.

그래서 어떤 악기를 가르쳐 볼까 하고 있는데, 남편이 기본은 피아노니까 피아노를 가르쳐 보는 게 어떠냐 해서 피아노 학원을 보냈다. 그러다 초등학교 5학년 때 처음 나간 전국 대회에서 입상할 정도의 실력이 되었고, 다른 동네로 이사를 나오면서 학원을 그만두었다. 그런데, 그 후로 아이가 중학생이 되어 학업이나 교우관계 등으로 마음이 심란할 때면 실컷 피아노를 치고 나서 다시 책상에 앉곤 했었다. 중학생 시절, 셜록처럼 외롭고 헛헛한 마음을 피아노를 치면서 푸는 아이를 보고, 악기를 하나 가르치길 잘했다 싶으면서 음악의 힘이란 이런 것인가 했었던 기억이 난다.


### ● 바람을 대하는 자세


다양한 소셜 라이프나 취미들이 처음부터 이렇게 쓰일 것으로 생각하고 시작했던 것은 아니었지만, 어쨌든 그 시절 우리 아이를 버티게 도와준 것들임에는 틀림이 없다. 그 외에도 당시 영어원서 읽기에 깊이 빠져 있었기 때문에 쉬는 시간에는 책을 읽거나, 예쁜 그림 위에 먹지와 기름종이를 대고 선을 따라 그리거나 하면서, 짬짬이 간단하지만 자기만의 재미를 느낄 수 있는 소소한 일들을 하면서 마음을 달래고는 했었다.

그래서, 암울했던 중학생 시기에 자기 나름의 방법을 찾아 어려움을 이겨 내며, 그 시절을 버틴 우리 아이가 나는 너무 고맙다. 왜냐하면, 내 아이의 왕따를 지켜보고 있으면서도 부모인 내가 당사자는 아니었기에 이 문제에 개입하고 해결하는 데 한계와 답답함을 느꼈던 부모의 입장에서 아이가 잠시나마 마음의 위로를 얻는 모습을 보는 것만으로도, 나 역시도 잠시나마 마음의 짐을 내려놓을 수 있었기 때문이다.

부모로서 내 아이를 보호하고 문제를 해결하기 위해 무척 고민하고 애를 썼지만, 가장 큰 걸림돌은 매일매일 이 상황을 대면하는 당사자가 내가 아니라 우리 아이라는 사실이었다. 마음 같아서는 내 아이에게 꼽을 준 애들을 찾아가서 내 성질머리대로 갚아 주고 싶은 마음이 굴뚝같아도, 그리고 나면 내일 당장 학교에 가서 선생님들은 물론이고 그 아이들과 같은 교실에서 하루 종일 생활하며, 매 순간 그 불편한 상황을 직면해야 하는 사람은 내가 아니라 내 아이였기 때문에 부모인 나 역시도 무력감을 느꼈었다.

마음 밭이 가벼운 애들이 장난치듯 하는 그런 유치한 일들로 속이 시끄러운 경험을 해 보면 우리가 누리는 일상이라는 것이 얼마나 약하고 무너지기 쉬운 것인지 온몸으로 느낄 수 있다. 옆에서 지켜보는 어른인 나도 이런데, 이건 아이 혼자 헤쳐 나갈 수 있는 일이 아니다. 하지만, 이런 일을 겪어 본 부모님들은 알 것이다. 상대 아이의 가정에서 손을 놓고 있으면 담임선생님을 찾아가고, 내 아이에게 소심 또 소심시키며 이것저것 애를 써 봐도 뭔가 속 시원히 해결되기는 어렵다는 것을.

하루아침에 따돌림을 당해 아이가 마음고생하기에, 보다 못한 나는 결국 담임선생님을 찾아갔었다. 담담히 내 이야기를 들으시던 담임선생님이 갑자기 눈이 그렁그렁하시더니 서둘러 휴지를 가져와 눈물을 훔치셨다. "제가 중학교 교사로서 교직 생활이 적지 않습니다. 그동안 많은 아이들을 봐 왔고 가르쳤지만, 제가 퇴직하기 전에 K 같은 아이를 만났고, 더군다나 그 아이가 우리 반 학생이라는 것에 K를 볼 때마다 늘 고마운 마음이 있었어요. 그런 아이가 이런 일을 겪는 게 제가 너무 속이 상합니다."라고 말씀하셨다. 그러니, 그 후 담임선생님이 얼마나 신경을 써 주시고, 애를 쓰셨겠나. 그러나, 애들이 그 나이에 할 수도 있는 그저 그런 일이라며 문제를 문제라고 인식하지 못하는 상대 부모와 아이에게는 별 의미 없는 일들에 불과할 뿐이었다.

"이 지역은 그나마 나아요. 다른 지역은 학교가 아니라 정글"이라고 말씀하시는 선생님도 뵀었는데, 실제 교육 현장에서 학생과 학부모 사이에서 일선 선생님들이 느끼는 혼란이 어느 정도인지 짐작이 간다.

하지만, 그렇게 아무것도 바뀌지 않는다고 해서 부모인 나도 아무것도 하지 않고 있으면 안 된다. 왜냐하면, 내 아이는 나의 부모가 나의 아픔을 공감하고 해결하기 위해서 애쓰는 걸 보며, 그나마 마음 추스를 이유를 찾기 때문이다. 그러나, 대부분의 경우 부모는 그저 아이를 달래 주며 같이 화를 내 주고, 위로해 주는 말을 하는 것밖에는 할 수 있는 게 별로 없었다. 세상을 살다 보면 내 힘으로 안 되는 일도 있다는 것, 그럼에도 이 힘든 시간을 이겨 내야만 한다는 것도 배워야 진짜 어른이 되고, 그래야 이다음에 내가 아이의 손을 잡아 줄 힘조차 없을 때 아이가 스스로 세상을 헤쳐 나가며 살 수 있지 않을까 위안하며 부모 역시도 그냥 견디는 것뿐이었다.

어떨 땐, 세상을 살다 보면 일어나는 일들은 바람이 부는 것과 비슷한 것 같다. 나는 그저 내 갈 길을 가고 있었을 뿐인데, 그냥 나에게 불어온 바람. 어느 날은 부는 바람에 애써 신경 쓰고 나온 머리를 망치기도 하고, 어느 날은 강한 바람에 내 우산이 꺾이기도 하듯이 그냥 아무 이유도 없이 나를 스쳐 지나가는 바람 같은 일들도 생긴다. 모자를 써 보기도 하고 점퍼를 챙겨 나갈 순 있겠지만 내게 불어오는 바람 자체를 막을 수는 없으니 바람이 불면 부는 대로, 그저 두 발로 버티며 이 바람이 지나가길 기다릴 수밖에 없을 때도 많다.

내가 살아 보니까, 사람의 힘으로 할 수 없는 일은 시간에 맡기는 수밖에는 없는 것 같다. 그렇게 버티다 보면 반드시 시간은 흐르고, 이 또한 다 지나간 시절이 된다. 그리고 그때가 오면, 영화 〈신과 함께 - 죄와 벌〉에 나온 대사처럼 "지나간 일에 새로운 눈물을 낭비하지 말자."

**21**

# 느린 아이의 원서 읽기

## ● 영어 공부의 방향성

사실 미국에서 한국으로 돌아오면서 제일 신경 쓰였던 것은 '그동안 아이가 익힌 영어를 어떻게 하면 잘 유지할 수 있을 것인가'에 대한 문제였다. 미국 생활 3개월 만에 한국으로 돌아가면 영어를 홀라당 잊어버릴 것이라고 직감했었는데, 역시나 귀국 후 몇 달 만에 초등학교 2학년 수준의 그 알량한 영어조차도 남는 게 없겠다는 생각이 들자, 나는 제일 먼저 학원을 기웃거리기 시작했다.

당시만 해도 우리가 살던 지역은 다양한 교육 방법의 영어학원들이 있는 곳이 아니었다. 특히, 우리 아이처럼 듣기, 말하기가 되고, 초등학교 2학년 수준의 읽기, 쓰기는 되는데, 한국식 문법은 한 번도 배워 보지 못한 아이를 보낼 만한 학원이 없었다. 그즈음 서울이나 큰 도시에는 외국에서 학교를 다니다 온 친구들이 그 나라의 교육과정으로 학업을 계속 이어 갈 수 있는 학원들도 생기긴 했지만, 우리 아이가 다니기에는 너무 멀었다.

그러다, 동네 국제 고등학교의 영어 선생님이 미국 사람인데, 그분이 집에서 영어 수업한다는 얘길 듣고, 그 수업에 아이를 보냈다. 그런데, 같이 수업을 듣는 아이들이 중학생이나 고등학생들이다 보니 수업의 많은 부분이 학교 시험 대비나 입시 위주일 수밖에 없었고 당연히 문법 위주의 수업이었다. 아이가 어려서 선생님께서 더 신경을 써서 지도해 주셨음에도 한국에 온 지 얼마 안 된 10살짜리에게 3인칭 단수니, 관계 대명사니, 현재 완료니 하는 문법 용어 자체가 너무 어렵고, 수준에 맞지도 않는 수입이었기 때문에 그마저도 힌 두 달 하고 그만뒀다.

그런 경험을 하고 보니, 이런 식이라면 아이가 커서 학원을 다닌다고 해도 결국은 내가 중·고등학교를 다녔을 때처럼 영어 공부를 하게 될 것이라는 생각이 들었다. 내가 학교를 다니면서 영어 공부라는 것을 해 봤던 경험을 떠올려 봤을 때, 그런 방식의 공부가 영어를 구사하는 능력에 있어서 꼭 필요하고 큰 도움을 줬다고 말하기는 어려웠다. 내가 했던 영어 공부는 다른 과목들처럼 시험을 본다고 하니까 했었던 것이었기에 목적 자체가 아직 어린 우리 아이에게 영어를 어떻게 가르쳐야 할 것인지 고민하는 것과는 차이가 있었지만, 아무리 생각해봐도 들인 시간이나 노력 대비 아웃풋이 적은 것이 지난날 나의 학창 시절의 영어였다. 우리 때는 중학교 가서 영어를 처음 배우는 사람도 많았으니 중고등학교 6년을 배웠다 치고, 그중에서 "나 중고등학교 때 영어 배워서 영어 잘한다"고 자신 있게 말할 수 있는 사람을 보지 못했다. 내가 그런 식의 공부를 안 헤 봤으면 모르겠지만, 이미 내가 해 봤고, 나 자신이 그 결과물인데, 그걸 알면서 내가 했던 그대로 아이를 가르치는 건 아니지 싶었다. 영어 공부의 목표가 학교 시험을 잘 보는 것, 성공적인 입시를 하는 데 도움이 되는 것이라면 이야기가 달라졌겠지만, 그러기에는 아이가 너무 어렸다.

당시 내가 원했던 것은 지금까지 익힌 영어를 잊어버리지 않게 하는 것, 그리고 미국에 있는 또래 친구들과 비슷한 수준으로 계속 느는 것이었다. 그렇다면 이거는 우리 아이의 성향을 봤을 때, 학원에서 공부로 해결할 일이 아니었다. 영어로 생활하는 아이들을 만나서 같이 시간을 보내고, 같이 자라야 해결이 되는 문제였다. 나는 영어를 공부로 배웠지만, 사실 영어라는 건 문화의 복합체인 언어이기 때문이다. 영어가 언어라는 사실을 깨닫게 되면 영어 공부의 방향성이 달라진다. 하지만, 내 생각이 어떻든 간에 그 당시 그 동네에서 우리 아이와 비슷한 수준의 영어를 하는 친구나 적절한 기관을 찾을 수는 없었고, 그 시절의 나는 국제학교나 영어를 하는 대안학교에 보내는 것은 생각도 못 했었다.

### ● 단어 공부하다 끝나는 영어는 인제 그만

그렇게 시간은 가고 아이는 하루가 다르게 영어를 까먹고 있었다. 슬슬 조바심이 나던 참에, 영어 뮤지컬 단원으로 활동하다가 서울의 모 국제 중학교에 진학했다는 예전 직장 상사분의 자녀 이야기가 떠올랐다. 그래서, 영어 관련 동아리나 어린이 활동들도 몇 군데 알아봤지만, 아직 어린 우리 집 둘째까지 달고 큰 아이를 쫓아다니기에는 지역적으로 쉽지 않은 거리였고, 무엇보다 들어가는 활동비라든지 여러 가지로 내가 그렇게까지 뒷바라지할 엄두도 나지 않았다.

그렇다고 마냥 손을 놓고 있을 수도 없어서 영어단어라도 외우게 시켜 보려니까 남편이 하는 말이, 단어를 외우게 시키지 말고 영어원서를 읽히 라고 했다. 나보다 영어를 잘하는 남편이 그러라고 하니까, 반신반의하 면서도 달리 뾰족한 수가 없으니 그렇게 했다.

남편은 아이에게 영어책을 한 권씩 읽을 때마다 3천 원씩, 간단하게라 도 독후감까지 써오면 5천 원씩 용돈을 주겠다고 했다. 그때까지 제대로 용돈이린 걸 받아 본 적 없던 우리 집 아이에겐 적은 돈이 아니었기에 아 이는 짬짬이 영어책을 읽어 나갔다. 그렇다고 책 읽는 걸 검사하거나 그 러지는 않았다. 아이가 무슨 책을 읽었다고 하면 내용이 뭐냐고 몇 마디 물어보고 약속된 용돈을 주는 것이 다였다. 책읽기가 좀 뜸한 것 같으면 "요즘엔 용돈 달라고 안 하네. 영어책 안 읽니?"라고 물어보는 정도였다.

영어책을 읽으라고 했으니까 집에 영어원서가 몇 권 있어야 아이가 읽 을 테니, 책을 사다 놔야 했다. 요즘엔 최신판들도 국내 서점에 다양하게 들어와 있고 우리나라 인터넷 도서 사이트에서도 쉽게 직구 할 수 있을 정도로 편해졌지만, 그 당시에는 그런 책을 구하는 것도 일이었다. 동네 서점에 가보니 유아용 영어책은 좀 있었지만, 우리 아이가 읽을 만한 책 들은 종류도 적고 가격도 비쌌다. 그 당시 강남에 영어원서만 파는 서점 이 있다는데 거리도 거리지만, 애들 책값이라기엔 서너 권만 사도 무시할 수 없는 가격이었다.


그런데, 책을 몇 권 읽혀보니 진짜 문제는 책값이나 책을 구하는 게 아 니었다. 책을 사러 서점에 아이를 데리고 가면, 아이가 고르는 책과 엄마,

아빠가 고르는 책의 스타일이 너무 달랐다. 십중팔구 아이는 그림만 보고 책을 골라온다. 부모 욕심에는 읽히고 싶은 더 좋은 책들도 많은데 아이가 골라온 글 밥도 별로 없는 책을 보면 맘에 들지 않았다. 그러니 아이가 원하는 책은 한두 권만 사 주고 부모가 읽히고 싶은 책들로 골라서 서점을 나오게 된다. 그렇게 집에 와서 아이가 책 읽는 걸 보면, 여지없이 본인이 고른 책만 보고 또 봤다. 그러면, 엄마는 왜 다른 책은 읽지 않느냐며 핀잔을 주고 부모가 골라준 책을 읽으라는 압박을 주게 된다.

그런데, 그렇게 잔소리한다고 해서 부모가 골라 준 책을 잘 읽지도 않았고, 점점 책 읽는 게 또 다른 숙제가 되는 것 같은 느낌이 들었다. 이러다가 영어 공부랍시고 달랑 영어책 읽기 하나 하는 마당에 이마저도 아이 마음이 떠날까 싶어서, 내 마음엔 좀 안 들어도 처음에 책하고 친하게 만들려고 미끼를 던진다 생각하며 그냥 아이가 원하는 책을 사 줬다. 아이가 골라 온 책을 보면 '아, 이건 아닌데.' 싶고, 책을 사 주고도 왠지 뭔가 손해 보는 것 같은 기분이 들었다. 하지만, 어차피 제 맘에 드는 책만 읽으니 뭐 부모 맘에 들든, 안 들든 책에 한 번이라도 더 손이 가게 하려면 그냥 저 읽고 싶다는 책을 사 주는 게 맞는 것 같았다.

그렇다면 내 마음이라도 좀 편하게 책값이 싸면 좋겠다 싶었고, 그러다 생각난 게 헌책방이었다. 어차피 애들 책은 그 시기가 지나면 계속 수준에 맞춰서 바꿔 줘야 하고, 가격 면에서도 부담이 적을 것이라는 생각에 그나마 가까이에 있는 헌책방 거리를 알아봤다. 그랬더니, 이번에는 책들이 너무 오래되고 낡아서 나도 별로 읽고 싶은 않게 생긴 책들뿐이었다. 색이 알록달록해도 읽을까 말깐데 빛바랜 영어책에 손이 갈 리가 없었다. 중고 책을 구하는 게 우선이 아니라, 아이가 좋아할 만한 책을 구해야 하는 것이었다.

애들이 좋아할 만한 영어책을 누군가 중고 서점에 내놓으려면 외국 아이들이 많이 사는 곳이어야 한다는 생각이 들었다. 나의 해외 이사 경험을 떠올려 봤을 때, 한국에 주둔하던 미군 가족들이 본국으로 돌아가거나 근무지를 이동하게 되면 웬만한 책은 무거워서 가져가지 않을 것이라는 생각에 이태원에 있는 한 헌책방을 찾아갔다. 그렇게, 그 오래되고 좁은 통로의 헌책방이 우리에겐 보물창고가 되었다. 미국 살 때 서점에서 보던 최신 어린이책들이 시리즈별, 종류별로 있었고, 일반 서점의 5분의 1도 안 되는 가격으로, 운이 좋으면 그보다 더 싼 가격에 득템을 할 수 있는 곳이었다. 책값도 저렴하겠다, 그 헌책방에서는 아이가 그림만 있는 책을 고르든지, 글 밥이 있든지 말든지 그냥 골라오는 대로 양껏 담아서 가져왔다.

평상시 물건을 덥석 사 주는 법이 없고 장난감에는 인색한 엄마였지만, 헌책방에서만큼은 인심이 후했다. 웬만한 장난감 하나 값이면 한 달은 실컷 읽을 책들을 사 들고 책방을 나설 때 아이의 표정을 보면 나도 덩달아 뿌듯했다. 헌책방을 간다고 이태원까지 나온 김에 근처 맛집에 가서 맛있는 식사도 하고, 상점들도 구경하다 집으로 돌아오곤 했으니 '헌책방' 하면 떠오르는 달달하고 애틋한 추억은 덤이다. 초등학교 고학년부터는 외국인문화해설사 과정을 한다고 시간이 없어서 자주 갈 수도 없었고, 책을 읽는 수준이나 취향이 더 이상 헌책방에서 책을 구할 상황이 아니어서 자연스레 발길이 끊기게 되었지만, 가끔 그 서점이 떠오를 때면 괜스레 고마운 마음이 든다.


영어 실력이 늘 것이라는 기대보다도 까먹는 거라도 좀 막아 보자는 마음으로 시작한 원서 읽기였는데, 어찌 되었건 그것도 손을 놓지 않고 하다 보니 가랑비에 옷 젖듯 지루하게 늘기는 했다. 영어단어를 배운다는 것은 연습장에 빼곡히 써 가며 달달 외우는 것밖에 몰랐던 나는 맨날 제자리걸음 하는 것 같은 아이를 지켜보면서 '이렇게만 해도 되나?' 싶었다.

그런데, 그런 아이가 2년쯤 되니까 조금씩 읽는 책의 글 밥이 많아졌고, 가끔 어려운 단어를 포스트잇에 붙여서 거실 벽에 붙여 놓기도 하더니, 한 3, 4년을 그렇게 하다 보니까 중학교 1학년이 되어서는 한 권에 600, 700페이지가 훌쩍 넘는 책들을 사다 읽어서 내가 깜짝 놀랄 정도가 되었다. 처음에 그렇게 두꺼운 책을 사 달라고 했을 때는 '앞에 몇 장 읽고 말겠지.' 하면서 속는 심정으로 사 줬는데, 이게 세 권이 되고, 네 권이 되더니 그 후로는 아이가 책을 사 달라고 하면 그냥 사 줬지 뭘 읽는지는 아예 신경 쓸 필요가 없게 되었다.

아이를 다시 한국에 데리고 왔을 땐, 초등학교 고학년이 되면 영어로 된 얇은 어린이 소설책 정도만 읽어도 좋겠다는 마음이었는데, 어느 순간 아이는 내가 생각지도 못한 수준으로 성장해 있었다.

결론적으론 내 기대치를 훌쩍 뛰어넘을 정도의 수준으로 원서 읽기가 되었지만, 그 과정은 참 무료했다. 그래서, 애들을 키울 때는 기다릴 줄도 알아야 한다고 하는 것 같다. 사실 아이를 키운다는 걸 떠나서 원래 사람이 뭔가를 능숙하게 하려면 당연히 시간이 걸리는 건데 그 시간을 견디는 동안이 왜 그렇게 지루하고, 해도 안 되는 거 같고, 그만해야 할 것 같고 그런지 모르겠다. 그래서, 나같이 성격이 급한 사람은 맨날 제자리걸음 하는 것 같은 아이를 보고 기다리는 것 자체도 쉬운 일은 아니었다. 그럴 때마다 남의 집 애들은 뭘 그렇게 맨날 잘한다고 하는지, 자식을 기르

려면 눈 감고 귀 닫아 가며 마음을 무슨 도 닦듯이 수행 아닌 수행을 해야
할 때도 있었다.


## ● 영어책 읽기의 나비효과

어떻게 보면 어린 시절 미국에서 1년 10개월을 살다가 온 것이 우리 아
이의 영어에 대한 도화신이 됐지만, 초등학교 1, 2학년 시절의 짧은 타국
생활에서 얻은 그 영어가 얼마나 얄팍한 것인지 어린 자녀와 타국 생활하
다 온 사람은 알 것이다. 어릴수록 빨리 배우지만 그만큼 빨리 까먹고, 어
리기에 유지와 보수를 하는 학습에도 한계가 있기 때문이다. 또, 제아무리
유지를 잘했다고 한들 초등학교 2학년 수준의 단어와 문장력일 뿐이다.

그렇다면 우리 애는 어떻게 짧은 타국 생활 후, 일반 공립 학교를 다니
다가 고등학생이 되어 국제학교에 가서 외국인 선생님들께 영어를 모국
어로 쓰는 사람보다 잘한다는 말을 듣게 되었을까?

우리 아이가 두 번 고민할 것도 없이 꼽은 비결은 결국 '책 읽기'였다. 앞
서 언급했듯 처음에는 책을 읽는 수준이 그냥 그랬다. 읽는 양이 많았던
것도 아니고, 늘 책을 끼고 사는 아이도 아니었다. 그래도, 꾸준하게 한 몇
년 원서를 읽다 보니 어느 순간 책 읽는 게 너무 재밌다면서 홀딱 빠졌었
다. 그러고는 읽는 양 자체가 갑자기 폭발적으로 늘어나는 순간이 있었다.

그런데, 영어책도 읽는 게 어느 정도 수준이 돼서 속도가 붙고, 읽는 양
이 많아지다 보니까 책을 흘려서 읽게 된다고 고민한 적이 있었다. 그때,
우리 애가 찾은 방법은 뒤집어 읽기였다. 영어책을 위·아래 반대가 되도

록 뒤집으면 알파벳이 거꾸로 보이니까 무슨 암호 같다. 그걸 읽으려면 단어 하나하나에 집중하면서 읽을 수밖에 없다. 그러면 책을 읽는 속도도 조절하게 되고, 단어나 문장에 더 몰두하면서 읽게 된다고 한동안은 책을 뒤집어서 읽었고, 책장에도 읽은 책은 뒤집어서 꽂아 놨었다. 책을 흘려 읽는 게 싫어서, 불편하더라도 책을 뒤집어서 제대로 읽겠다는 걸 보면 그 당시 우리 아이가 영어원서 읽기에 얼마나 진심이었는지 알 수 있다.

그 중학생 시절 우리 아이의 가장 행복했던 추억 중 하나는, 일주일 동안 영어책을 읽다가 중간에 덮고 또 시간 나면 읽고 했던 책을 주말 아침에 눈 뜨면 이불 속에서 그 책의 나머지 부분을 마저 다 읽고 점심 즈음이 되어 느지막이 방을 나서던 순간이었다고 했다.

아이가 고등학교에 진학한 후에는 학업에 치여 당장 공부에 필요한 책 외에는 그때처럼 그렇게 책에 빠져서 읽는 걸 보지는 못했다. 나 역시도 중학교 1학년 때 어지간한 고전은 다 읽었었는데, 책을 덮고 나면 글을 읽은 게 아니라 영화를 한 편 본 것 같이 생생했던 기억이 있는 걸 보면 중학생 시절이야말로 너무 어리지도, 너무 시간이 없지도 않은, 정독하고 다독하기엔 최적의 시기인 것 같다.


아이는 재밌게 읽은 책이 있으면 그 작가의 다른 책을 마치 시리즈처럼 줄줄이 사서 읽기도 했다. 그러다가 어느 영국 작가의 소설을 하나 사서 읽었는데, 그 책의 커버에는 작가의 인스타그램이랑 유튜브 채널을 소개해 놨었다. 책을 재미있게 읽은 아이는 작가의 유튜브 채널도 들여다보기 시작했다. 거기에 올라온 영상들은 그 작가의 일상을 찍은 브이로그가 대부분이었다. 아이는 브이로그를 통해 다른 나라에 사는 외국인의 일상을 보는 것에 흥미를 느꼈다. 옷이나 물건을 산 이야기, 친구들을 만나서 밥을 먹거나 수다 떠는 이야기, 마트에 가서 장을 보거나 친한 친구 집에 놀러 간 이야기 등 아주 평범하고, 지극히 일상적인 영어 표현을 그 브이로그를 보면서 배웠다. 영어를 학원이나 교재로 배운 게 아니라 외국인이 일상생활 하는 걸 보고 배웠으니 위화감 없이 자연스러웠을 것이고, 그래서인지 만나는 외국인들마다 "영어를 정말 잘한다"고 말했었다.

그러다 보니 알고리즘으로 올라온 다양한 나라나 도시에 있는 다른 외국인들의 브이로그도 보게 되었다. 그렇게 미국영어와 영국영어의 단어, 악센트, 표현 방법 등의 차이를 알게 됐고, 외국인들도 구별하기 어렵다는 영국인의 영어와 아일랜드인의 영어도 구별하게 되었다. 그렇게 아이는 같은 영어권이라도 나라마다 도시마다 사투리처럼 각기 다른 악센트를 쓰는 영어에 관심을 갖기 시작했다. 미국 내에서도 뉴욕 사람, 플로리다 사람, LA 사람, 텍사스 사람의 악센트를 구별했고, 한두 마디만 들어보면 유럽계 사람이 하는 영어인지, 북미 쪽 사람이 하는 영어인지 알아채서 영어 감별사 수준이 됐다.


언젠가 남편이 미국에 있을 때 병원에서 쓰는 의학용어를 몰라서 애를 먹었던 이야기를 한 적이 있었다. 이때부터 아이는 자기가 과학이나 의학 쪽 영어가 약하다는 걸 알았다며 《The body, a guide for occupants》 같은 책을 사서 읽기 시작했고, 미국 의학 드라마를 자막 없이 보기 시작했다. 평소 쉬는 시간까지 스트레스를 받기 싫다며 재난 영화 같은 것도 안 보는 아이였는데, 병원에서 일어난 일들이 에피소드인 그 미드를 한동안 보고 또 봤다. 그러더니 어느 순간부터는 TV에서 의학 드라마를 보거나 동네 병원에 갈 일이 있으면 이거는 영어로 병명이 어떻게 되고, 무슨 시술을 하는 것인지 설명해 주곤 했다.

그다음으로 아이가 흥미를 느낀 영어 소재는 스포츠였다. 당시 우리 아이가 다니는 축구팀에 외국인 아이가 다니게 됐는데, 자연스럽게 우리 애가 통역을 하게 되었다. 그런데, 일상 영어랑 스포츠 용어는 또 차이가 있었고, 외국 아이와 같이 경기를 뛰기 때문에 경기 중에 짧고 간결하게 정확한 의사전달을 하는 데는 스포츠 용어가 필요하다고 했다. 이때부터는 외국 스포츠 중계나 해설 같은 걸 보거나, 감독이나 선수들이 인터뷰할 때 어떻게 표현하고 어떤 단어를 쓰는지 찾아보기 시작했다. 그즈음 아이에게 영어는 계속 공부해서 유지해야 하는 차원이 아니라 일상이 되었다.

그냥 재미 삼아 매니큐어를 발라보는 것도 어떤 캐나다 사람의 유튜브를 보면서 배웠다. 그 유튜버는 직업이 캐나다 정부에서 일하는 데이터 애널리스트였는데, 취미로 네일아트를 하는 사람이었다. 당시 한국에서는 본 적이 없는 매니큐어 종류나 네일아트 기술도 보고, 그러는 동안 그 사람이 이야기하는 사회적 이슈, 직업과 관련된 이야기, 라이프 스타일이나 개인적인 가치관에 관한 이야기들도 듣게 되니까 이게 단순하게 매니큐어 바르는 법만 배우는 것이 아니게 되었다.

이렇게 영어를 편하게 쓸 수 있게 되니까 궁금하거나 호기심이 생기는 것, 혹은 대회를 나가거나 발표할 때 필요한 보조자료나 정보를 찾는 것, 학교에서 배우는 과학 이론 같은 것들을 한국 사이트나 한국말로 만든 인강이나 유튜브만 보는 게 아니었다. 영어로 검색해서 외국 자료도 찾아

보게 되니까 같은 주제를 가지고도 조금 더 다채로운 시각을 가질 수 있고, 다양한 자료와 정보를 접할 수 있게 되었다.

나는 우리 아이를 보면서 이 영어를 잘한다는 게 단순히 언어영역에만 국한된 게 아니라, 새로운 패러다임이나 시스템을 받아들이고 적용하는 방법적인 측면에까지 영향을 미친다는 것을 알게 되었다.

최근에 한 인터뷰에서 구글 코리아 임원을 하셨던 김경숙 님이 "영어가 주는 기회의 문은 너무 커요. 인터넷에 모든 디지털 문서를 다 뒤져 보면 56%가 영어로 돼 있어요. 그리고 대부분의 광고가 영어예요. 그러면 내가 무슨 일을 하더라도 영어를 알면 정말 많은 노출이 될 수 있어요. 그 반면에 우리나라 말로 된 인터넷 문서는 1%가 안 되는 0.7%예요. 그러니까 우리나라 말로만 검색한 사람, 우리나라 말로만 뭔가 하려고 하는 사람은 엑세스가 절대 많이 안 되는 거예요. 그래서 영어는 정말 기회의 문을 쫙 넓혀 줘요."라고 이야기하시는 걸 봤는데, 우리 아이를 지켜본 결과 맞는 이야기인 것 같다. 그걸 알기에 많은 부모들이 내 아이만큼은 한 살이라도 더 어릴 때 이 영어를 정복하길 바라는 것이다.

사실 한국에 살면서 영어를 자유롭게 구사하지 못한다고 해서 사는 데 크게 불편한 것도 없고, 그래서 SKY를 못 가는 것은 더더욱 아니다. 그런데도 부모들이 이렇게 영어에 목을 매는 이유는 영어를 편하게 사용할 수 있다는 사실만으로도 확실한 강점이 된다는 걸 잘 알고 있기 때문이다. 그렇기에 업무상 영어를 쓰든, 쓰지 않든 혹은 영어를 좀 하든 못하든, 각자 나름의 이유로 이 영어를 평생 숙제같이 마음의 짐으로 이고 지고 살아야 했던 기성세대로서는 그런 짐을 굳이 내 자식에게 대물림해 주길 원하지 않는 것이다. 부모들의 자식을 향한 그 마음이 6조가 넘는 어마어마

한 돈을 갈아 넣는 부동의 사교육시장 1위인 영어의 위상을 만들어 냈다. 또, 그런 부모들의 마음을 나도 자식을 키우는 부모로서 누구보다 잘 알고 있기에, 또 하나의 대안이 되길 바라는 마음으로 우리 아이의 영어성장기를 이렇게 구구절절 이야기하고 있는 것이다.

원서를 다독하면서 어휘와 문장구조를 충분히 익히게 되니까 영어가 어느 정도 수준이 됐고, 영어가 어느 정도 되다 보니 영어로 된 유튜브나 디즈니 청소년 드라마 같은 걸 보는 것이 크게 어렵지 않았고, 그런 걸 보다 보니 듣기와 말하기가 해결이 됐고, 그러다 보니 외국인 친구들을 사귀는 데 어려움이 없었고, 그러면서 동시에 본인이 좋아하는 주제로 계속 관심사를 옮겨 가면서 그때그때 필요한 영어 공부를 했다는 것이 우리 아이 영어 공부의 전말이다.

고등학교 진학 후, 영어권에서는 스페인어를 같이 쓰는 곳이 많다면서 스페인어를 배웠고, 대학에 간 지금은 짬이 나면 취미로 이탈리아어를 독학한다. 만약에, 평범한 우리 아이가 학원을 베이스로 해서 영어를 배웠다면 다른 언어를 배우는 일을 지금같이 가벼운 마음으로 시도할 수 있었을까 싶다. 나중에 국제학교에 진학하고 나서 보니까 3, 4개 언어를 하는 아이들은 흔했는데, 그중에서 이중언어 국가에서 나고 자란 친구들은 제외하고, 외국어로 배워서 다중언어를 잘하는 친구들의 특징을 보면 자기가 좋아하는 주제로 그 언어에 접근했다는 공통점이 있었다.

최근 강남의 유명 영어학원에 입학하기 위해 4세 고시니, 7세 고시니 하는 일들이 벌어지고 있는데, 정작 그 학원 관계자들은 그런 식의 교육이 사기나 마찬가지라는 사실을 잘 알고 있을 것이다.

나는 무엇이 맞는지, 틀리는지도 모르고 키웠지만 한 가지 확실했던 것은, 내가 하고 싶지 않은 것은 아이 본인이 원하거나, 꼭 해야 하는 일이 아닌 이상 우리 애들한테도 시키지 않는다는 기준이 있었다. 내가 7살 아이라면 수능 수준의 문제를 푸는 학원에서 몇 시간씩 앉아 있고 싶지는 않을 것 같아서 내 아이에게도 시키지 않았다. 또, 내가 초등학교 4학년이라면 아무 때나 내킬 때 얇은 영어책 한 권 읽고 용돈을 받는 것 정도는 괜찮을 것 같아서 내 아이에게도 하라고 했다.

아이에게 원서를 읽히기로 방향을 잡고는 나름 방법도 고심해 보고, 책도 사 주고 했었지만, 2년이 넘도록 원서 읽기가 정말 지지부진했고 영어는 하루가 다르게 까먹어 갔다. 그런데도, 한 번도 영어로 아이를 쪼지 않고 계속 다른 방법을 찾아보고 했던 이유는 나는 교육은 길게, 멀리 봐야 한다는 생각을 가지고 있는 사람이고 그게 다행히 우리 아이에게는 맞는 방법이었다. 평범한 사람에게 교육이나 학습이 짧은 시간에 완성될 수 있는 것이라면, 대부분의 국가에서 공교육인 초중고 교육과정이 12년이나 될 필요는 없었을 것이라는 게 내 생각이다. 부모에게 아이의 교육은 성인이 되는 20살까지 해야 하는 것이고, 아이가 지금 영어를, 혹은 공부를 잘한다고 내 육아가 지금 끝나는 것도 아닌데 당장 1, 2년 사이에 성과가 있다, 없다로 초조해할 필요가 없었다. 20살이 되려면 아직 멀었으니까, 하다 보면 되겠지 했다.

무엇이든지 잘하는 사람은 따로 있지만, 그래도 참 다행인 것은 누구나, 무엇이든 하다 보면 는다. 멈추지만 않으면 는다니, 뭐가 됐든 해 볼 만하지 않나?

**22**

# 공부 체질이 아닌 아이의 영어 마스터



영어책 읽히기가 그렇게 무료하리만큼 진전도 없고, 이러다가 죽도 밥도 안 될 것 같은 기분이 들던 그즈음에, 우연히 TV에서 초등학교 고학년쯤 되어 보이는 남자아이가 유니폼 같은 걸 입고 경복궁에서 외국인들에게 유창하게 영어로 우리나라 문화재를 설명하는 걸 보게 되었다.

아차차, 깜박 잊어버리고 있었던 기억.

미국 살 때, 한국으로 돌아가면 우리나라 역사를 제대로 가르쳐야겠다고 마음먹었던 것이 생각났다.

인터넷을 뒤져 보니, 국제교류문화진흥원 산하에 소속된 단체에서 외국인을 대상으로 우리나라 유적지나 문화재 등을 설명해 주는 문화해설사 활동을 하는 것이었다. 역사 수업이나 해설사 양성 과정 등 여러 가지 프로그램이 있었는데, 한번 들어 보고 결정해도 된다고 해서 주말에 샘플 수업을 보내 봤다. 그랬더니 아이가 갔다 와서 한다는 소리가 "다른 사람

눈치 안 보고 영어로 실컷 떠드니까 속이 후련하다"고 했다. 그렇지, 그것까진 생각 못 했는데 한국 와서는 영어로 말을 못 했으니 그럴 수도 있겠구나 싶었다.

영어로 역사 수업을 듣는다 생각하면 일부 프로그램만 들어도 되겠지만, 나는 영어로 하는 수업을 시키겠다는 게 목적이 아니었기 때문에 시작을 하게 되면 해설사 과정까지 끝내길 바랐다. 그러려면, 초등학생이라는 걸 감안하고 넉넉하게 2년이라는 시간을 투자해야 했기에 나름 쉽지 않은 결정이었다.

근근이 영어책 읽기를 하고는 있었지만, 영어는 결국 언어고 언어는 기본적으로 듣기와 말하긴데, 아이가 영어로 말을 할 일이 없다는 것이 늘 찜찜했다. 무엇인가 배우면 써먹기도 해야 재미도 붙는 건데, 써먹을 일도 없는 영어를 언제까지 할 수 있겠나 싶은 생각도 있었다. 그런데, 역사 공부도 하고, 외국인 만나서 말도 하고, 더군다나 그걸 배워서 한국을 방문한 외국인들에게 알리는 일에도 일조할 수 있다는 사실이 큰 동기부여가 되었다.

남들은 5학년이면 슬슬 중학교 준비한다고 영어, 수학 선행에 매진하는데, 그 시절 아무도 알아주지 않는 역사 공부를 하겠다고 적지 않은 시간을 서울까지 다니면서 왜 사서 고생하느냐던 남편의 걱정이 무색할 만큼 아이는 그 수업을 좋아했다. 매번 다른 현장에서 수업하기 때문에 아이를 수업하는 곳까지 데려다주고 데려오는 수고를 해야 했지만, 덕분에 기다리는 동안 나랑 둘째도 덩달아 몽촌토성부터 전쟁기념관까지 웬만한 유적지는 어지간히 다녀 보게 되었고, 또 그 나름의 재미와 추억도 생겼다.

수업은 현장에서 한국인 선생님이 먼저 해 주시고, 이어서 외국인 선생님이 영어로 수업하셨다. 한국인 선생님이야 우리의 역사와 문화에 대한 애정이 남다르시겠지만, 외국인 선생님들도 이에 뒤지지 않았다. 나는 서울에서 나고 자라 학교를 졸업하고 직장생활까지 하다가 삼십 중반이 되어 지방으로 이사 갈 때까지 엎어지면 코 닿을 곳에 있는 문화유적지를 자발적으로 찾아가 본 적이 없는데, 노란 머리의 외국인 선생님은 경복궁이 너무 좋아서 100번도 넘게 다니셨다는 말을 듣고 한국인으로서 참 고마웠고, 반면 나 자신이 부끄러웠던 기억이 난다.

그렇다 하더라도, 짧지 않았던 그 시간과 고된 과정을 속 편하게 즐길 수만은 없었다. 처음에 수료해야 했던 역사 수업은 서울에 마실 다니는 기분으로 가볍게 다녔는데, 이게 해설사 과정이 되니까 얘기가 달라졌다. 단체에서는 '어린이 해설사'가 아니라 해설자의 나이와 상관없이 '전문 해설사'를 양성하는 것이 목표였기 때문에 과제의 수준에서 품행에 이르기까지 그 요구사항이나 기준이 높았다.

답사 현장이 정해지면 동네 도서관에서 관련 도서를 죄다 빌려와서 읽는 걸 시작으로 답사 목표를 세우고, 답사지 주변 지리 파악, 관람안내 순서를 짜는 일부터 보조자료 확보, 현장답사, 동선 계획, 한·영 해설시나리오 작성, Research Object 분류, 용어집 정리 등 초등학생에게는 가혹하리만큼 녹록하지 않았다. 하지만, 이런 수업을 받으며 아이가 갖게 된 우리 역사와 문화재에 대한 자긍심과 애정은 남다를 수밖에 없었다. 그 과정에서 엄마인 내가 해 줄 수 있었던 거라고는 동네 도서관에서 관련 도서를 빌려다 놓거나, 아이가 수기로 작성한 해설시나리오를 컴퓨터에 타이핑해 주거나, 선정한 자료를 코팅해주는 보조적인 일들뿐이었다.

영어를 할 기회도 만들어 주고, 역사 지식도 쌓게 하겠다며 가벼운 마음으로 시작했는데 막상 해 보니, 시간이나 노력을 많이 투자해야 했기에 중도 포기하는 친구들도 꽤 있을 정도로 호불호가 있는 과정이었다. 우리 아이는 시간적 여유가 있는 초등학생이니까 버텼지, 가끔 중고등학생이 없는 시간을 쪼개서 해설사 과정을 하는 친구들도 봤는데, 그 부모님들이나 학생 본인이나 대단하다는 생각이 든다.

솔직히 교육과정을 이수하고 해설사 과정을 하는 동안에도 엄마인 나는 '이게 맞는 건가?' 하는 고민과 갈등이 있었다. 하지만, 그때마다 그 수업을 너무 좋아하는 아이가 늦은 새벽까지 묵묵히 과제 하는 모습을 보면서 '그래, 애가 저렇게 좋아하는데 해야지.' 하면서 넘어갔고, 그렇게 하다 보니 파이널 테스트를 봤고 해설사가 됐다. 다 키우고 뒤돌아보니 사실 애들은 별생각 없이 본인 할 일이라 생각하고 하는데, 되레 옆에서 지켜보는 부모가 애처로운 내 새끼, 고생하는 내 새끼가 헛고생할까, 수고스러울까 이런저런 초조하고 불편한 마음 때문에 부모의 생각이 더 앞섰던 경우도 많았던 것 같다.

그렇게 힘에 부치고 고민스러웠던 순간들도 많았지만, 버티고 하다 보니 아이는 결국 해설사가 되었다. 그 후, 중고등학교 시절을 주말이나, 방학이나, 비가 오나, 눈이 오나, 바람이 부나 배정된 스케줄에는 해설사 활동을 했다. 그때마다 그 하루를 보내며 아이가 느꼈던 보람과 긍지와 자부심과 성취감은 이 문화유산 해설사가 아니었더라면 그 나이대에 쉽게 경험해 볼 수 없었던 것들이었다고 확신한다. 또, 이 과정을 통해 학교 공부와 병행하며 자신이 좋아하는 일, 하고 싶은 일을 하려면 균형을 맞춰야 한다는 것과 어렵지만 내가 열심히 하면 결국엔 해낼 수 있다는 것 등 부모가 말로 가르칠 수 없는 것들을 아이가 스스로 배울 수 있는 시간이 되었다. 이제는 각별한 사이가 된 훌륭하신 선생님들과 좋은 친구들을 만날 수 있는 기회가 되었고, 사춘기 아이에게 다양한 시각과 생각을 갖도록 해 줬기에 그 시절로 다시 돌아간다고 해도 그 길을 또 선택할 것 같다.

아이가 유치원을 다니다가 학교에 들어갈 7살 즈음이 되면 괜스레 마음이 바빠지는 것처럼, 초등학교 고학년이 되면 곧 중학교에 간다는 생각으로 또 마음이 급해진다. 하지만, 아이를 키우면서 이런 전반적인 흐름을 경험한 바로는, 그래도 중고등학생에 비하면 시간과 마음의 여유가 있는 초등학교 고학년 시기에 기회가 된다면, 뭐가 됐든지 간에 넘을 수 없을 것 같은 아주 큰 산에 도전해 보는 것도 해 볼 만한 경험이라고 생각한다.

유아기나 초등학교 저학년까지는 조금만 노력하면 이룰 수 있는 가벼운 성취를 자주 경험하게 하고, 초등학교 고학년이 되면 숨이 턱턱 막히는 큰 벽을 한번 대면하게 해주는 것도 아이에게 좋은 교육이 될 것이다. 그런 경험을 해 보면, 결과적으로 실패를 하든 성공을 하든 아이가 뭘 배워도 배우게 된다. 그 어려움 속에서 아이가 갈등하고, 고민하고, 좌절하고, 일어나고 하는 일련의 과정을 통해 어느덧 아이는 더 단단해지고, 성숙해져 있었다. 그러고 나면, 지리산을 등반해 본 다음엔 동네 뒷산이 별것 아닌 것처럼 느껴지듯이 다음에 도전받는 다른 일 앞에서 '한번 해 보지 뭐.' 하며 근거 없는 깡도 생길 것이다.


## ● 보석 같은 두 친구

자물쇠가 달린 이쁜 일기장을 사 주며 영어 일기를 써 보라고 하거나, 원서를 읽으면 용돈을 주겠다는 식으로 근근이 쓰기와 읽기를 하는 정도라 영어로 말하기가 점점 어려워지는 것 같아 아쉬움이 많았는데, 이 문화해설사 과정을 통해 듣기, 말하기, 쓰기도 겨우 명맥은 유지할 수 있게 되었다.

하지만, 미국에서 초등학교 2학년을 마치고 한국에 돌아온 아이가 영어를 유지한다고 해 봐야 초등학교 2학년 수준인 것이다. 아이는 계속 나이를 먹고 중학생, 고등학생이 되고 결국 어른이 될 텐데, 초등학교 2학년 수준의 영어가 초등학교 저학년까지만 먹히는 것이지, 학년이 높아지고 나면 내세울 만한 것도 못 된다. 그러니, 미국에 있는 또래 친구들처럼 나이를 먹어감과 동시에 영어 실력 역시 나이에 맞게 비슷한 수준으로 늘게 하는 것이 진짜 의미가 있는 것이었다. 미약하나마 원서 읽기를 하고는 있었으니 다독하면 언젠간 늘겠지 하는 막연한 희망은 있었지만, 맨날 영어책을 끼고 사는 아이도 아니었고, 우리 애가 또 그렇게 학구파는 아니었다는 점에서 좀 미덥지 않은 구석도 있었다. 공부에 파고드는 아이가 아닌데 영어를 잘하려면 놀면서 하는 것밖에는 별수가 없다. 그즈음 원어민 선생님들이 하는 놀이식 영어 수업 학원들도 생겼었는데, 나는 그 수업에 대한 의구심이 있었기에 그쪽은 생각하지 않았다.

그렇다면, 다시 원점으로 돌아와서 외국인 친구가 답이라는 결론이었다. 그렇지만 뭐 여건이 안 되니 그런 생각만 하다가 또 어영부영 1년이 지났고, 그러다가 초등학교 5학년이 끝나갈 즈음 옆 동네로 이사를 나가게 되었다. 아는 동네 엄마들은 멀리 가는 것도 아닌데, 그냥 여기서 살아야 나중에 '지역 거주자 우선 혜택'으로 가까이에 있는 특목고 입시에 더 유리하니 나가면 안 된다고 말렸었는데, '거주자 혜택이 아니면 못 들어갈 실력이면 그 학교를 가서 뭐하나' 싶어서 이사를 결정했다.


그렇게 새로 이사 갈 집을 구하러 한 아파트에 갔다가 놀이터에 웬 외국인 여자아이가 그네를 타고 있는 걸 보고 눈이 번쩍 뜨였다. 부동산 사장님께 여기 왜 외국인 아이들이 있냐고 물어보니까, 인근에 있는 국제학교 선생님들 자택이 이 아파트 단지에 있다는 대답을 들었다. 기존에 살던 동네에 익숙해져 떠나기가 싫어서 집을 보러 다니며 6개월을 미적거렸는데, 그 소리를 듣고는 바로 그 아파트로 이사를 갔다.

6학년을 앞두고 이사를 가면 남들은 학원 정보를 찾고, 하교 후 아이의 학원 스케줄을 다시 짜는데, 나는 집에서 오며 가며 밑에 있는 놀이터만 수시로 내려다봤다. 그러다가 외국인 아이들이 놀이터에서 노는 걸 보면 얼른 우리 애를 불러서 놀이터로 내려보냈다. 미국에 살 때는 놀이터로 친구를 찾아다녔는데, 이젠 외국인 아이들이 우리 집 밑에 있는 놀이터로 놀러 나오니까 외국 아이들이 놀 때 우리 애만 내려보내면, 뭐 금방 외국인 친구도 사귈 거라고 쉽게 생각했다.

그러다, 또래 외국인 여자아이를 하나 알게 되어 가끔 만나서 그네도 타고 그랬는데, 몇 달 후 그 친구는 중국으로 이사를 갔고, 생각과 달리 외국인 친구를 막 사귀고 그러진 못했다. 일단 놀이터에 나와서 노는 외국인 아이들의 나이가 우리 애보다 너무 어린 친구들이 많았고, 한국 사람이든 외국 사람이든 서로 어느 정도 맞는 사람을 찾아서 친구가 된다는 게 그렇게 한두 번 논다고 금방 되는 일은 아니기 때문이다.

그리고, 한참 후에 우리 애가 외국인 친구들이 많아지고 나서야 깨닫게 된 것은, 당연한 거지만 한국에 있는 외국인들도 다양한 부류의 사람들이 있어서 믿을 만하고 좋은 사람도 많지만, 의외로 성범죄자나 가정 내에 심각한 문제가 있는 사람들 혹은 정신적인 문제를 가지고 있는 친구들도 생각보다 많다는 것이었다.

영어 쪼끔 시켜 보겠다고 10대 때 외국인 친구를 잘못 사귀게 되면 한국인 부모가 통제할 수 있는 수준을 넘어서게 되는 경우도 드물지 않다. 실제로 우리 동네 외국인 아이 중에는 점퍼에 칼을 품고 다니는 아이, 성 관계를 병적일 정도로 함부로 하는 아이, 공원에 텐트를 쳐 놓고 서울에 있는 클럽을 왔다 갔다 하다가 새벽에 텐트에서 쪽잠을 자고 친구 집에 서 잤다고 부모에게 거짓말하는 아이, 나이를 가늠하기 힘든 외국인이라 는 사실을 이용해 사설 도박장을 들락거리는 아이 등 여러 유형의 아이들 이 있었다. 만약에 그 아이들이 한국 아이였다면 어른들이 봤을 때 말투 라든지 미세한 부분을 금방 알아채서 내 이이에게 가까이 지내지 말라고 하거나 어떤 방법으로든 부모가 개입해서 단도리를 할 텐데, 이게 영어가 능숙하지 않은 한국 부모는 겉으로 보이는 것만 잠깐 봐서는 그런 외국인 아이에 대한 파악이 어렵다.

애, 어른 할 것 없이 주위에 좋은 사람을 두는 것이 중요하지만 특히 10대에는 외국 친구를 사귀든 한국 친구를 사귀든 바른 친구를 잘 사귀는 것도 중요하다. 6학년 때 만해도 순둥순둥하던 아이가 몇 달 사이에 눈빛이 살벌하게 변해서 껄렁거리며 다니는 것도 봤고, 저도 모르게 이상한 일에 휩쓸려서 그거 수습한다고 부모가 무릎 꿇고 사과하러 다니는 것도 봤다. 애들은 정말 변하는 것도 순식간이다.


생각처럼 외국인 친구 사귀기가 잘 안되면서 또 몇 달을 그렇게 지내다가 어떻게 미국인 부부를 알게 되었다. 아이가 5명인 이 집은 18살, 16살, 8살 아들이 셋 있고, 14살, 12살 딸이 둘 있는 집으로, 가정이 화목하고 아이들도 착하고 밝고 순수했다. 남의 나라에서 외국인으로 사는 게 어떤 건지, 어느 부분이 가려운지 잘 알고 있었던 나는 그 아이들을 부지런히 우리 집으로 불러들였고, 우리 애들은 또래 외국인 친구 5명이 생겼다. 특히, 클로이와 피비라는 두 자매는 우리 딸과 나이와 성향도 비슷하고 성격도 서로 잘 맞아서 금세 절친이 됐고 틈만 나면 붙어 다녔다.

공원으로 피크닉도 다니고, 크리스마스에는 놀이동산에도 가고, 학교 갔다 오면 같이 간식도 먹고, 영화도 보러 다니고, 한 달이면 몇 번씩 서로의 집에서 파자마 파티도 하고, 추수감사절도 같이 보냈다. 하다못해 우리 딸이 나를 따라 마트에 가면 클로이와 피비도 세트처럼 쫓아다녀서 마트건 산책이건 우리는 일상의 대부분을 함께 하게 되었다. 노란 머리의 백인 여자아이들을 양쪽에 달고 다니니 어딜 가나 눈에 띄었지만, 클로이와 피비는 그런 걸 크게 신경 쓰지 않을 만큼 털털했다.

그렇게 해가 넘어가고 같이 지내는 시간이 많다 보니 아이들끼리는 뭐 말할 것도 없이 친자매 같은 사이가 됐고, 어느 순간부터 나도 이 아이들이 남 같지 않을 정도로 정이 많이 들었다. 우리 애가 초등학교 졸업식을 할 때는 그 집 식구들이 다 학교 졸업식에 참석해서 축하도 해 주고, 졸업식이 끝나고 우리 집에서 집안 어른들과 같이 졸업 축하 파티도 하며 함께 시간을 보냈었다.

우리 아이와 이들 자매는 눈만 뜨면 붙어 있다시피 했기 때문에 그 친구들이 보는 청소년 드라마, 책, 관심사 등 또래의 일상을 영어로 공유하게 되니까 미국에서 아이를 키우는 것 같은 느낌이 들었다. 그렇게 원어민 중학생 수준의 듣기, 말하기, 읽기, 쓰기가 능숙하게 되니까 이제 영어는 더 이상 신경 쓸 것이 없었다. 그리고 그즈음, 클로이와 피비 가족은 우리 가족에게 큰 빈자리를 남기고 미국으로 돌아갔다.

그렇게 아이는 중학생이 되었고, 초등학교 고학년부터 불이 붙기 시작한 영어원서 읽기가 절정을 달리면서 중학교 1학년 언젠가부터는 대학 수능 영어 기출문제집도 사다가 취미처럼 풀고 그랬다.

서점에서 고3 모의고사 영어문제집도 들춰 보고 하길래 속으로 '설마 저걸 풀겠나?' 했다. 처음에 수능 영어문제집을 사 달라고 했을 때는 어려워서 한두 장 풀고 말 것으로 생각했다. 그래도, 풀다가 말면 고등학교 가서 마저 풀면 되고, 그렇게 어려운 것도 풀어 봐야 느끼는 게 있겠지 싶어서 사 줬는데, 나중에 아이 방 청소를 하다가 들춰 보니 다 풀려져 있었다.

이렇게 우리 아이의 영어는 중학교 1학년에서 대충 마무리가 되었다. 남편은 우리 애가 미국 코미디 프로를 보면서 배꼽 빠지게 웃는 걸 보고 영어를 잘한다는 걸 알았다는데, 나는 그때까지도 '이제 일상 영어는 하나 보다.' 했다.

그러다, 우리 애가 중학교 1학년이었던 어느 날 밑도 끝도 없이 "엄마, 나는 이제 영어로는 대한민국 1%야."라는 말을 했다. 나는 그 소리를 듣고 콧방귀를 뀌었다. 그러고 얼마 지나지 않아 내가 캐나다 사람과 전화할 일이 있어서 우리 아이에게 통역을 해 달라고 부탁한 적이 있었다. 며칠 뒤, 통화를 했던 그 캐나다 사람이 우리 애를 보자마자 한다는 소리가 "너랑 전화 통화할 때, 너 영어 너무 잘해서 나 소름 돋았었어."라고 말하는 걸 보고 '아, 인제 영어를 좀 하나 보다.' 했다.

그랬던 애가 우리 지역의 모 외고에서 뽑는 영어 영재 시험에서 똑 떨어지는 일이 있었다. 그래서 시험에 뭐가 나왔냐고 물어봤다. 식빵 모양 같은 그림을 보고 연상하는 문제 같은 것도 있었다면서 시험이 어렵고 쉽고 이런 게 아니라 생소하고 애매모호했다고 했다.

학교 영어 시간에 배우는 거 말고는 뭐 문법을 가르치길 했나, 남들 다 다니는 영어학원을 다니길 했나, 영어 공부를 제대로 시킨 적이 없어서 이런 일이 생겼나 걱정이 되었다. 이제 중학생인데 내가 너무 안일하게 생각했나 싶어 나름 공부 좀 시킨다는 동네 영어학원을 보냈다.

일단 테스트를 받아야 반에 들어갈 수 있다고 해서 테스트를 받았더니, 그 학원의 테스트 문제 중에 그 영어 영재 시험에서 나왔던 문제들이랑 비슷한 문제들도 있었다고 했다. 그 말을 듣고서야 영재 시험을 보기 전에 학원을 다녔어야 했구나 싶었는데, 다 지나고 생각해 보니, 그거 됐으면 주말에 거기 쫓아다니느라 외국인문화해설사 활동도 일정표대로 소화하지 못했을 것이고, 아이만 몸과 마음이 힘들었을 것 같아서 그 영재반도 안되길 잘됐다는 생각이 든다. 그런 걸 보면 애 키우면서 그렇게 뭐 하나 잘됐다, 잘 안됐다 일희일비할 필요도 없는 것 같다.


어쨌든 테스트 결과, 그 학원의 최상위 반에 들어가야 한다고 하셨다. 그래서, 영어를 공부로 해 본 적이 없어서 그렇게 어려운 반은 안 될 것 같다고 했는데, 굳이 그 반이어야 한다고 해서 한 두어 달 보냈다. 그런데, 여자아이다 보니 일단 밤 10시 넘어 집에 오는 것도 걱정스러웠고, 무엇보다 아이가 힘들어했다. 그래시, 학원에서 뭘 배우냐고 물어보니까 대학에서 배우는 무슨 영어를 배운다고 했다. 대학 영어를 배우든지, 대학원 영어를 배우든지 아이가 재밌어하면 상관없지만, 애가 어려워하고 힘들어하는데, 더욱이 중학생이면 앞으로 하기 싫은 것도 공부할 날이 많을 텐데 꼭 필요한 것이 아니면 지금 해서 힘을 뺄 필요가 없다고 생각했다.

아이에게 "학원을 그만둬라." 했더니, 망설이던 아이는 "그래도 한번 계속해 봐야 하는 것 아니냐?"라며 선뜻 결정하지 못했다. 그래서, 중학교 1학년짜리가 대학 영어 배워서 뭐 하려고 하냐고, 그럼 대학 가서는 뭐 배우려고 하냐고 내일 당장 학원을 때려치우라고 했다.

그렇게 해서, 그 흔한 영어 학습지 한 장 시켜 본 적 없이, 초등학교 3학년 때 동네 국제학교 영어 선생님 댁에 두어 달, 중학교 1학년 때 영어 영재 시험 떨어졌다고 놀라서 학원 두어 달, 고등학교 진학할 때 국제학교 입학시험 준비한다고 두어 달 해서 총 7, 8개월 정도가 지금까지 우리 아이 영어 사교육의 전부다.

그러고 나서 고등학교를 국내 고등학교 학력 인정 국제학교 10학년으로 입학했다. 우리 지역에서 일반 공교육을 받다가 고등학교에서 그 국제학교에 입학한 사례가 없어서, 학적 처리 때문에 시교육청에서 관련 전산 개발을 한다며 며칠 애를 먹었다. 그렇게 국제학교에 진학했고, 가자마자 MYP, IB 모두 영어 최상위 반을 들었고, 성적은 두말할 것도 없고, 그 수업에서 영어가 모국어인 외국 아이들도 잘 틀리는 문법이나 모르는 단어를 맞히곤 해서 외국 친구들에게 "너는 사전이냐?"라는 말도 듣곤 했다. 고등학교를 졸업하고 외국으로 대학을 갔는데, 다들 캘리포니아나 시카고 출신인 미국 사람인 줄 알았다고 할 정도로 영어가 자연스럽고, 대학 공부를 하는 데 지장이 없을 정도의 영어를 한다.

## • 거북이의 승리를 위하여

육아라는 게 원래 그렇듯, 영어 공부 방법도 아이와 엄마의 성향에 따라 다른 것 같고, 다 케바케인 것 같다. 어떤 분은 갓난아기였을 때부터 해리포터 CD를 자기 전에 매일 틀어 줘서 아이가 영어를 잘하게 됐다 하고, 어떤 아이는 중학생 때 엄마랑 영국 여행을 갔다 오더니 그때부터 영어에 불이 붙어서 명문내 엉문과 학생이 된 경우도 있다. 그중에서도 제일 특이했던 케이스를 생각해 보면 영어란 방법의 문제가 아니라는 생각을 하게 된다.

모임에서 어떤 분이 영어 공부하는 걸 얼핏 보니까 한글을 써 놓고 읽고 있었다. 이게 뭔가 싶어서 들여다보니까, 첫 줄은 작게 영어로 써 놓고, 그 바로 밑 줄에 영어 발음 소리 그대로 한글로 써 놓고 읽는 것이었다. 예를 들어 'When I'm gone.'이라고 조그맣게 영어로 쓴 문장 밑 줄에 '웬 암 건'이라고 크게 한글로 써 놓고 이 '웬 암 건'이라는 한글을 읽고 또 읽으셨다.

나는 이렇게 영어 공부하는 걸 처음 봤다. 아니, 왜 영어 공부를 그렇게 하느냐고 물었더니, 지인 중에 지적 장애를 가진 아이를 둔 엄마가 있는데, 그 엄마가 애 영어 공부를 이렇게 시켰다는 것이다. 장애가 있어 한글을 떼는 것도 오래 걸렸고 고생을 많이 했는데, 어느덧 아이 나이가 중학생이 되니 남들 다 배우는 영어를 내 아이도 배웠으면 해서 파닉스도 가르쳐 보고 이 방법, 저 방법 해 봤는데 그 아이한테는 그게 너무 복잡하고 어려운 것이라 도저히 안 되겠다 싶어서, 한글은 아니까 이런 식으로 영어를 가르쳤다는 이야기였다.

그런데, 최근에 그 아이가 영어를 하는 걸 보고 깜짝 놀랐다는 것이다. 그분도 처음에는 영어를 그런 식으로 가르치는 걸 보고 '저게 되겠나?' 했는데, 몇 년 지나니까 그게 되더라는 것이다. 그러면서, 핸드폰에서 그 아이가 영어 공부하는 모습이라고 사진 찍은 걸 찾아서 보여 주셨다. 큰 전지에 저런 식으로 써 놓은 걸 벽에 붙여 놓고, 그 벽을 아이가 마주 보고 앉아서 읽고 있는 사진이었다. 나도 그분께 듣기는 했으나, 참 황당한 이야기였다.

그런데, 가만 생각해 보면 외국에서 생활하는 분 중에는 영어를 하기는 하는데, 영어로 읽고 쓰기는 안 되는 분들도 있고, 한국에 있는 외국인 중에 한국말은 해도 한글로 읽고 쓰기가 안 되는 분들도 있는 걸 보면 언어라는 것이 꼭 그렇게 글자를 배우고, 듣기와 말하기가 되고 나서 읽기 쓰기가 되고 하는 순서나 정해진 방법 있는 것은 아닌 것 같다. 아니, 영어를 한글로 써서 읽기만 하는 사람도 영어를 한다는데 방법을 논하는 게 무슨 의미가 있나 싶다.

물론, 좀 더 효율적으로 학습하는 방법, 기왕이면 더 재밌게 공부할 수 있는 방법을 찾고자 하는 그 마음을 모르는 것은 아니다. 그러나, 이미 이 세상에 방법은 널리고 널렸다. 그중에서 나에게, 혹은 내 아이에게 맞는 방법을 찾아보고, 아닌 것 같으면 다른 방법을 또 생각해 보면서 각자에게 맞는 방법을 찾아 꾸준히 하는 것이 비법이라면 비법이 아닐까 싶다.

그런데, 이 '꾸준함'이라는 것이 말은 쉬운데 사실 참 어렵다. 처음부터 잘하고 성과가 바로바로 나타나면 재미라도 있어서 하지만, 보통은 그러기가 쉽지 않다. 처음에는 못하기가 쉽지, 잘하기가 쉬울 리가 없다. 잘하려는 것에 초점을 맞춰서 시작하지 말고, 꾸준히 한다에 초점을 맞춰서 하다 보면 잘하게 된다. 잘해야 하는데, 잘 못하니까 하기가 싫어지고 중간에 했다, 안 했다 하게 된다. 그래서, 잘하려다 보니 끝까지 하기가 어려운 희한한 상황이 된다. 뭐든지 잘하려면 시간이 필요하고, 권태기도 오고, 실력도 오르락내리락 하고, 시행착오도 필요하다. 그런 순간이 오더라도 결과에 집중하기보다는 하기로 결심한 행동에 집중하면서 꾸준히 하는 것, 이것이 내가 경험한 것 중에는 제일 확실한 방법이었다. 하루도 거르지 않고 날마다 하는 일관성 있는 꾸준함. 이 꾸준함이 어떤 선생님, 어떤 교재, 어떤 학원 정보 못지않은 꿀팁이다.

그리고, 경험상 꾸준히 하려면 처음에는 좀 느슨해야 한다. 웬만한 정신력이나 마음가짐을 가진 사람이 아니고서는 너무 스트레스를 받거나, 너무 힘이 들면 꾸준히 하기는 어렵다. 각자가 본인의 수준에 맞춰서, 내가 이 정도는 꾸준히 할 수 있을 것 같은 행동을 첫 목표로 잡아야 한다. 처음엔 답답해도, 하다 보면 저절로 양도 늘고 속도도 붙고, 그러면서 재미가 생기고 실력도 늘어서 결국엔 잘하게 된다.

이솝우화 '토끼와 거북이'에서 달리기 경주를 하기로 한 거북이는 아마 본인이 느림보라는 사실을 충분히 알고 있었을 것이다. 그런데도 거북이는 경주를 마다하지 않았다. 거북이는 느리다는 것이 목적지에 도착할 수 없다는 뜻은 아니라는 것과 느리더라도 포기하지 않고 꾸준히 하면 이길 수 있는 확률이 생각보다 높다는 것을 알고 있었을 것이다. 거북이는 달리기 경주를 하는 내내, 시작과 동시에 재빠르게 달려 나가 이미 눈앞에서 사라진 지 오래인 토끼가 아니라, 진 게 확실해 보이는 이 경주를 포기하려는 자신과의 싸움을 했을 것이다.

제 몸집만 한 등딱지를 매고도 포기하지 않고, 쉬지 않고 꾸준히 한 거북이. 나는 그동안 빨리 달리던 토끼들이 넘어지는 것도 봤고, 이런 거북이들이 이기는 것도 봤다. 당장은 눈앞이 깜깜하고, 까마득해 보이는 그 길도 결국엔 끝이 있다. 그러니, 너무 생각을 많이 하지 말고, 지금 당장 할 수 있는 일에 집중하면서 오늘 하루를 성실하게 살아 내면 어느덧 결승선에서 웃으며 토끼를 맞이하고 있는 자신을 발견하게 될 것이다.

# 아, 학원



● 학원 사용 설명서

가끔 아이가 학원도 안 다녔는데 도대체 영어 공부를 어떻게 시켰냐고 물어보는 사람들이 있다. 그런 질문을 받고 나면 나도 한번 생각해 보게 된다. 그런데, 변변히 이야기해 줄 만한 게 없었다. 남들이 모르는 무슨 노하우가 있거나 나만 아는 방법이 있는 것도 아니고, 내가 영어를 잘해서 엄마표 영어를 한 사람도 아니다. 더군다나 영어책을 읽고 유튜브를 보고 하는 거는 우리 애만 알고 있는 비밀도 아니다.

처음에 아이 실력이 어중간해서 학원을 못 보냈을 뿐이고, 그냥 놀릴 수는 없으니까 영어책을 읽으라고 했고, 역사를 잘 알았으면 좋겠다 싶어서 영어 역사 수업을 보냈고, 말하는 걸 까먹을까 봐 외국인 친구를 만들어 주려고 했다는 정도가 전부다. 대한민국에서 아이 기르는 사람치고 유치원, 초등학교 시절에 영어원서 몇 권 사서 안 읽혀 본 사람 몇 없을 것이고, 내 아이의 영어 실력을 위해서 학원이든 학습지든 고민 안 해 본 부모가 없을 텐데, 그런 다른 부모들보다 뭘 대단하게, 특별나게 정성을 더 들인 것도 아니고 수고를 더 한 것도 없다. 아마 뭘 가르치고 어디서, 언제 시키는 게 좋은지는 대부분의 부모들이 사교육에 문외한인 나보다 더 많이, 더 잘 알 것이다.

게다가, 나중에 국제학교로 진학하고 보니까 부모 중 한 명은 외국인이거나 가족끼리 영어로 대화하는 집들도 생각보다 많았고, 국제학교에 다니면서도 따로 영어 공부에 꽤 공을 들이는 집들도 많았다. 그러나, 우리 집은 그런 환경도 아니었는데, 무엇 때문에 우리 애는 영어를 그 정도 수준까지 할 수 있었나 하는 궁금증이 생기긴 했다.

이 질문에 "엄마, 나는 학원을 안 다녔잖아. 나는 책이든 뭐든 내가 흠뻑 빠질 수 있는 시간이 있었잖아."라는 대답이 돌아왔다.


아, 학원.

보내도 걱정, 안 보내도 걱정이었던 학원.

영어와 관련한 사교육에 대해서는 이미 언급했으니 차치하기로 하고, 피아노와 축구 외에 초등학교 때 공부하는 학원을 보낸 적은 없었다. 중학생이 되고는 인강을 두어 번 들었던 것 같고, 중3 방학 때 국어 학원을 두 달 보냈었고, 수학 학원은 중고생 시절 필요할 때마다 간헐적으로 보낸 게 현재까지 우리 딸아이 사교육의 전부다.

나름의 무슨 교육철학이 있거나 그럴듯한 이유가 있어서 학원을 보내지 않은 것은 아니었다. 지금 같은 교육환경에서 학교에서 배운 교과 내용을 익히는 수단으로써 학원의 필요성을 모르는 것도 아니었다. 단순하게 맞벌이를 하다 전업주부가 되면서 신중하게 소비하려고 했고, 내가 가르칠 수 있는 건 가르치려고 했을 뿐이다. 머리가 특출나게 똑똑한 애는 아니라고 생각했기 때문에, 선행보다는 때에 맞춰 진도를 나가는 게 맞다고 생각하고 키우다 보니 그렇게 됐다.

그 대신 초등학교 저학년 때부터 그날 배운 것은 그날 복습한다고 가르쳤다. 학원도 안 보내면서 예습까지 하라고는 못 했지만, 배운 것에 대한 복습은 많든 적든 꼭 당일에 하도록 했다. 복습을 하다 보면 그날 선생님이 내주신 숙제나 준비물도 자연스레 미리 준비할 수 있었다. 그래서, 학교에 갔다 오면 그날 학교에서 배운 부분을 문제집에서 과목별로 풀었고 그날 공부는 그게 다였다.

이런 방법이 초등학교 때는 진도를 거의 일관되게 나가서 별 어려움이 없었는데, 중학생이 되니까 학교 진도가 들쭉날쭉해져서 맞지 않았다. 3월 새 학기는 어영부영 지나가고 4월 초엔 진도를 여유 있게 나가다가 시험 기간이 되면 진도를 빠르게 뺐다가, 가정의 달 5월은 학교에 행사가 많아서 진도를 거의 안 나가다시피 하다가, 또 시험 기간이 되면 진도를 쫙 뺐다가 해서 처음엔 아주 낭패를 겪었다. 그래서, 중학교 때부터는 학교 진도와 상관없이 과목에 따라 쪽수나 범위를 정해서 일정한 범위를 매일 공부하도록 했다. 처음에는 진도보다 늦고, 뒤처지는 것 같아도 어느 순간 학교 진도를 앞서서 나가게 되어 복습으로 시작한 것이 예습이 되었다. 이렇게 날마다 하는 몇 장의 힘을 우습게 보면 안 된다.

남들처럼 초등학교 고학년 때 중학교 선행을 하고, 중학교 1, 2학년 때 고등학교 과정을 선행하고, 수(상), 수(하)를 2번을 돌았니, 3번을 돌았니 하지는 않았지만, 방학 때는 반드시 다음 학기 문제집을 미리 풀면서 준비를 했다.

꼭 필요한 게 아니면 학원을 보내진 않았지만, 그래도 배가 산으로 가는지 바다로 가는지는 알아야 했기에, 일 년에 한두 번 학원에 테스트를 받으러 갔다. 처음부터 '학원을 안 보내야지.' 다짐하고 간 것이 아니라, 가서 상담하고 얘기를 들어 봐서 필요하면 보내려고 가 본다. 학원에 가서 상담받아 보면 지금 우리 아이 학년의 친구들은 뭐를 배우고, 보통 선행을 어디까지 하고 있고, 문제집은 뭐를 쓰고, 상위권은 어떻게 하고 있고 중위권은 어디를 보완하는 수업을 하고 있다는 설명을 들을 수 있다. 그러면, 내 아이의 수준이 어느 정도인지 궁금해지니까 테스트비를 내고 학원의 테스트를 봤다. 그 결과, 우리 아이가 어느 수준이고 어떤 점이 부족하다고 알려 준다. 그런데, 그 부족하고 보완할 점이 학원에 다니면서까지 해결할 일은 아니라고 생각했기 때문에 서점에서 그에 맞는 필요한 문제집을 사서 풀렸다.

서점에 가보면 요즘엔 문제집이 정말 잘 나와 있다. 기본, 응용, 기출, 유형부터 연산이면 연산, 문해력이면 문해력, 독해면 독해, 학년별 영어 단어에서 각 교과 용어집 등 없는 것이 없다. 교과 내용 설명이면 중요한 부분은 알록달록 밑줄도 쳐져 있고, 심지어 큐알 코드를 찍으면 인터넷 강의가 있는 문제집도 있어서 학교 수업을 안 들어도 알 수 있을 정도로 자세히 나와 있는 친절하고 자상한 문제집들이 많았다.

그래도, 이해가 잘 안 가거나 어려운 부분은 인강을 듣거나 학교 선생님께 물어보기도 하면서 넘어가고, 그러다 보니까 중학교를 졸업했다. 고등학교는 갑자기 국제학교로 방향을 틀어 진학하게 되어서 남들 다닐 때 학원도 제대로 안 보내고, 선행도 안 시켰던 이런 방법이 고등학교 학업과 한국의 대학 입시에도 무리가 없었다고 장담할 순 없지만, 우리 아이의 성향을 봤을 때는 나쁘지 않은 선택이었던 것 같다.


### ● 자유시간의 장점

학원을 안 다니다 보니, 시험 기간을 제외하고는 1년 365일 학교 갔다 와서 복습만 하면 다 자유시간이었다. 그래서 아이는 하교 후, 주말, 방학 등 시간이 많았다. 시간 맞춰서 학원에 갈 일도, 학원 숙제로 마음이 급해질 일도 없으니 책에 재미가 붙으면 이 책, 저 책 빠져들 물리적 시간이 충분히 있었고, 재밌게 읽은 책은 세 번이고 네 번이고 다시 읽으며 음미할 마음의 여유가 있었고, 두꺼운 책을 읽는 것도 즐거운 도전이 될 수 있었다. 수학 선행을 하지 않아 중학교에 올라가서 애를 먹었을 때도 혼자 문제집을 가지고 끙끙대면서 이렇게 저렇게 풀어보며 몇 달을 씨름할 수 있었던 것도, 중학교 1학년에 고3 수능 영어문제집을 재미 삼아 풀어 볼 수 있었던 것도 자기가 마음대로 쓸 수 있는 시간이 있었기 때문이다. 그렇게 시간과 여유가 있었으니 아이는 자신의 관심사나 흥미가 바뀔 때마다 자연스럽게 그걸 가지고 영어로 실컷 빠져들 수 있었다.


이렇게 또래들보다 시간이 많았던 덕분에 글짓기 대회, 토론 대회, 영어 말하기 대회, 과학 포스터 그리기 대회 등등 교내든 교외든 가리지 않고 각종 대회에 부지런히 참여할 수 있었다. 일정이 바쁜 다른 친구들에 비해, 대회를 준비할 수 있는 여유가 있으니 당연히 결과도 좋을 수밖에 없었다.

다른 아이들이 10시, 11시까지 학원을 다니고 밤늦은 시간까지 학원 숙제를 할 때, 우리 애는 대회에 나갈 글을 썼다 지웠다 했고, 대본을 외우고 ppt를 만들었고, 포스터 물감으로 칠을 했다가 다시 그렸다가 했고, 임팩트 있는 표어 문구를 만들려고 아이디어를 짜면서 새벽을 맞았다.

이렇게 대회를 많이 나가게 되면 나중에는 요령이 생겨서, 시간이나 수고를 크게 들이지 않아도 결과가 잘 나왔다. 그렇게 초등학교와 중학교 시절 받은 상장을 세 보니 얼추 50개가 넘었고, 중학교 때 받은 상만 26개가 되었다. 그렇다면, 대충 계산을 해 봐도 중학생 때는 매년 8~9개의 상을 받았다는 얘기고, 학기 중에는 거의 매달 상을 받다시피 한 셈이 된다. 고등학생이 되고 나서는 시간이 부족해서 그전처럼 대회를 자주 나가지는 못했지만, 네다섯 시간만 투자하면 결과물이 나왔고, 그걸로 상금이 있는 대회에서 용돈벌이도 짭짤하게 했다. 상을 많이 받는다고 고입이나 대입에서 무슨 큰 도움이 되진 않았지만, 입시를 염두에 두고 한 것도 아니었고 그냥 시간이 있으니까 집에서 노느니 대회에 나갔다.

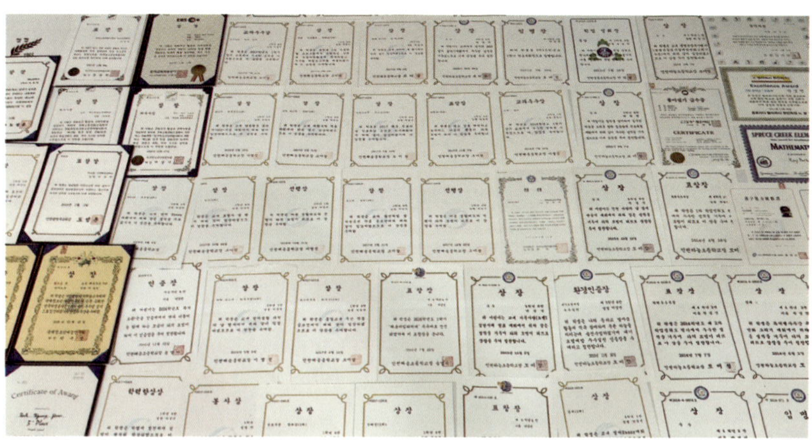

아이가 대학에 진학한 뒤, 입시에 크게 써먹지도 못했던 초중고 시절의 그 많은 대회 입상 경험이 과연 의미가 있는 것이었는지, 아니면 굳이 할 필요가 없었던 것이었는지에 대해 이야기를 나눈 적이 있었다.

그 시절 아이는, 이번 대회에서 열심히 하니까 이렇게 상을 받는 것처럼 노력하면 나는 다른 일도 잘할 수 있을 것이라는 생각을 잊을 만하면 한 번씩 하게 됐었다고 고백했다. 공부를 하다 보면 어떤 때는 수학이, 어떤 때는 영어가 뜻대로 안 풀려서 지치고 좌절하는 순간이 있었는데, 이 대회를 준비했던 것처럼 앞으로도 나는 열심히 할 거고, 그러면 대회에서 좋은 성과를 내고 상을 받은 것처럼 지금은 잘못하는 것, 어려워하는 것도 결국 나는 잘하게 될 것이라는 생각을 했었다면서 그 시간들에 후회는 없다고 했다.

엄마 입장에서는 그래도 상을 받을 때는 아이가 행복했을 것이라고, 아마 자신감과 성취감도 느꼈을 것이라고, 그동안 애쓴 것에 비하면 아쉬운 부분이 분명히 있지만 그래도 막연히 긍정적인 면도 있었을 것이라고 위안했는데, 이런 엄마가 기대하지도, 미처 생각하지도 못했던 진짜 수확은 우리 아이가 유능감을 가질 수 있었다는 점이었다. 유능감의 사전적 정의는 "어떤 일을 남들보다 잘하는 능력이 있다는 느낌"이다.

실제로 잘하는 능력이 있다, 없다라는 사실이 중요한 것이 아니라 잘해낼 수 있을 것이라는 느낌적인 느낌, 막연한 희망, 혹은 기대가 그 사람을 실제로 잘하는 사람이 되도록 끌어준다는 것, 이것이 유능감이다. 이 유능감이라는 것이 어려운 상황에서도 자신에 대한 믿음과 긍정적인 태도로 성공적인 결과에 이를 수 있도록 하기 때문에 결국은 개인의 자신감과 성취감에 영향을 미치게 하는 중요한 마음가짐이다.

우리 아이가 중학생이 되면서부터 가끔 내비쳤던 밑도 끝도 없는 자신감과 근거 없는 긍정적인 마인드의 원천은 그동안 부지런히 도전했던, 해도 그뿐, 안 해도 그뿐이었던 그 대회들에 참가하면서 얻은 유능감에 있었다.

그 과정들이 아이가 능동적으로 고민하도록 만들었고, 노력하는 사람이 되도록 독려했고, 무엇보다 중요한 긍정적인 태도를 가질 수 있도록 도와줬다. 또, 많은 대회를 준비하면서 주제를 정하고, 기획을 하고, 자료를 조사하고, 말하는 연습을 하고, 반론을 생각해 보고, 의도에 맞는 퍼포먼스를 준비하고, 영상을 제작하면서 쌓였던 내공 덕에 느닷없이 국제학교로 진학해서 IB수업을 하게 됐을 때도 큰 어려움 없이 적응할 수 있었던 게 아닐까 생각한다.


반 모임에서 어떤 어머니의 "학원 어디 보내느냐?"라는 질문에 "학원을 안 다니고 있다."라고 답했더니, 순간 얼굴 표정이 바뀌면서 바로 다른 어머니들이 계시는 곳으로 자리를 옮기는 것도 겪어 봤고, 남들 다 때에 맞춰 학원을 보내는데 그러고 있다가 낭패를 본다는 걱정의 말에, 나의 어설픈 생각으로 아이의 발목을 잡는 건 아닌가 하는 고민도 해 봤다.

우리 아이가 뛰어난 공부 머리가 있었거나 학원을 보내는 것이 아이의 성향과 맞다는 확신이 있었다면, 학원을 보내기만 하면 공부를 잘하게 된다는 분명한 결과를 얻을 수 있었다면, 학창 시절 적지 않은 시간을 학원에서 보내는 것이 그만큼 가치가 있는 일이라는 믿음이 있었다면, 그것도 아니라면 다가올 미래에도 무조건 공부만 잘하면 행복하고 윤택하게 살 수 있을 것이라는 기대가 있었다면, 그랬다면 나는 무슨 수를 써서라도 기를 쓰고 학원에 보냈을 것이고 어떻게든 아이를 구슬려 학업에 올인하도록 했을 것이다.

앞서 고백했듯, 나 역시도 우리 애들이 초등학교 중반까지만 해도 무조건 공부를 잘하게 시켜야 한다는 묘한 분위기에 휩쓸렸던 적이 있었다. 하지만 그때, 지식을 쌓고 경쟁력을 갖추는 것에 있어서 학교 공부의 성적표만이 전부가 아니라고 생각하게 되면서 나름의 교육관이 많이 변했다.


냉정하게 생각해 보면, 우리 애가 이런저런 다양한 활동을 한 것은 주양육자인 엄마가 급변하는 미래에 맞게 아이를 키우려면 어떻게 해야 하는지, 확실한 기준이 서지 않아서 방황했던 흔적이었다. 뭐가 뭔지는 모르겠지만, 우리 애들이 사회에 나가 한창 일할 나이가 되면 공부를 잘했던 것만으로 삶이 보장되는 시대는 아닐 것 같은데, 그렇다고 어떻게 키워야 맞는 건지도 모르겠으니 이것저것 해 봤고, 지나고 보니 그게 아이에게 도움이 됐을 것이라고 내 마음 편한 대로 생각할 뿐이다.

다만, 이제 대학생이 된 아이가 학원들이 즐비한 상가를 올려다보더니 "보기만 해도 숨이 막힌다. 엄마, 나 저런 곳에 보내지 않아서 고마워."라고 해 준 그 말에, 그제야 내 마음도 조금 가벼워질 수 있었다.

사실 그 많은 대회 참가의 시작은 미국 생활에서 깨닫게 된 말하기의 중요성에서부터 시작했고, 우리나라 공교육 안에서 그 대안으로 생각한 것이었다. 적게는 5, 60명부터 많게는 몇백 명 앞에서 준비한 것을 최대치로 끌어내 보여 줘야 하는 경험을 자꾸 하다 보면, 그 경험치가 쌓일수록 남 앞에 서는 일이 조금 익숙해지면서 돌발상황에 대한 대처 능력이나 순간 판단력도 향상된다.

그렇다면 이런 경험치가 언제 결정적으로 빛을 보느냐 하면, 면접이다. 당장 고입 면접부터 대입과 취업까지 마지막 키는 면접이 쥐고 있다. 현재 초등학교 학생들이 본격적으로 직업전선에 뛰어드는 때가 오면 그들이 죽기 전까지 일인당 평균 10개 이상의 직업을 가질 것이라는 전망이 나오고 있는데, 그렇다면 앞으로 면접을 보는 횟수가 지금 보다는 많아질 확률이 높다.

고입과 대입, 두 번의 입시와 인턴지원 등을 겪은 우리 아이를 지켜본 결과, 지원한 곳의 수준에 맞게 원서를 쓰기 때문에 성적이나 스펙은 지원자들 사이에서 거의 차이가 없었다. 지원자들 모두 성적은 다 상위권이고, 공교육의 틀 안에서 각 학교에서의 감투나 활동들도 비슷비슷하기 때문이다. 물론 대입에서는 올림픽 메달리스트니, 카네기 홀에서 공연을 했느니 하면서 수준 자체가 다른 스펙들과 경쟁을 하는 경우도 있지만, 많은 경우 비슷한 자원에서 우열을 가리기 마련이다.

특히, 상위권으로 갈수록 우열을 가리기가 어려울 정도로 성적이나 학교 내 스펙으로는 그 변별력의 차이가 종이 한 장 차이도 안 날 정도로 대동소이한 경우가 많았다. 뛰어난 학생들 사이에서 더욱 월등히 뛰어나던가, 아니면 남들과 비교할 수 없는 그 아이만이 가지고 있는 유니크함이 있는 경우가 아니라면 누구도 마음을 놓을 수 없다. 그러니 상위권 학교일수록 더 치밀하게 자소서에 공을 들이고, 면접을 앞두고 예상 질문이나 면접 전략을 짜면서 꼼꼼히 준비하게 된다.

중학교 3학년이 되면서 특목고에 진학하는 학생들은 강남에서 자소서 컨설팅을 받거나 면접 대비 학원을 다니는 학생들도 있었다. 입시 철이 되면 서로기 경쟁자로 보였는지 매일 같이 다니는 친구들끼리도 "다른 친구들에게 어느 학원을 다니는지 말하지 말라"는 엄마의 단속이 있는 경우도 봤지만, 결과는 그런 수고가 무색할 정도로 허무한 경우도 여럿 봤다. 왜냐하면, 면접장 안에서는 오로지 학생 본인만이 그 상황을 대면하고 해결해야 하기에 면접도 어떤 면에서는 자기와의 싸움이다.

솔직히 모 고등학교 면접은 말 한마디 못 하고 떨다가 나온 학생도 붙는 걸 봤는데, 앞으로 겪게 될 대부분의 면접은 지원자의 떨리는 마음까지 헤아려 줄 정도로 너그럽진 않을 것이다. 면접 때 떨면 긴장을 하게 되고, 긴장을 하게 되면 질문을 들어도 머릿속이 하얘지면서 말이 꼬이고, 그렇다면 내가 준비하고 의도한 모습을 제대로 보여 줄 수 없게 된다.

적당한 긴장감은 어떤 면에서 도움이 되지만, 과도한 긴장감은 결과에 악영향을 미치게 마련이다. 이렇게 여유와 자신감을 보이지 못하면 결국 그 사람의 능력 자체도 의심받게 되는 것이 면접이다. 이 긴장감은 '내가 지금부터 떨지 말아야지!' 다짐한다고 딩징 없어지는 게 아니다. 원래부터 잘 떨지 않고 담이 좀 있는 사람이라면 몰라도 대부분 이런 상황에서 떨지 않기란 쉽지 않을 것이다. 이 면접을 잘 보려면 눈치 없이 나대는 심장을 부여잡을 자신감을 장착해야 한다. 과하게 긴장되고 떨리는 마음은 충분한 경험으로 이겨 낼 수 있다.

다행히 우리 아이는 그나마 면접을 잘 보는 편이다. 준비하고 외운 걸 말하는 것 같은 느낌보다는 내가 한 일들을 가지고 면접관과 대화를 한다는 느낌으로 면접을 본다. 그러다 보니 아무래도 면접 분위기도 좋고, 면접관의 질문에 차분하게 생각을 정리해서 말할 수 있게 된다. 그래서, 이제는 면접까지 볼 단계가 되면 그 일은 웬만하면 되려니 한다.

나는 우리 애가 면접을 잘 보는 데는 이 대회 경험의 덕을 봤다고 생각한다. 아이가 그 많은 대회를 나가면서 처음부터 떨지 않았던 것은 아니었다. 어떨 때는 긴장감에 준비했던 만큼 실력을 발휘하지 못하기도 했고, 어떤 날은 유난히 더 떨기도 했다. 중학교 2학년 때 아이가 정말 원했던 곳의 면접을 본 적이 있었는데, 얼마나 떨었는지 대기하면서 손톱을 뜯었던 걸 수험표 스티커 뒤에 붙여 놓은 걸 보고 '에효, 얼마나 긴장됐으면… 얼마나 간절했으면…' 싶어서 그 스티커를 보며 가슴이 미어진 적도 있었다. 어미의 맘으로는 그 스티커를 차마 버리지를 못했기에 아직도 내 서랍 한쪽에 보관 중이다.

그래도, 사람들이 흔히 짬밥은 무시 못 한다고 하더니, 결국엔 그런 걸 어느 정도 극복하게도 되고, 회가 거듭될수록 요령도 생기고 담력도 커지더니 중학교 3학년 이후부터는 가벼운 긴장감 외에 많이 떨거나 하는 모습을 보지는 못했다. 그러면서 우리 아이에게 면접은 크게 부담스러운 자리가 아니게 됐다. 아마도 초중학교 시절의 그 대회들이 아니었다면 면접은 지금도 아이에게 큰 장애물이었을 것이고, 성인이 된 후에도 여러 번의 아픈 시행착오를 겪었을 것이다.

# 중학생의 반전 매력





중학생, 어렵다 어려워.

부모가 시키는 대로만, 더도 말고 덜도 말고 딱 고만큼만 하고 살아도 평타는 칠 텐데, 당최 뭘 가르친다고 말을 들어 먹기를 하나, 시킨다고 하기를 하나, 편협한 자기 생각 속에 사는 낯선 생명체. 오죽하면 내 배 아파서 낳은 자식을 외계인이라고 할까.

그런데, 애를 이만큼 키우고 나서 드는 생각은 사춘기의 대표 주자, 답 없이 천방지축 날뛰는 중학생 시절이 인생의 큰 방향을 결정하게 되는 또 다른 때인 것 같다. 여기에 중학생의 반전이 있다. 사춘기의 절정을 달리는 본인은 막연한 불안과 어쭙잖은 혼란으로 속이 시끄럽겠지만, 그 속에서 열심히 길을 찾아 헤매다 보면 앞으로 자신이 어떤 길을 걸어야 할지 큰 방향을 결정하는 초입새에 서게 되는 시기도 중학생 시절인 것 같다. 그 안에서 고민하지 않고, 노력하지 않고, 의미 없는 방황만 하면서 시간을 깔고 앉아만 있으면 상처밖에는 남는 게 하나도 없게 되는 것도 중학생 시기다.

그러니, 중학생이라면 내가 어떤 성향의 사람인지 스스로를 잘 살펴보고, 내가 뭘 좋아하는지, 내가 정말로 원하는 나의 모습은 어떤 건지, 어떤 걸 할 때 조금이라도 흥미를 느끼는지, 어떤 것을 힘들어하는지 관찰하고, 하기로 한 것에 무모하리만큼 열과 성을 다해 보길 바란다.

그러려면, 자기 자신한테 관심이 많아야 한다. 불안하면 준비를 하고, 혼란스러우면 정리를 하고, 외로우면 스스로를 안아 주고, 화가 나면 자신을 돌아봐라. 그게 중학생의 일이다. 그러면서 나의 현실을 똑바로 인식하고, 자신의 부족함을 인정하게 되면 그게 사람들이 그렇게 중요하다고 말하는 자존감의 시작이 되는 것이다. 그렇게 자신에게 닥친 현실과 부족함을 극복해나가는 그 과정이 바로 성장이다. 그러니 중학생이라면 공부가 됐던, 공부가 하기 싫으면 다른 일이라도 뭐든 하고 싶은 일을 찾아서 성심성의껏 후회 없이, 마음을 다해 정말 열심히 해 보라고 말해 주고 싶다.


내가 아는 한, 이 세상에 완벽하게 단점만 있고 무결하게 장점만 있는 일은 없다. 운동을 하면 하기 싫고 힘이 든다는 단점이 있지만, 자신감이 생기고 몸이 튼튼해진다는 장점이 있는 것처럼, 세상 모든 일에는 단점과 장점이 공존한다. 단점과 장점 중에 굳이 단점에만 초점을 맞춰서 핑계를 찾지 말아라. 어떤 배움이든 힘들고 어려운 것이지만 그걸 넘어서면 반드시 보상이 있다. 그러니 하고 싶은 것이 있고, 한번 해 보기로 결심한 것이 있다면 잠을 줄이든지, 짜임새 있게 시간을 쓰든지 어떻게든 더 부지런히 살면 된다.

골든 글로브상을 3번이나 수상했던 미국 배우 덴젤 워싱턴은 "쉬움은 전진에 있어 어려움보다 더 큰 위협"이라고 했다. 나 편한 대로 원하는 걸 양손에 다 쥐고 덜 수고스럽게 사는 방법이 있다면 내가 먼저 그렇게 살고 싶고, 우리 애들한테도 그 비법을 전수해 주고 싶다. 하지만, 내가 우리 애들에게 늘 이야기했듯 인생엔 공짜가 없다. 무언가를 얻으려면 시간이든, 열정이든, 고단함이든 다른 무언가를 갈아 넣는 투자를 해야 한다. 그 과정이 힘들고 녹록하지 않으니 기왕이면 좋아하는 일 혹은 본인이 잘할 수 있는 일을 찾아서 하라는 것이다.

## ● 시동 걸 준비는 미리미리

중학생이 돼서 아이가 주도적으로 어떤 일을 하려면 사실 초등학교 중반부터는 드릉드릉 시동을 걸어서 준비를 해야 한다. 나도 선배 맘들로부터 "초등학교 다닐 때 예체능을 많이 시켜라."라는 이야기를 종종 들었다. 나는 그게 초등학생이 중학생보다 시간이 많으니까 초등 때 예체능을 시키고, 어지간한 수준이 되면 예체능은 중학교 가기 전에 끝내라는 말로 알아들었다. 그런데, 뒤돌아 생각해 보니 초등 때 이것저것 여러 가지 경험시켜 봐서 아이가 좋아하고, 아이가 즐기면서 고등학생이 될 때까지 할 수 있는 것을 찾으라는 말인 것 같다.

우리 집 아이들이 다니던 초등학교의 한 교장 선생님께서 예산 지원을 받아 바이올린을 구입해서, 학생들에게 일주일에 한 번 바이올린 수업을 했던 학기가 있었다. 그런데, 시간까지 할애해서 그렇게 잠깐 배운다고 바이올린을 마스터할 수 있는 것도 아닌데, 왜 바이올린을 배우는지 모르겠다는 말들이 있었다. 그때 교장 선생님께서 "학교에서 잠깐, 그것도 일대일이 아닌 반 전체 학생들을 대상으로 바이올린 수업을 한다고 해서 우리 아이들이 바이올린 연주를 잘할 것이라고 기대하고 시작하지 않았습니다. 이 바이올린 수업에서 어떤 아이들은 '바이올린 더 배우고 싶다.', 혹은 '아, 나 바이올린에 소질이 있네.' 하는 친구들이 있을 것입니다. 그런 친구들은 따로 학원을 가든지 더 배우면 됩니다. 반면에 '나는 바이올린하고 안 맞아.', 혹은 '아, 나는 바이올린 말고 피아노를 배워야겠어.'라고 생각하는 친구들도 있을 것입니다. 나는 바이올린 연주를 싫어한다고 깨닫는 것도 배움입니다. 또, 이걸 계기로 바이올린 외에 다른 악기에 관심을 갖는 친구들도 있을 것입니다. 제가 바이올린 수업을 시작한 이유가 여기에 있습니다."라고 말씀하셨다. 초등학생 시절에 아이들이 좀 더 다양한 활동을 경험해 보고 자신이 좋아하는 걸 찾아 갈 기회를 주고 싶은 마음이셨던 것이다.

아이를 초등학교 3, 4학년까지 길러 보면 내 아이가 흥미를 갖는 게 뭔지, 어떤 걸 잘하는지 혹은 무엇 하나 특출나지 않다면 어떤 것에 그나마 가능성이 있는지 대충 감이 온다. 거기서부터 시작해 보면 된다.


잘하거나 좋아하는 것, 혹은 이거는 어떻게 해 볼 만하겠다는 것을 찾았으면 그걸 취미라고 설렁설렁하는 것은 권하고 싶지 않다. 거의 프로가 될 정도로 하는 게 맞다고 본다. 하다못해 프로는 아니라도 프로급 아마추어 수준 정도는 해야, 그 배운 과정이 헛되지 않다는 게 내 생각이다.

백지에서 시작하는 사람이 프로나 준프로가 되는 과정에는 반드시 나름의 시련과 우여곡절이 있다. 내 경험상, 목표나 성과는 그게 달성이 되면 끝이 나는 일회용이다. 그런데, 과정은 그걸 겪으면서 체득한 생각이나 경험이 내 것이 되면 학업, 취미, 일 등 앞으로의 인생 전반에 적용해서 반영구적으로 재사용이 가능하다.

이렇게 결과에 집중하기보다 과정에 의미를 두려면 그나마 성적의 부담에서 조금 자유로운 초등학생일 때나 마음 편히 할 수 있다. 사소한 모든 일들이 입시 결과에 영향을 미치게 되는 고등학생이 되면, 잠잘 시간도 부족한 마당에 과정을 즐기라는 맘 편한 이야기는 꿈같은 소리가 된다. 그러니, 초등학생일 때 여러 가지를 시도해 보면서 꾸준히 찾고, 배우고, 그 배움을 어느 정도 완성해서, 중학생부터는 배운 걸 부지런히 써먹어야 한다.

우리 아이도 초등학교 시절 3년 동안 배운 축구로 중학교 가서 지역 아마추어 축구 리그도 나가고, 전국 중학생 축구대회도 나갔다. 고등학교에 가서는 학교 대표팀 축구부 주장을 했고, 서울부터 제주까지 경기를 다니면서 부지런히 써먹었다.

## ● 예체능이 들러리가 아닌 까닭

첫째, 배우는 과정에서 수고하고 애쓴 공이 아깝지 않도록 갈고닦은 예체능을 부지런히 쓰다 보면, 생각지도 못했던 기회와 다채로운 스토리가 아이를 기다린다.

예를 들어 아이가 악기를 어느 정도 한다면, 중학교에 진학해 오케스트라가 있으면 학교 오케스트라 활동도 할 수 있고, 없으면 본인이 동아리를 만들어 등굣길 음악회나 학교 행사에서 연주도 하면서 생기부도 풍성하게 만들 수 있다. 또, 보육원이나 병원 봉사 연주 등을 통해 나를 건강하게 낳아 주신 부모님께 감사하고 내가 건강한 만큼 아픈 사람들에게 도움이 되고 싶다는 등 주변을 돌아보고 자신의 진로를 고민해 볼 기회라도 생긴다. 아이가 학교, 집, 학원 외의 다른 경험치가 있어야 목표나 동기도 생기는 것이다.

그러니 초등 때 악기를 하기로 했으면, 어디든 껴서 협주할 정도의 실력까지는 돼야 중고등학교로 진학했을 때 오케스트라 같은 교내·외 활동을 할 수 있고, 운동을 하기로 했으면 선수반이나 준선수반까지는 해야 대회나 리그전에 나가고 학교 동아리 활동이라도 하는 것이다.

둘째, 예체능은 아이에게 인내를 가르치기 좋은 수단이 될 수 있다.

내가 가까이에서 지켜본 최상위권 아이들은 하루하루를 정말 성실하게 규칙적으로 생활했다. 내신에, 선행에, 수행평가에, 시험공부에, 도대체 틈이란 없어 보였는데도 항상 본인이 할 수 있는 최선을 다하며 한결같은 태도로 임했다. 하루 이틀, 한두 달, 혹은 일이 년을 그렇게 생활해야 하는 게 아니니만큼, 고학년으로 올라갈수록 능동적인 인내 없이 공부를 잘하기는 어렵다.

그렇다면 아이가 어릴수록 능동적인 인내를 뭘로 가르칠 것인지 생각해 볼 때 예체능은 좋은 선택이 될 수 있다. 그래서, 다른 집 애들이 피아노 학원을 다니니까 우리 애도 한번 시켜 볼까 하고, 운동이라고 뭐 하나는 시켜야 할 것 같아서 습관처럼 태권도장을 보내면서 마냥 가볍게만 대할 게 아니라는 생각이다.

셋째, 예체능은 상상력과 창의력, 영감 등을 풍부하게 기를 수 있도록 한다. 이건 현재 우리나라의 교육환경에서 공부만 잘해서는 갖추기 힘든 능력이다. 이미 세상은 과학과 기술이 결합한 1차 지식혁명을 지나, 과학기술과 예술이 결합하는 창조적 지식의 시대로 변했다. 그래서, 우리 때와는 달리 학교에서 STEAM교육을 강화한다 혹은 융합적 인재를 양성한다는 취지의 교육활동을 하는 것이다. 예전에는 영재학교라고 부르던 것을 지금은 과학예술영재학교라고 하는 이유가 여기에 있다.

넷째, 어느 정도 수준이 되도록 예체능을 해 놓으면 그게 아이의 평생 친구가 된다.

악기든 운동이든 그림이든 위에 언급한 수준이 되려면 좋아하거나 혹은 잘하는 그것에 적지 않은 시간과 노력을 투자했어야 한다. 그러면 그게 습관이 되고, 생활의 일부가 되고, 일상의 즐거움이 됐을 것이다.

앞서 말했듯 우리 아이는 초등학교 3학년 여름부터 축구를 했다. 그게 몸에 배서 중고등학교 시절, 누가 시키지 않아도 스트레스를 받거나 마음이 싱숭생숭할 때면 혼자 집 앞 공원에 나가서 실컷 공을 차고 땀에 흠뻑 젖어 들어오곤 했다.

경험상, 자기가 잘하는 예체능이 하나 있다는 것은 나만의 심리상담치료사가 한 명 있다는 것이고, 내가 구구절절 말하지 않아도 나를 이해해 주는 친구가 한 명 있는 것과 같다. 사춘기 때는 불편한 감정을 풀어 주는 친구가 되고, 어른이 되고는 마음을 달래 주는 동반자가 된다. 내가 즐길 수 있는 수준의 예체능이 없으니까 애고 어른이고 게임을 취미라고 하는 것이 아닌가 싶다.

당장은 입시가 최우선 목표가 되겠지만, 인생은 대학을 졸업하면 그때부터가 진짜 필드의 시작이다. 그렇게 세상에 나가서 이리저리 치일 때, 나의 마음에 깊은 쉼을 줄 수 있는 친구 같은 것이 예체능이라고 생각한다. 그러니까 무엇을 할지 아이를 잘 지켜보고, 아이와 상의해서 반려 취미가 될 만한 것으로 결정하길 바란다.


### ● 실패에 대한 색안경

하지만, 한번 해 볼까 하고 큰마음 먹고 용기 낸 일이 생각보다 아이한테 맞지 않는 길이었을 수도 있고, 끝까지 못 하고 중도 포기를 할 수도 있다. 그렇다고 그게 무서워서 "안전한 성공"을 기대한다면 아무것도 시작조차 할 수 없을 것이다.

전교생에게 바이올린을 가르치셨던 교장 선생님의 말씀대로 경험 그 자체도 배움이다. 학창 시절에 성공하지 못한 것, 완성하지 못한 것이 중요한 게 아니라 그 과정에서 아무것도 배우거나 얻은 게 없다면 그게 진짜 낭패다. 그리고, 과정에서 무언가를 얻으려면 정말 열심히 했어야만 한다.

한 아이가 체력도 좋고 운동에 소질이 있어서 골프선수를 시키겠다고 초등학교 6학년 여름이 될 때까지 뒷바라지를 열심히 했던 집이 있었다. 그런데, 중학교 진학을 앞두고 여러 가지로 그 길이 아니라는 갈등이 생겼고, 중학교 준비도 해야 하니 겸사겸사 수학 학원을 보냈다. 그러다 이 아이가 수학에 누각을 나타내기 시작하면서, 의내로 진로를 바꾸는 길 봤다. 운동하던 친구라 끈기가 있고 체력이 받쳐 줘서인지 무섭게 공부했다.

아이가 고학년이 될수록 마음이 급해지고 뭔가 실패를 하게 되면 소중한 시간과 다른 기회를 낭비했다는 생각이 들 수밖에 없다. 그런데, 실패를 해 봤자 초등학생이고 중학생이다. 내 자식이 내 품에 있을 때 넘어지고 쓰러지면 부모인 내가 있는데, 내 품에 있을 때조차도 자유롭게 뭔가 도전해 보지 못한다면 우리 애는 언제 하고 싶은 걸 걱정 없이 해 볼 수 있을까?

여건이 안 돼서 못 한다면야 어쩔 수 없지만, 단지 부모의 노파심만으로 우리 애가 힘들까 봐, 혹은 하다 그만두면 그 시간이나 정성이 아까울까 봐 걱정만 하는 것이 정말 아이를 위하는 일인지는 의문이다. 내가 생각하는 학창 시절의 제일 큰 실패는 이것저것 재느라고 아무것도 시도해 보지 않는 것이다.

우리 애가 6학년 때, 학교에서 학부모 직업 관련으로 조별 숙제를 했던 적이 있었다. 한 아이의 어머니께서 서울대 연구원으로 재직하고 계셔서 아이들이 그분을 인터뷰했었다. 그렇게 가기 어렵다는 서울대에 진학하셨고, 서울대에서 박사도 받아 서울대학교 연구원이 되신 분은 초등학생들의 눈에는 그저 빛이었다. 그분을 인터뷰하고 와서 우리 애는 세상에 고수가 차고 넘친다는 걸 처음 알았던 것 같다.

"서울대에 진학하고 느낀 점이 무엇인가요?"라는 아이들의 질문에 "서울대에 와 보니까 저보다 훨씬 똑똑하고 대단한 친구들이 많았습니다. 세상은 넓고, 나보다 똑똑하고 뛰어난 사람은 정말 많다는 걸 느꼈습니다."라고 하셨다고 했다.

대한민국에서 자식 키우는 모든 부모들의 로망, 각자 살던 동네에서 공부 좀 한다는 아이들이 가는 대학을 다닌 사람도 예외 없이 그 안에서 좌절을 경험하는 게 인생이다. 그 누구도 피해 갈 수 없는 이런 좌절과 위기의 순간을 이겨 내는 회복탄력성은 글로 배운다고 익힐 수 있는 게 아니다.

엔비디아 CEO 젠슨 황은 "기대가 너무 높은 사람들은 보통 회복탄력성이 낮아요. 그런데 안타깝게도 회복탄력성은 성공에 중요한 요소입니다. 여러분에게 어떻게 회복탄력성을 가르쳐야 할지 모르겠지만 고난을 좀 겪길 바랍니다. (중략) 그리고 알다시피, 탁월함은 지능에서 나오는 게 아니에요. 탁월함은 특색에서 나옵니다. 특색은 영리한 사람이 아닌 고난을 겪어 본 사람한테서 생겨나죠."라고 했다. 흔히들 성공한 사람들의 방식은 비슷비슷한데, 실패한 사람들의 방법은 천차만별이라고 하듯, 각자의 특성과 환경 속에서 다양한 방식으로 실패를 극복하기 위해 노력한 것이 그 사람을 특색 있게 만든다. 경험을 통해 실패하고 좌절해 본 사람만이 감정과 현실을 인정할 줄 알고, 문제를 해결할 방법을 체득하면서 지속적인 발전과 성취가 가능하다.

물론 실패를 여러 차례 극복해 봤다고 해서 매번 담대하게 받아들여지고 매사 능통해지는 것도 아니지만, 적어도 마냥 주저앉는 사람이 되지는 않는다. 분명한 건, 인생을 살면서 누구도 단 한 번의 실패나 좌절도 없이 살 수는 없다는 것이다. 그러니, 어떻게 보면 사는 데 가장 필요한 능력이 실패했더라도 다시 일어나는 힘이라고 해도 과장은 아닐 것이다. 그래서, 이제는 실패에 대한 색안경을 좀 벗을 때도 됐다고 생각한다.

오랫동안 준비했던 콩쿨에 나갔는데 떨어졌다면, 결과를 보고 실망했지만 내가 겸손해야 한다는 것도 배웠고 그래서 지금은 모든 일을 대할 때 자만하지 않고 노력하게 됐다든지, 바이올린 배울 때 이런 어려움이 있어서 선발되지 못했는데 그 시기를 어떤 방법으로 극복했고, 그 후로 어렵고 하기 싫은 일이 있을 때는 이러저러한 방법으로 해결할 수 있는 요령이 생겼다든지 하는 이런 경험이 그 아이만의 색깔 있는 스토리가 되어 자기소개서에 쓸거리가 생기고, 요즘 자소서에서 그렇게 강조하는 소통과 협력, 위기 대처 능력, 자존감을 어필할 수 있는 나만의 이야기가 된다. 그래서, 과정을 허투루 대하지 않은 실패는 진짜 실패가 아니라 디딤돌이라는 생각이다.

이런 성공과 실패에서 얻을 수 있는 교훈이 아이가 너무 어리면 우이독경이 될 수 있다. 그래서, 초등학교 고학년 혹은 중학생 때 부지런히 경험을 통한 배움을 해 보라고 권하는 것이다.


우리 아이 고입 때도 자소서에 실패를 이겨 냈던 경험에 대해 서술하는 질문이 있었고, 대입에서는 학교마다 그런 질문의 답을 구체적으로 요구했었다. 특히 외국으로 대학을 지원할 생각이 있다면 이 부분에 대한 답을 진솔하게, 전략적으로 할 필요가 있다. 대입을 치러 보기 전에는 입학

사정관이 애를 보지도 않고 뭘 아냐고 불신했던 나였는데, 겪어 보니 괜히 그 자리에 있는 게 아니었다.

지원자의 학업적 성과나 실력이 고만고만해서 우열을 가리기가 어려우면 어려울수록, 성공한 결과 못지않게 실패했을 때 이겨 냈던 그 사람만의 역전 드라마가 더 호소력을 갖는 법이다.

찔끔찔끔 한 것 말고, 할 수만 있다면 무언가를 오랫동안 꾸준히 성의껏 해서 어느 정도 경지에 이른 사람, 우리는 그런 과정이 쉽지 않다는 걸 잘 알고 있다. 그래서 성패를 떠나 오랫동안 꾸준히 한 가지 일에 공을 들인 사람, 그런 과정의 어려움을 이겨 낸 사람에게 우리는 진정성을 느끼게 된다. 그런 경험이 있는 사람은 어떤 조직에 들어가더라도 어려움이 생기면 이겨 낼 것이라는 신뢰를 준다. 입시든 입사든 뽑는 사람 입장에서는 더 알고 싶고, 궁금하고, 앞으로가 더 기대되는 사람을 선택하기 마련이다. 그러니 학창 시절의 실패를 너무 겁낼 필요가 없다.


## ● 어디로 튈지 모르는 건 골프공만이 아니다


초등학교 저학년 아이가 그림에 소질을 보여 예술대학 쪽으로 갈까 봐 미술학원을 끊은 엄마도 봤는데, 솔직히 나는 그 단호한 선택에 공감하기 힘들었다.

"구글의 천재 디자이너", "포켓몬고 열풍의 주역"이라는 화려한 타이틀을 가지고 있는 한국계 미국인 황정목씨도 미술과 컴퓨터를 전공한 케이스다. 언어학자와 심리학자들이 AI로봇 개발에 참여하고, 증강현실이나 가상현실 같은 기술이 게임, 교육, 일상생활까지 두루 쓰이는 세상에서 학문적 경계는 더 이상 의미가 없는 것 같기 때문이다.

더군다나 애들이 부모가 원하는 대로 큰다는 보장도 없고, 특히 초등학생이라면 예체능도 배움이고 그 배움을 대하는 마음가짐과 태도도 습득하는 것이기 때문에 미술을 열심히 해 본 학생은 공부도 성실하게 했을 확률이 높다는 것이 내 생각이다.


춤추는 걸 참 좋아하는 아이가 있었다. 오랫동안 우리 동네에서 서울의 유명 연예인 소속사 아카데미까지 다녔고, 춤을 정말 잘 췄다. 몇 년을 그 어머니는 밤늦은 시간까지 춤 연습하는 딸아이를 열심히 태우고 다니셨다. 그래서, 아이가 그쪽으로 진로를 정한 줄 알았다. 하지만, 아이는 춤이 너무 좋고, 춤을 추면서 친구들이나 학업에서 오는 스트레스를 풀었을 뿐, 아직 진로를 정하지 않았다고 했다. 그 후, 고등학교를 졸업하고 그 아이는 춤하고는 전혀 상관없는 미국의 한 명문대학에 이과생으로 진학했다.

자전거 타기를 좋아하는 아이가 있었다. 처음에는 학교와 학원의 통학용으로 자전거를 타고 다녔다. 자전거를 셀프 수리하기 시작하더니, 근처 자전거 도로를 찾아서 라이딩을 다니곤 했다. 그러다, 동네에 자전거 좋아하는 친구들 몇을 모아서 동호회를 만들었다. 쫄쫄이 자전거 복장도 동호회원들끼리 맞춰 입고, 지도를 가지고 자전거 길을 따라 여행을 다니며 열심히 자전거를 탔다. 햇빛에 까맣게 탄 모습에 스포츠 관린 학과에 진학하려나 했는데 문과생이 되었다.

또 다른 아이는 피아노 치는 걸 참 좋아했다. 차분하고 내성적인 조용한 친구였다. 아이는 피아니스트가 되고 싶다고 했고, 짬만 나면 열심히 피아노를 쳤다. 고등학교 진학 후에도 피아니스트의 길을 갈 것인지 심각하게 고민했지만, 그 아이는 의대로 진로를 정했고 의사가 되었다.

이 친구들은 모두 공부도 잘했기 때문에 학업을 뒤로 하고 다른 길로 간다는 것은, 같은 학부모 입장에서 봐도 선뜻 결정하기 어려운 부분이 있었다. 저 아이 중에 한 집은, 아이가 공부에 특기가 있다는 걸 알고 학군이 좋은 곳을 찾아 중학교 입학을 앞두고 일부러 이사를 가서 전학까지 시킨 집이었다. 그런데도 중학교에 진학한 후 공부가 아닌, 아이가 열심히 하는 일 앞에서 그 시간에 공부를 하라며 나무라거나 하지 않으셨다. 이게 남 얘기니까 말이 쉽지, 막상 중학생 아이를 키워보면 이러기 쉽지 않다. 이 친구들의 부모님들에게도 쉬운 일은 아니었을 테지만, 아이가 최선을 다하는 그 모습을 지지하고 응원해 주셨다.

이 친구들이 춤에, 자전거에, 피아노에 매달렸던 시간을 학업에 매진했더라면 결과가 더 좋았을까? 아니면, 본인들이 그렇게 좋아하는 일을 반대하는 부모님과의 대립으로 학업에서도 아주 흥미를 잃었을까?

그건 모르겠지만, 적어도 곁에서 본 이 친구들은 밝고 건강했고, 좋아하는 일을 계속하기 위해서 학업도 성실하게 하려 노력했고, 일상의 행복에 감사할 줄 알았고, 고등학교 시절을 대견하고 예쁘게 잘 넘겼다. 그리고, 나는 이 아이들이 어디서 무엇을 하든 잘 해낼 것이라고 믿는다. 좋아하는 일이나 하고자 하는 일에 몰입을 할 수 있는 것도 큰 능력이기 때문이다.

• 공부? 뭣이 중헌디?

"선택할 때는 정답을 알 수 없다"는 우리 아이의 말마따나 학생이라면 미리 성공이냐 실패냐, 잘하냐 못하냐 결과를 염두에 둔 두려움보다는 기대를 가지고 뭐가 됐든 하기로 한 일을 열심히 해 봤으면 한다. 처음에는 힘들고 하기 싫지만, 꾸준히 하다 보면 그 일로 인해 아침에 눈을 뜨면 그 하루가 기대되는 날이 반드시 온다.

그게 꼭 예체능이 아니어도 공부를 하기로 마음먹었거나 소질이 있는 친구들은 열심히 공부하면 된다. 공부를 선택하는 것 역시 도전이고 용기고 능력이다. 한 반에 1등은 한 명뿐이고, 수적으로는 공부를 잘하는 아이들보다 못하는 아이들이 더 많은데 꼭대기만 바라보는 식의 공부에만 달려드는 상황이 안타까운 것이지, 나는 솔직히 공부 잘하는 애들이 제일 효도한다고 생각한다.

'우리 애를 어떻게 키워야 하나, 뭐를 시켜 볼까?' 하는 숙제를 부모에게 주지 않고, 집집마다 돈 먹는 하마라는 사교육비로 휘청한다지만 그래도 요즘 시대에는 공부 쪽이 그나마 가성비가 제일 좋은 것 같다. 다가올 시대에는 공부가 다가 아니고 학벌이 더 이상 철통 밥그릇은 아니라 해도, 어쨌거나 학창 시절 공부한 결과가 남은 인생 100년 동안 나의 또 다른 이미지와 경력이 되는 것도 학벌이요, 출발선이 달라지는 것도 사실이다.

좋아하는 것을 찾는 노력을 하고 예체능을 배운다고 해서, 공부를 소홀히 해서는 안 된다. 특목고를 가려면 늦어도 초등학교 4학년부터는 준비를 해야 한다고들 하고, 고학년이 될수록 공부의 비중도 높아진다. 공부에만 매몰되는 현실을 우려하는 것이지 학업을 소홀히 해도 된다는 무책임한 말을 하는 것이 아니다. 평생을 해야 하는 것이 공부고, 최소한 학생이라는 업을 끝내는 그 순간까지 공부는 기본으로 깔고 가는 것이다. 다만, 말귀 알아듣고 시간과 마음의 여유가 있는 초등학교 고학년이면 부지런히 좋아하는 일, 잘하는 일을 찾아보는 것이 아이에게 다채로운 삶과 다양한 기회를 준다고 생각한다는 것이다.

공부를 제대로 하려면 자신을 절제하고 조절할 줄 알아야 하고, 성실하고 일관된 노력을 해야 한다. 그렇게 이를 악물고 했는데도 성적이 안 나오면 방황하기도 하고, 스스로에게 실망하기도 하고, 잠도 못 자며 고생한 지난 밤들을 생각하면 억울하기도 한, 여러 복합적인 감정을 느끼게 하는 것도 공부다.

나는 공부하다 힘이 들어 쓰러져서 병원에 입원한 고등학생 아이가 링거를 달고도 공부했다는 말도 들어 봤고, 너무 과로해서 간이 상할 정도로 공부를 한 사람도 봤기 때문에 공부를 잘 해낸 사람의 그 인간적인 한계를 극복한 것에 대한 존경심을 가지고 있다.

누군가 "공부 잘하는 애가 그림도 잘 그려.", "공부 잘하는 애가 운동도 잘해."라는 말을 했다. 공부를 잘하는 아이가 처음부터 그림도 잘 그리고, 운동도 잘했던 것은 아니었을 것이다. 해낼 수 있다는 마음가짐과 어떻게 하면 잘할 수 있을까 고심하고 방법을 찾아서 꾸준히, 묵묵히 해내는 내공이 있으니 결국 그림이나 운동도 잘하게 됐을 것이다.

우리 집 둘째는 "공부를 왜 하는지 모르겠어. 어차피 나중에 써먹을 데도 없는데."라는 말을 종종 했었다. 학창 시절 배운 공부를 써먹으면서 사는 사람이 몇이나 되겠나? 또, 흔히 어른들이 "공부해서 너 잘되라고 그러지."라고 말하는데, 여기서 '잘되는 것'이 출세나 성공만을 이야기하는 것도 아니다. 공부나 학벌을 통해 성공에 가까워지는 것은 사실이지만, 현실적으로 공부만으로 성공하기는 정말 어렵다. 최근에는 지능도 유전적으로 타고나는 것이라는 이론이 우세한데, 그렇다면 모든 사람이 공부를 다 잘할 수도 없고 다 잘할 필요도 없다.

그런데, 왜 어른들은 한결같이 이구동성 공부를 열심히 하라고 할까? 공부의 결과를 보려고 하는 게 아니라, 공부를 하는 과정에 공부를 해야 하는 이유가 있기 때문에 성의껏 해야 하는 것이라고 말해 줬었는데 그 말을 이해하지는 못한 것 같다.

공부를 하는 그 과정을 통해서 해내야만 하는 것, 이겨 내야만 하는 것, 참아 내야만 하는 것을 차곡차곡 해 나가면서 삶의 태도와 방법을 배우는 것이 공부의 힘이고 본질이다. 그래서 공부를 잘하면 잘하는 대로, 설사 못하더라도 못하는 대로 성실하게, 열심히 해야 하는 것이다.


풍부한 천연자원이나 큰 땅덩어리 하나 없이 오늘날 세계 속의 한국을 당당히 이룩한 우리의 지난 역사를 돌아볼 때, 이 나라가 이만큼 발전한 데는 인적 자원만 한 것도 없다는 것은 분명한 사실이다. 그렇기에, 학생으로서 자신의 자리에서 묵묵히 주어진 학업에 열심히 임하는 것도 애국이다.

무엇이 정답이라고 가르쳐 줄 수도 없고, 다른 사람의 정답이 나의 정답이 될 수도 없는 인생사에서 그나마 공정하고, 푸는 법과 답이 정해져 있는 공부가 얼마나 해 볼 만한 것인지 이 나이까지 살아본 어른들은 안다. 그렇기에 인생에 공부가 다가 아니라면서도, 그 다가 아닌 공부라도 후회 없이 해 보길 바라는 것이다.

학생이라면 공부를 하는 데 있어 잴 게 뭐가 있고, 잊을 게 뭐가 있나? 내 손으로 돈을 벌어 가족들을 부양하지 않아도 된다는 사실만으로도 지금 공부를 열심히 해야 할 이유로는 충분하다.

농부가 봄에 씨를 뿌리지 않으면 가을에 거둘 것이 없듯, 때에 맞게 땀을 흘리지 않으면 나중에 눈물을 흘리는 게 인생이다. 삶은 누구에게나 불완전하고 불확실하다. 그걸 알면서도 내가 있는 이 자리에서, 내가 지금 할 수 있는 일에 최선을 다하느냐, 하지 않느냐가 성공한 삶과 그렇지 않은 삶의 차이를 만드는 것이다.

그 와중에 일찍 내 갈 길을 찾았다면 다른 방황을 하지 않아도 되니 시간과 에너지를 절약했다는 점에서 적지 않은 행운이다. 예체능이 됐든, 공부가 됐든 운 좋게 꿈이 있고 목표가 있는 학생은 옆도 돌아보지 말고 우직하게 자기 갈 길을 멋지게 걸어가길 진심으로 응원한다.

# 아이를 스스로 움직이게 하는 힘

우리 아이가 유치원을 다닐 즈음, 작은 사업체를 운영하는 부부를 알게 되었다. 남편이 저녁부터 새벽까지 사업장을 관리하고 아침에 퇴근하면, 낮에는 아내가 사업장에 나가서 돌보며 부부가 교대로 24시간 일했다. 열심히 사는 만큼 금전적으로도 남부럽지 않았기에 굳이 아내까지 일할 필요가 없었는데도, 집에 고3짜리 아이를 혼자 두고 오로지 둘만 사는 것처럼 본인들의 일에만 집중했었다. 입시를 앞둔 아이에게 무심하리만큼 덤덤하게 각자의 생활을 하는 모습이 당시의 나에게는 좀 생소했다. 그런데, 그 댁 아이가 그렇게 반듯하고 공부를 잘한다고 소문이 자자했다. 그래서, 부모님이 다 바쁜데 고3 아이의 뒷바라지를 어떻게 하는 거냐고 물어봤었다. 그랬더니 어차피 본인이 집에 있어도 해 줄 게 없다면서, 아이는 옆에 누가 있든 말든 신경 쓸 시간도 없고 자기 일을 하기도 바쁘다는 대답이었다.

그때는 이 학생이 '참 신통방통한 아이다.' 생각했는데, 한참 나중에 야 알고 보니 그게 자기주도학습이라는 것이었다. 처음에 TV 같은 데서 자기주도학습이라는 말이 유행처럼 나오고 그럴 때는, 어떻게 해야 우리 애도 그런 아이로 키우는 건가 싶고 그랬는데, 겪어 보니 자기주도학습이 별거가 아니었다. 앞서 초등학생과 중학생일 때 예체능이건 공부건 부지런히 할 만한 것을 찾고, 성심껏 해 보라고 했는데 그러다 보면 자연스럽게 아이에게 목표가 생기고, 그 목표가 동기가 되어 아이를 스스로 움직이게 하면서 저절로 자기주도학습이라는 게 되었다.

초등학교 시절부터 중학교까지 여러 가지 활동을 했던 우리 아이는 그 과정에서 자신의 성향에 맞고 좋아하는 일과 잘하는 일을 찾았고, 그러면서 중학생 때 자신의 진로나 목표를 스스로 결정했고 그것에 맞춰서 고등학교에 진학했다.

우리 애가 고등학교 입학시험을 준비할 때, 내가 제일 많이 한 잔소리는 "지금 시간이 너무 늦었어. 인제 그만 자. 오늘은 공부 고만해."였다. 그전에는 "야, 일어나. 그 정도 잤으면 많이 잤어." 이랬던 아이다. 고등학교에 진학해서는 아이의 꿈과 목표가 아이에게 공부를 해야 하는 이유를 만들어 줬고, 뒷심을 발휘해서 대학까지 보내 줬다. 그 시절 우리 아이의 책상 앞에는 "노력한다고 모두 성공하는 것은 아니다. 그러나, 성공한 사람들은 모두 노력했다."라는 글귀가 3년 내내 붙어 있었다.

자신의 경험을 통해서 목표가 정해지면 저절로 자기주도학습이 되고, 계획적이고 능동적인 사람이 될 수 있다는 것을 나는 우리 애를 통해서 알았다. 그렇게 자기 길을 찾은 아이는 설사 가는 길목마다 고난이 있다고 한들, 힘들면 쉬었다 가면 되고, 잘못 왔다 판단되면 돌아가면 되고, 하다가 잘 안됐으면 다시 해 보면 된다는 마인드를 가진 사람이 되었다.

부모가 정해 준 목표만 따라오는 아이였다면, 그 길에 고난이 닥칠 때마다 '이제는 어떻게 해야 해?'라며 부모를 쳐다볼 것이다.

목표를 이루려면 어떻게 해야 하는지 스스로 찾아보고, 필요한 것도 본인이 알아보고 요구하니까 나는 필요하다는 것만 해 주면 되었다. 그러다가 며칠 밤을 지새우면 비타민을 챙겨 주고, 축구 경기가 있으면 식사를 좀 더 신경 써 주고, 마음이 지친 것 같으면 좋아하는 떡볶이를 포장해 다 같이 먹거나 동네 카페에서 커피 한 잔을 함께 하며 시간을 보낸 것이 고등학교 뒷바라지의 전부다. 그래서, 고등학교에 진학한 이후엔 유아라고 말해 줄 만한 게 없다.

대학도 아이가 정한 전공과목과 자신의 성향에 맞는 학교를 찾아 일일이 학교 홈페이지나 관련 자료를 들여다보며 스스로 준비했다. 미리 진학한 선배들의 의견도 들어 보고, 대학이 있는 곳의 지역적 특성까지 세세하게 분석해서 1년이 넘도록 본인이 차례로 추려가며 최종 결정을 했기 때문에 컨설팅 한 번 받아 본 적도 없으니 나는 입시에 대해서도 아는 척을 할 수도 없고 할 말도 없다. 이미 본인이 정한 분명한 목표가 있었기 때문에 특별히 간섭하고 신경 쓸 필요도 없었고, 그쪽으로는 엄마인 내가 잘 몰랐기 때문에 어설픈 조언도 할 수 없었다. 그렇게 나는, 예전에 고3 아이를 집에 혼자 두고 열심히 사업체를 운영했던 그 부부의 말을 15년이 지나고서야 이해하게 되었다.

**26**

# 20년 실전에서 깨달은 육아 101

그동안 우리 애들을 키우면서, 또 내 아이 주변의 아이 친구들과 그 부모님들을 보면서 각자의 삶이 십인십색이듯 아이를 키우는 것도 가정마다 각양각색이라는 생각이 들었다. 그럼에도, 각자 가진 생각과 능력과 여건 안에서 아이를 위해 희생하고, 수고하고, 고민하고, 인내하는 그 큰 틀에는 대부분 별 차이가 없었다.

내가 감히 흉내도 못 내 볼 정도로 자녀에게 희생하고 헌신하신 분들부터, 지혜롭게 혹은 영리하게 아이를 훌륭히 키워 내신 분들도 봤고, 같은 부모로서 서로 위로하고 격려해 주는 고마운 인연들도 있었다.

하지만, 육아라는 게 부모가 감내하고 애쓴 만큼 정량적으로 결과가 명확하게 나오는 것이 아니니만큼, 뒤돌아보면 맥없이 아쉬움도 있고 미련도 있다. 하물며 나 같은 사람이 자식을 기르면서 범했던 그 미숙하고, 우매한 잘못들이야 말해 무엇하겠냐마는 "세 사람이 길을 가면 그 안에 반드시 나의 스승이 있다"는 공자의 말에서 구실을 찾아, 내가 해 본 육아에서 나름의 101이라고 생각하게 된 것들을 정리해보고자 한다.

첫째, 아낌없이 안아 주자.

유모차에 기저귀 가방 메고 다닐 때는 똥오줌만 가려도 좋을 것 같았는데, 정신줄 놓고 몇 년 살다 보면 애들이 금방 커져 있는 경험을 하게 된다. 초등학교 고학년만 되어도 엄마만큼 키가 커 버리고, 그 후 내가 살아 있는 동안에는 늘 나보다 큰 자식일 텐데, 내 품에 쏙 들어오는 그 10년 남짓한 시간 동안 열심히 안아 주고 물고 빨고 키우길 바란다.

가끔 스킨십을 가볍게 생각하는 사람도 있던데 내 생각은 좀 다르다. 부모의 취향도 존중받아야 하고, 애정 표현의 방법이 스킨십만 있는 것도 아니지만, 아이가 어리면 어릴수록 가장 직관적으로 느낄 수 있는 애정 표현은 스킨십이다.

스킨십이 애착 관계를 형성하는 데 미치는 영향을 증명한 위스콘신대학의 〈원숭이 애착 실험〉이나, 콜레스테롤 수치 확인 실험에서 다정한 연구원이 돌본 토끼들이 더 건강했다는 〈래빗 이펙트〉, 《다정함의 과학》의 저자 캘리 교수가 말한 "부모의 다정함이 아이의 생명을 살리거나 DNA 서사를 바꾼다"는 여러 실험과 임상적 사례에서와 같이, 양육자의 따뜻한 신체적 애정 표현이 두뇌 발달과 건강은 물론 성인이 된 이후 타인과의 소통과 애착 형성에까지 인생 전반에서 광범위하게 미치는 영향을 생각해 볼 때, 부모와 자녀 사이의 스킨십과 애정 표현이 하면 좋고, 안 하면 그만인 선택사항은 분명히 아니다.

가족 심리치료의 일인자라고 하는 버지니아 사티어는 "우리는 생존을 위해 하루 4번, 삶을 온전히 유지하기 위해 하루 8번, 성장을 위해서는 하루 12번의 포옹이 필요하다"고 했다. "표현되지 않는 것은 존재하지 않는다"는 말처럼 부모가 아무리 아이를 사랑한다고 한들, 표현하는 데 인색하면 어린아이가 그 사랑을 충분히 느끼긴 어렵다고 본다. 스킨십으로 인한 옥시토신의 작용이니, 부교감신경계 활성화니 하는 것들은 둘째 치고라도, 무엇보다 물고 빨고 하면 내 아이가 좋아하고 그 모습을 보는 내 기분이 좋은데, 돈이 드는 것도 아니고 닳아 없어지는 것도 아닌데 굳이 아낄 필요가 뭐가 있나.

사람이다 보니 노력해도 안 되는 일들이 있기는 하지만, 나는 원래 스킨십을 싫어한다, 나는 원래 표현을 잘 안 한다며 쉽게 이야기하는 사람도 있다. 우리는 누구나 가지고 태어난 기질인 "나는 원래"의 부분이 있다. 하지만, 사회적 관계와 역할 속에서 그 부분을 통제하고, 절제하는 것이고, 인간 사회란 개인의 욕망과 역할 사이에서 자신을 적절히 조율하며 사는 그런 곳이다. 그걸 시작부터 거부하겠다는 표시이자 구실이 "나는 원래"라는 표현이다.

한나 아렌트는 "우리는 다른 사람들과 함께 세상에 있다는 사실을 잊어서는 안 된다"면서 인간의 존재가 본질적으로 사회적이라는 특징을 가지고 있다는 사실을 강조했다. 그렇다면 사회로부터 고립되어 온전히 독립적으로 살아가지 않는 이상, 서로 간의 원만한 상호작용을 외면하는 미숙함이 부끄러운 일이라는 것쯤은 알아야 한다.


부모의 식성이 채소를 싫어한다고 해서, 매 끼니 밥을 차리는 부모의 입맛에 맞춰서 채소를 뺀 식단만 차려 준다면 아이에게 영양결핍이 생길 수밖에 없다. 부모의 식성과는 별개로 아이에게 균형 잡힌 식단을 제공해서 성장에 필요한 영양분을 골고루 섭취하게 하는 것처럼 애정 표현에 대한 것도 심리적, 정서적 부분에 있어서 이와 비슷한 일이라고 생각한다.

서로 간의 애정 표현이 풍부한 유아기와 아동기를 보낸 부모와 자녀의 관계를 보면 대체적으로 아이가 부모의 말에 순종적인 경우가 많았다. 아마도 자신을 사랑해 주는 부모님을 믿고 따를 것이고, 그런 부모의 기대에 부응하려는 부분도 있을 테니 어찌 보면 당연한 결과다. 아이기 커 갈수록 부모의 말을 잘 따르길 바란다면 어린 시절의 애정 표현에 인색하면 안 된다.

## ● 추억의 힘

둘째, 아이가 고등학생이 되기 전에 부지런히 행복한 추억을 많이 만들자.

요즘엔 부모 자신이 다양한 경험을 가진 사람들도 많다. 그래서인지 넓은 세상을 경험하고 다각적인 시선을 가질 수 있도록 여러 시도를 하는 부모들도 많아서, 내가 우리 애들 어릴 때 키우던 것과는 또 사뭇 분위기가 다르다는 걸 느낀다. 물론 여건이 되면 그런 것도 더없이 좋은 경험이 되겠지만, 사실 애들이 어리면 어릴수록 좋은 추억이란 굉장히 소소한 일들로도 기억에 오래 남는다. 우리도 큰 애가 초6, 작은애가 초1 때 이탈리아에 가서 콜로세움, 트레비 분수, 바티칸 같은 명소도 많이 봤지만, 우리 아이들에게 이탈리아 하면 가장 먼저 떠오르는 추억은 매일 저녁, 하루를 마무리하며 숙소 근처 아이스크림 가게에서 젤라또를 먹던 우리들의 모습일 것이다.

학교 앞으로 마중 나온 엄마와 같이 걷던 그 길 위의 추억, 손을 호호 불어 가며 눈사람을 만들던 추억과 같이 사소한 일상은 그냥 추억이 아니다. 내 아이가 주저앉을 때 일으켜 주고, 포기하고 싶을 때 가족들을 떠올리며 한 번 더 해 보자며 아무도 모르게 아이를 다잡아 주는 힘이 된다.

그런데, 추억에도 알맹이와 쭉정이가 있는 것 같다. 시간이 됐든, 돈이 됐든 단순히 소비에 치중한 추억보다는 스토리가 있는 추억이 더 의미 있게 남는 것 같다.


우리 애들이 어릴 때 살던 동네에 아들 둘을 키우는 엄마를 알게 되었다. 그 집 큰아들이 그해 수능을 봤는데 고대에 붙었다고 해서 축하를 드렸더니, 아이가 재수를 하기로 했다는 것이다. 친분이 있던 사람들은 이 촌 동네에서 고대 갔으면 재수하지 말지, 재수하면 더 잘 가기 어렵다는 데부터 시작해서 걱정의 말들이 오고 갔다. 딱 일 년이 지나고 다시 수능을 보고, 그 아이는 서울대에 갔다.

이후, 그 엄마의 초대로 그 댁에 방문했던 적이 있다. 그 집 거실에는 큰 책장이 하나 자리 잡고 있었다. 거기 꽂혀 있는 것이 분명히 책은 아닌데, 책장 위까지 빼곡히 쌓여 있어 천장에 닿도록 빈틈없이 꽂혀 있는 저게 뭐냐고 물어봤다.

그건 바로 앨범이었다. 아이들이 어렸을 때부터 그 집 아저씨가 아들 둘을 데리고 들이고 산이고 바다고 다니며 찍은 사진을 모은 앨범. 나는 그 앨범을 보고 할 말을 잃었다. 저 많은 앨범에 사진을 꽂았으면 얼마나 부지런히 애들을 데리고 다녔을지 가늠이 안 됐다. 그 집 아저씨도 평범한 회사원이었고, 14, 15년 전에도 디지털 카메라로 사진 찍고 그랬는데 생각지도 못한 앨범이라니!

주로 산을 많이 탔고, 명산이 대부분이라고 했다. 지리산, 설악산, 덕유산 같은 산을 등반하기는 어른도 쉽지 않다. 더군다나 부자가 셋이서 산에서 1박을 하려면 버너고 텐트고 식재료에 이불, 여벌의 옷 등등 적지 않은 짐을 나눠 메고 올라가야 한다. 그 앨범 속 추억에는 봄, 여름, 가을, 겨울 힘들어도 참았던 인내가 있고, 역경을 이겨 냈던 경험이 있고, 땀 흘리며 웃었던 성취가 있었다.

그리고, 함께한 그 소중한 추억과 경험을 잊어버리지 않도록 거실 한가운데 놓은 책장에 늘 보이게 해 뒀다. 굳이 사진으로 인화해서, 앨범에 꽂아서, 거실 한 가운데 떡하니 갖다 놓은, 지금 다시 생각해 봐도 그 집 아저씨가 보통 사람은 아닌 것 같다. 그 거실에는 앨범이 꽂혀 있는 책장 외엔 다른 책꽂이나 책도 없었다. 공부가 안돼 거실에 물을 마시러 나와도 보이고, 사춘기 시절 엄마와 한바탕 실랑이하고 방에 들어가려고 해도 보이는 그 책장.

넉넉하지 않은 형편에도 그 댁 아이가 어려운 선택을 하고, 끝까지 잘 해 낸 데는 이유가 있었다. 부모와 아이가 함께한 옹골진 추억은 이렇게나 대단한 것이었다.


애들 키울 때는 매일같이 반복되는 삶이 뫼비우스의 띠처럼 끝나지 않을 것 같아도 어느 순간 정신을 차려 보면 애들은 훌쩍 자라 있고, 한집에 살아도 식구들이 다 같이 모여 밥 한 끼 먹을 시간도 별로 없었다. 이 아이들이 성인이 되고 독립해서 나가면, 부모인 나하고의 사이에 남는 건 추억밖엔 없다는 생각이 든다. 부모인 내가 자식을 위해 수고한 것이 아이들 가슴 속 어딘가 남아 있기를 바라는 것도 언감생심인 마당에 서로가 함께한 추억마저 남은 게 없다면, 흘러간 내 20년 육아의 시간이 너무 처량하다는 생각이 든다.


### ● 아이 인생의 주인공은 아이

셋째, 아이 인생의 주인공은 아이가 되게 해 주자.

부모와 자식이라는 이 특별한 연결고리는 시작부터 의무와 책임의 소재가 분명한 일방적이고 불공정한 관계다. 그렇다 보니 부모는 최선을 다해 자녀를 위해 묻지도 따지지도 않고 헌신하게 되고, 그렇게 살다 보면 내가 곧 아이고, 아이가 곧 내가 되면서 서로의 경계도 모호해진다. 그러니 아이의 성취가 내 것인 양 착각하기도 하고, 아이가 해야 할 일도 내가 해야 하는 일로 혼동하게 되기도 하면서 자녀를 소유물로 여긴다는 말이 나오기도 한다.

처음에 아이를 낳아서 저 혼자는 고개도 가누지 못하는 아기 때부터 먹이고 입히며 돌보기 시작하니, 당연히 부모가 아이의 수족이 되어 하나부터 열까지 대신 판단하고 결정하면서 키울 수밖엔 없다. 그러나, 아이가 자라면서 서서히 머리가 커지면, 아이가 그 나이대에 할 수 있는 경험이나 결정을 스스로 충분히 체험할 수 있도록 부모가 한 발 뒤로 물러서서 지켜보는 것도 필요하다.

우리가 가족이라는 관계에서 벗어나 한 인격체의 성장이라는 관점에서 바라보면, 아이는 태어나서 유아기, 아동기, 청소년기를 거쳐 성인이 되는 동안의 각 단계에서 본인이 응당 누리고 겪어야 하는 일들과 과정이 있다. 이런 일들에 있어서 우리가 부모라는 이름으로 선을 넘는 것은 아닌지 생각해 봐야 한다. 조연배우가 너무 빛이 나면 주연배우가 초라해진다. 아이의 인생에서 부모는 보조출연자, 조연이어야만 한다.

우리 아이가 중학생 때 FC에서 매주 토요일 저녁 축구를 했다. 야외에서 하는 운동은 푹푹 찌는 한여름에도 그렇지만, 칼바람 부는 겨울도 만만찮다. 운동하는 동안 흘린 땀이 살얼음이 되어 머리나 목도리에 엉겨붙으면 영하의 겨울밤엔 그 추위가 참 매섭다. 그렇게 혹독하게 추운 날씨에는 축구팀의 단톡방이 바쁘다. 행여 내 아이가 감기에 걸릴까, 추운 날씨에 고생스러울까, 일단 엄마가 먼저 오늘은 아이가 참석하지 못하겠다고 감독님께 연락하기 때문이다. 시험 기간에도 비슷하다. 추운 날씨 때문에 혹은 시험 기간에 공부해야 해서 운동을 못 하는 것은 각자의 체력과 상황이 다르니 괜찮다.

하지만, 아이가 이 상황에 대해서 생각해 볼 기회가 있었느냐 하는 의문이 든다. 사소하지만 아이 본인의 일인 이런 일들 앞에서 아이가 스스로 생각하고 결정해 볼 기회가 있었느냐는 것이다. 추운 날씨에 운동할 때는 장갑이나 목도리 등 방한용품을 꼼꼼히 챙기지 않으면 목에서 피 맛이 나고 감기에 걸려 고생하게 된다든지, 시험 기간에 축구를 하고 싶으면 미리 공부를 어디 범위까지 해 놔야 하는 등의 계획을 세우는 일같이 한 번쯤 겪어 봄 직한 상황 앞에서 중학생이나 된 아이에게 생각할 기회가 주어지기도 전에 엄마인 내가 너무도 친절하게 한 발짝 미리 나서서 대신 결정을 하는 것도 부모의 몫이냐는 것이다. 부모는 날씨에 맞는 방한용품을 알려 주거나 시험 기간의 공부 스케줄에 대한 언질이면 충분하고, 나머지는 아이가 겪으면서 다음에 이런 비슷한 일들이 있을 때는 어떻게 대처해야 하는지 배우는 것이 맞지 않나 하는 생각이다.

우리 딸이 6학년일 때, 학기 초에 단짝이었던 친구와 가벼운 의견 차이가 있었다. 두 아이는 하교 후, 이 문제에 대해 서로 이야기를 나누고 헤어졌다. 집에 온 우리 딸이 오늘 ○○이와 이런 문제로 기분이 안 좋았는데 서로 얘기를 잘 해서 앞으로 잘 지내기로 했다고 말했다. 아이들이 새 학년이 되고 얼마 되지 않은 때였기에, 서로 무엇을 좋아하고 싫어하는지 알아가는 자연스러운 과정이라는 생각이 들었다. 기특하게도 아이들끼리 이 부분에 대해 의견을 나누고, 서로를 이해하며 앞으로 잘 지내자고 마무리까지 했으니 좋은 경험이라고 말해 줬다.

그리고 나서 2, 3시간이 지나 아이와 치과에 가려고 집을 나섰다가 나는 깜짝 놀랐다. 그 상대 아이의 어머니가 우리 아파트 1층 현관 앞에서 언제 집을 나설지도 모르는 나를 기다리고 있었기 때문이다. "K 어머니 아니냐?"라며 말을 걸어오신 그 어머니는 자기 딸아이에게 이야기를 전해 들었으나, 혹여라도 이 일로 아이들이 서로 사이가 틀어지게 되면 자기 아이가 너무 속상할까 봐 걱정이셨다. 그래서, 나에게 연락해서 아이들이 앞으로도 친하게 지내게 하자는 말을 하고 싶었는데, 전화 통화가 되지 않자 자기 아이에게 우리 집이 어딘지 물어봐서 쫓아왔다는 것이다. 표면적으로는 "아이들이 앞으로도 친하게 지내면 좋겠다."였으니 길게 이야기할 것도 없었고, 짧은 대화를 끝으로 헤어졌지만, 생각할수록 나는 그 아이 어머니에게 부아가 나기 시작했다.

그 어머니는 도대체 왜 멀쩡한 자신의 아이가 스스로 문제를 해결할 시간도 주지 않고, 부모에게 의존하는 수동적인 아이로 만들려고 하는 건지 나는 도무지 이해할 수가 없었다. 게다가, 그 일이 일면식도 없는 상대 아이 엄마를 만나러 남의 집 앞까지 쫓아올 일인지, 아닌지 그 정도 분별력도 없다는 데 놀랐다.

6학년 아이가 친구와 가벼운 의견충돌이 있는 것, 그 문제를 풀어 나가기 위해 친구와 이야기를 나누고 서로 조율해 나가는 과정을 그냥 지켜보는 것이 이 엄마에게는 뭐가 그렇게 불편하고 걱정스러운 것이었을까?

솔직히 나도 아이의 말만 듣고 그 이후에 일어날 일들에 대해 아무 염려가 없었던 것은 아니다. 하지만, 앞으로 일어날 일들 역시 우리 아이가 그 나이대에 충분히 겪을 수 있는 일이고, 무엇보다 아이가 제힘으로 그 상황에서 오는 불편함과 위기를 극복하려고 고민하고 행동하는 과정에 있었다. 그 과정이 속상할 수는 있겠지만 그건 아이의 몫이다. 혼자 코를 풀 수 없는 3, 4살짜리 아이의 코를 엄마 손에 콧물을 묻혀 가면서 풀어 주는 것이지, 그 아이가 성인이 되고도 엄마인 내가 아이의 콧물을 대신 닦아 줄 수는 없는 노릇이다.

부모라면 내 아이가 곤란을 겪고 힘들어하는 상황을 지켜보는 것이 부모인 내가 직접 겪는 것보다 더 괴롭고 어려울 때가 많다. 하지만, 부모인 내 마음 편하지고 매번 먼저 나서서 그고 작은 아이의 문제를 해결해 주고, 사랑이라는 미명 아래 과잉보호를 하게 되면, 앞으로 아이가 속한 사회 내에서 수도 없이 부딪치게 될 문제나 변화에 대처할 수 있는 요령과 능력을 기를 수 있는 기회는 사라지게 된다.

아직은 어리니까 멋모르는 것이 당연하겠지만, 때로는 어떤 아이들을 보면 나이에 비해 너무 현실감각이 떨어진다는 생각이 들 때도 있다. 그러니까 간절한 것도 잘 없고, 절박한 것도 없고, 아쉬운 것도 없고, 부모 밑에서 지금까지 살아온 대로 어떻게든 될 것이라고 막연히 생각한다는 느낌을 받은 적도 있다. 그런 이유 중의 하나로 부모의 울타리가 너무 견고해서 생긴 부작용은 아닐까 하는 생각도 든다.

아이를 이만큼 키우면서 여러 부모들을 지켜본 결과, 부모로서 방임도 죄지만 과잉도 그 못지않았다. 가정 내에서도 옛날처럼 형제자매가 몇 있어서 같이 부대끼고 자라며 사회적 상호관계를 배우는 세상도 아닌데, 내 소중한 아이가 그 어떤 불편하고 곤란한 일도 겪지 않고 성인이 되어, 20살이 되는 해의 1월 1일 아침에 눈을 뜨면 그날부터 저절로 자기 앞가림하는 능력이 생기는 건 불가능한 일이다. 설사 곁에서 지켜보는 부모의 마음이 불편하더라도, 아이가 나이에 맞는 적절한 경험과 상황을 통해 자신의 능력과 가능성을 확인하고 문제를 해결해 나가는 과정을 배울 수 있도록 한 발짝 뒤에 있는 것도 부모의 역할이다.

미국 반도체 기업 AMD의 CEO 리사 수가 "모든 교육은 생각하는 법을 배우는 것입니다. 문제 해결 방법을 배우는 거죠. 시대와 상관없이 30년 전이든, 지금이든, 30년 후든 똑같을 겁니다. 기술은 계속 변하지만 문제 해결 방법을 배운다면 훌륭한 일을 해낼 거예요."라고 했다.

갑자기 알파고가 나타나 인간과 대결을 한다고 했을 때, 내가 그런 세상에 살고 있다는 것이 너무 낯설었는데, 어느 날 Chat GPT를 쓰던 우리 아이가 "너무 무섭고 소름이 끼친다"고 말하는 세상이 되기까지 10년이 안 걸렸다. 세상이 이렇게 빨리 변하고, 변하는 세상을 쫓아가기도 힘에 부치는데, 그 소용돌이 속에서 앞으로 30년이 지나도 변함없이 내 아이를 지켜 줄 수 있는 무기가 문제 해결 방법을 배우는 것이라면 아이의 짐을 덜어 주려고 부모인 내가 먼저 손은 뻗는 일은 없어야 한다.


● 부모가 물려줄 수 있는 훌륭한 유산


넷째, 바른 인성은 부모가 아이에게 줄 수 있는 훌륭한 유산이라고 생각한다.

우리 애들이 어릴 때, 도덕성이나 인성을 강조한 육아 관련 책을 읽다 보면, 나는 뭔가 좀 갑갑하면서 "아, 뭐래?"라며 외면했다. 그 당시 나에게 바른 인성이나 도덕성이라고 하면 착한 마음씨가 떠올랐고, 요즘 세상에 착한 마음씨는 고리타분하고 미련한 처세요, 호구 잡히기 좋은 구실이었다. 어쩌면 착한 마음이나 도덕적인 삶의 이면에는 어느 정도 양보하고, 손해 보고, 참는 등의 불편함을 감수해야 하는 행동이 따른다는 것을 알고 있었기에 그냥 피하고 싶었는지도 모른다.


그러나, 사실 일상에서의 도덕성이라고 해 봐야 약속을 했으면 지키는 것, 어른을 보면 먼저 인사를 하는 것, 거짓말을 하지 않는 것 등 어떻게 보면 사람 사이에 굉장히 보편적이고 상식적인 행동에 불과하다. 그런데, 우리가 보편적이고 상식적이라고 말할 수 있는 것은 통상적으로 너나 없이 비슷한 행동양식을 보여야 한다. 하지만, 그때까지의 내 육아 경험에 의하면 그것이 그렇게 보편적이고 상식적으로 작용하지 않았다.

놀이터에 가서 그네를 하나 타도, 우리 애는 양보하는데 다른 집 아이들은 누가 기다리거나 말거나 안중에도 없는 모습과 그걸 옆에서 지켜보면서도 제대로 가르치지 않는 부모들을 보는 답답함, 혹은 친구랑 토요일에 놀이터에서 같이 놀기로 했다면서 토요일이 오기를 학수고대하며 기다리는 우리 아이와 그런 아이를 데리고 약속 시간에 놀이터에 나갔지만, 친구가 나오지 않아 속상해하는 우리 아이를 달래는 등의 경험을 반복하게 되는 데서 오는 억울함이 있었다.

깊이 있는 도덕적 딜레마나 고차원적인 도덕적 사고를 이야기하는 것도 아닌, 어쩌면 일상에서 당연히 지켜져야 하는 것도 합의가 안 되는 세상에서 우리 애만 바른 인성을 지닌 도덕적 인간이 되게 키운다는 게 솔직히 썩 내키지 않았다. 할 수만 있다면 얍삽할 정도로 영리하게 세상을 살아서 실속을 챙기고, 남들보다 덜 손해 보고, 덜 힘들게 살았으면 했다. 그런데, 인성도 어느 정도 타고나는 것인가 그런 것도 시킨다고 되는 게 아니었고, 나 역시도 나의 부모님께 보고 큰 게 있어서 그런지 그렇게 가르치지도 못했다.

그런데, 애를 이만큼 키우고 다시 생각해 보는 인성은 한마디로 기회다. 없던 기회도 생기고, 귀인을 찾아다니지 않아도 귀인이 내 아이를 찾아오게 만드는 열쇠가 인성에 있었다. 한 학년에, 혹은 몇백, 몇천 명의 사람 중에서 딱 꼬집어서 내 아이만 반짝반짝 빛나고 돋보이게 하는 것이 인성이고 도덕성이었다.

얼마 전, 어떤 중학생 엄마가 학교 수행 평가 할 때 자기 아이는 늦은 밤까지 해서 약속한 분량을 다 했는데, 같이 하기로 한 친구는 매번 시간 약속도 어기더니 끝내 무임승차를 했고, 결국 성실한 내 아이만 손해를 보는 것 같다고 이야기했다. 우리 애 중학생 시절 나도 수없이 겪은 일이라 그 엄마가 얼마나 마음이 불편할지 충분히 이해가 갔다.

그룹 활동은 각자 맡은 부분을 취합하는 시간도 있기에 서로 기한을 잘 지키고, 하기로 약속한 내용을 성의껏 해야 전체 결과물의 완성도가 높아지고 그래야 점수를 잘 받을 수 있다. 한 명이라도 제 몫을 못 하면 다른 누군가가 그 부분을 메꿔야 하거나 그룹 전체의 점수에도 영향을 미치게 된다. 그걸 뻔히 알면서도 학원이다, 과제다 바쁘다며 시간 약속을 안 지키는 경우는 새삼 놀랍지도 않고, 하기로 약속한 부분을 안 했다고 제출 전날 늦은 밤에 연락이 오기도 하고, 여러 번 독촉 끝에 마지못해 보낸 내용이 허접해서 쓸 수도 없을 지경이라 우리 애가 그 아이 몫까지 하는 경우는 뭐 다반사였고, 우리 애가 알아서 해 오려니 아예 연락을 안 받는 아이도 있었다. 또, 과제를 위해 아이들끼리 어렵게 서로 시간 맞춰 만든 자리에 얼굴만 한 10분 비치더니 바로 학원 가야 한다고 아이 엄마가 우리 아파트 지하 주차장에서 차를 대 놓고 빨리 나오라고 전화를 하지 않나, 다 말하자면 입이 아프고 속이 시끄러운 일들도 비일비재했다.

중학생들의 수행평가만 보더라도 자의든 타의든 양보, 희생, 배려도 하는 사람만 하는 것 같고, 그것도 그럴 만한 그릇이 되어야 할 수 있는 것이라는 생각도 든다. '그래도 선생님은 다 아신다.', '인 하면 인 하는 그 아이 손해다.', '그런 게 다 경험치로 쌓인다.' 하는 말들도 그 당시엔 별로 위로가 되지 않았는데, 내가 그 시절을 다 지나 본 결과, 선배맘들의 그 말들이 아주 틀린 소리는 아니었다.

　오늘날 교권이 바닥이다 보니 전체적으로 선생님들의 능력을 과소평가하는 부분이 없지 않은 것 같은데, 내 경험상 정말 다양한 유형의 아이들을 해마다 수도 없이 겪어 보신 대부분의 학교 선생님들의 학생을 파악하는 눈썰미와 내공은 학부모들이 생각하는 것 이상으로 정확했다. 선생님이기에 일일이 다 표현하지 못하고, 알면서도 모르는 척 넘어가는 것뿐이지 그런 부분들이 다 생기부에는 알게 모르게 영향을 미치게 되고, 그냥 월급 받는 게 아닌 입학사정관들의 눈에도 생기부를 통해 선생님이 그 학생에 대해 에둘러 이야기하고 있는 게 다 보이는 것이기 때문에 이런 학생들은 결국 자업자득이고 길게 보면 소탐대실이다.
　예전에 우리 동네에서 공부를 잘하기로 소문 난 학생 하나가 명문 고등학교 입시에 도전했다가 실패했다. 그 학생의 어머니는 완벽한 자신의 아이가 명문고 입시에서 떨어진 이유가 생기부 때문이라는 진단을 내렸다고 들었다. 우리 동네가 강남 같은 학군지가 아니다 보니, 학교 선생님들이 생기부를 입시에 유리하게 전략적으로 작성하는 부분이 미흡했다는 것이다. 준비했던 입시에서 낭패를 본 속상함이야 무엇인들 원망스럽지 않겠나 이해는 간다. 그렇지만 같은 학교에서 생기부를 받아 본 적이 있는 내 경험상, 강남 같은 학군지가 아니라서 생기부가 미흡했다는 건 아닌 것 같다.
　학교생활에 있어 아무도 모르는 것 같고, 별일 아닌 것 같은 일들을 선생님들은 가장 가까이에서 CCTV처럼 지켜보신다. 아이의 생기부에는 3년 동안 그 아이를 지켜보신 담임선생님, 교과 선생님 등 수십 명의 선생님들의 기록이 남아 있다. 그러면 어떤 학생이 더 배려심이 있고 협동심이 있는지, 어떤 학생이 예의가 바르고 책임감이 있는지 알게 되고, 그런 학생의 생기부는 선생님의 애정이 고스란히 녹아 있기 마련이다.

　규칙이나 규율을 어길 만한 깡도 없고, 성격도 무던한 아이라 대하기가 수월해서 그랬는지 우리 애는 각별했던 선생님들이 여럿 계신다. 꼭 필요한 일이 아닌 이상은 학교에 갈 일이 없으니까 어느 분이신지 얼굴도 뵌 적은 없지만, 취미로 지으신 매실 농사가 잘됐다고 아이 편에 한 박스 보내 주신 선생님도 계셨고, "자녀들 때문에 좋은 일이 많으실 겁니다."라며 덕담을 해 주신 선생님도 계셨다. "K가 있어서 교실에 들어갈 때마다 행복했습니다." 하고 인사를 전해 주신 선생님도 계셨고, 없는 동아리도 만들어서 동아리장으로 앉혀 주신 선생님도 계셨다. 전학을 가야 한다고 말씀드렸더니 "안 됩니다, 어머니. K는 못 보냅니다." 하고 농을 하신 선생님도 계셨고, "이런 아이를 가르쳐서 제가 오히려 영광이었다."라며 과분하리만큼 칭찬해 주신 선생님들도 계셨다. 고등학교 졸업식에서는 우리 가족과 사진을 찍겠다고 개인적으로 사진사를 대동해서 오신 선생님도 계셨고, 해설사 과정을 함께 했던 선생님들은 우리 애가 고등학교를 졸업하자마자 같이 일해 보자며 제안을 주신 분들도 계셨다.

　몇몇 친구들이 부모님 찬스로 논문에 이름을 올리고, 대필작가를 써서 스펙을 만들며 화려하게 이력서를 채워 나갈 때, 고등학생이었던 우리 아이는 오로지 본인의 노력과 인맥, 그리고 선생님들의 도움과 조언만으로 모 교육회사의 한국어 교과서 집필에 참여했고, 학교 캠프 교사를 했고, 서울에 있는 대학들에 특강을 나갔고, 정부산하기관에서 예산 지원을 받

아 책을 출간했고, 대사관에서 인턴을 했고, 비영리 문화사절단도 만들
수 있었다.

　우리 아이가 이런 기회를 가질 수 있었던 이유 중의 하나는 따뜻하고
속 깊은 그 심성도 한몫했을 것이다. 분명히 우리 아이보다 똑똑하고 머
리 좋은 대단한 친구들도 많았을 것이다. 하지만, 일은 똑똑한 머리로만
하는 것은 아니다. 일을 하려면 인간관계가 필수고 인간관계에 있어서
조화와 질서는 중요한 요소다. 서로 소통하고 상호 존중 없이는 일의 시
너지효과 역시 기대하기 어렵기 때문이다. 인성이나 도덕성이라는 것도
결국 사람이 사람을 대하는 태도다.
　능력에 있어서 눈에 띌 만큼 차이가 나는 게 아니라면, 그렇다면 내가
아는 사람 중에 어떤 사람에게 좋은 기회를 주고 싶은지, 어떤 사람과 같

이 일하고 싶은지, 어떤 사람을 곁에 두고 싶은지, 기왕이면 어떤 사람이 더 성장하길 바라는지 답은 정해져 있다.

내 아이가 누군가에게 일회성 혹은 소모성으로 쓰이고 마는 사람이 되길 바라지 않는다면, 내 아이를 성장시켜 줄 좋은 인연을 만들어 주고 싶다면, 능력만큼 중요한 것이 인성이라는 것이 내 육아의 결론이다. 그래서, 내가 예전에 미련한 처세요, 호구 잡히기 좋은 구실이라 여겼던 바른 성품, 고운 인성, 훌륭한 인품은 사실 결정적인 순간에 발휘되는 뛰어난 경쟁력이었다.


### ● 불편하지만 해야 하는 이야기, 性


다섯째, 성교육을 제대로 시키자.

내가 이야기하는 성교육은 생물학적 이론이나 교과서적인 교육을 이야기하는 것이 아니다. 나의 학창 시절 혹은 내가 엄마가 되기 전에 내가 알고 배웠던 성과 성문화와 지금 우리 아이들이 직면하고 있는 성에 대한 가치관은 많이 다르다는 것을 느낀다.

내가 엄마가 되고 아이를 기르는 동안 세상의 테크놀로지가 변한 만큼, 그동안 당연하다고 생각했던 가치관이나 기준도 쉽사리 적응하기 어려울 만큼 많이 변했다. 그러니 부모가 가르치고 지도하는 말들이 아이들에게 와닿겠나 하는 생각이 든다. 그래서 부모도 당황스럽다. 이제는 역으로 학부모가 성교육을 받아야 할 때가 된 것 같다. 아이들을 어느 정도까지 허용해 주고, 어느 선까지 부모가 수용해야 하는지, 아이의 성에 대한 호기심과 이성 교제 등의 문제를 어떻게 대화하고 합의점을 찾아야 하는지를 학교에서 학부모를 대상으로 한 필수교육이 있어야 한다고 생각한다.

초등학교 저학년만 해도 스마트폰이 없는 아이를 찾기가 어려울 정도인 우리나라 아이들의 성인물 노출도는 세계 탑이다. 얼굴만 보면 아직도 아기 같은 초등학교 3, 4학년 아이들도 SNS 등을 통해 자신의 신체 사진 전송을 요구받거나 다른 사람의 신체 사진을 받은 경험들이 16%가 넘고, 아이들이 수시로 들락거리는 편의점에서도 청소년들에게 피임기구를 팔 수 있는 시대가 됐다. 유행하는 소셜네트워크 서비스도 어른보다 잘 다루고, 미디어콘텐츠와 기기에 익숙한 요즘 아이들이 자극적이고 상업적인 성에 쉽게 노출될 수밖에 없는 환경이 되었다.

그런데, 문제는 이런 환경적 변화가 아이들의 그릇된 성 지식과 무분별한 성문화 습득에만 국한되는 것이 아니라는 점이다. 이런 문제들이 더 나아가서는 평범한 아이들의 성 정체성 혹은 성 가치관의 결여로 혼란을 야기하고 있고, 실제로 이상한 방향으로 자신을 규정하는 십 대 아이들의 모습을 심심찮게 봤다.

물론 내가 중학생일 때도 우리 반에 단짝인 두 아이 사이에 이상한 기류가 있는 친구들이 있었다. 여중을 다녔기 때문에 둘 다 여학생인데도 불구하고 한 아이는 남자친구 역할을 하고, 다른 아이는 여자친구 역할을 하면서 묘한 분위기를 풍기는 커플이 있었다. 보통 인구의 5~10%는 동성애자라는 생물학자들의 주장을 뒷받침이라도 하듯 어느 시대에나 이런 일들은 있었다. 그런데, 요즘 아이들 이야기를 들어 보면 이런 친구들이 생각보다 적지 않다는 걸 느낀다. 그 아이의 부모만 모르지, 친구들 사이에서는 공공연한 사실인 경우도 있고, 스스로를 레즈비언이나 게이로 명명하는 아이들도 생각보다 많다는 것이 걱정스럽다. 중학생이 뭘 알고 뭘 해 봤다고 자신이 동성애자라고 확신하고, 그런 취향을 가진 사람으로 단정을 짓고 흉내를 내는 건지 모르겠다.

이런 성향이 있는 아이 중의 한 명은 과고에 입학해 조기졸업을 하고 서울대로 진학했다. 그러면 입시에 성공한 그 아이가 앞으로 친구를 사귀고 새로운 인간관계를 맺고 결혼을 하는 등 평범한 일상을 살아가면서 내면이 건강하고 행복할까? 아니면 뭔가 나라는 사람의 정체성을 가지고 비밀스러운 고민을 계속하게 될까? 성 정체성이 흔들린다는 것은 자기 부정에서 시작하는 것이니만큼 육체적 성별이나 성적 취향의 선택적 문제에 국한되는 것이 아니라 심리, 정서적 불안을 일으킨다는 데 그 심각성이 있다.

더욱이, 아직 가치관의 확립이나 자기 객관화가 되지 않은 어린 친구들은 진짜 본인이 어떤 사람인지도 모르는 상태에서 감당하기 어려운 선택을 하고, 결정할 준비가 되어 있지 않다는 것이다. 심리학자 산드라 벰은 인간은 남성, 여성의 이분법적으로 구별되는 것이 아니라 심리적 양성성이 있다고 했다. 그렇다면, 계속 변하고 성장하는 사춘기 아이들은 누구나 전반적으로 가지고 있는 이 양성성을 왜곡해서 해석할 여지가 있다. 안 그래도 이미 기존의 세대에서 사회의 근간이라 여겼던 가족, 결혼, 사회적 역할 등의 가치관이나 기준들도 흔들리고 새로운 정의가 부여되는 난해한 세상에서, 타고난 생물학적 성 자체마저 의심하고 부정하며, 혼돈과 편견을 헤쳐 나가려면 충분한 사색과 다양한 관점에서의 고민과 시간과 경험이 필요하다.

　다른 유럽 국가들도 비슷하지만, 특히 독일에서는 이미 여성도 남성도 아닌 제3의 성을 인정해왔다. 2024년부터는 스스로를 '성별 없음'이라고 정의 내릴 수 있고, 14살 이상이면 '성별 등록 자기 결정법'을 통해 본인이 정한 성별로 법적인 효력도 가질 수 있게 됐다. 또, 이번 파리 올림픽에서는 남성을 의미하는 XY염색체를 가지고 있는 선수의 여자 복싱 경기 출전에 공정성이 문제가 됐다.

　작년 여름 내가 캐나다에 갔을 때, 말하는 사람이 상대방의 성을 결정 지어 부르면 안 된다면서 여자를 she, 남자를 he라고 부르면 안 된다고 they, them이라고 부르라는 말을 들었다. 또, 여성복을 입어 보러 탈의실에 갔더니 수염이 덥수룩한 남자가 마스카라까지 풀메이크업을 하고 손톱에는 빨간 매니큐어를 바른 손과 굵직한 목소리로 나를 안내하는 모습들을 흔하게 보면서, 결혼생활이 20년이 넘은 어른인 나도 혼란스러움을 느꼈다.

　하물며, 성에 대한 정보를 주로 인터넷에서 얻는다는 요즘 청소년들이 느끼는 성 정체성이나 성 가치관의 혼란은 어른들이 생각하는 것 이상일 것이다. 그래서, 지금처럼 학교에서 하는 성교육이 생물학적 지식 전달 혹은 포괄적인 성교육에 머물러서는 안 된다. 어설프게 교육과정 이수를 한 성교육 강사들로는 근본적이고 철학적인 성 가치관의 전달이 어렵다. 철학과 같은 문과생들이 문송하다는 말을 하게 두지 말고 사회 곳곳에서 필요한 인력풀을 제대로 만들어서, 이제는 진짜 전문가들을 통해 윤리적이고 깊이 있는 실전 성교육을 시켜야 한다.

초등학교의 평생교육 학부모 동아리로 매주 학교 시청각실에서 수업 받던 어느 날, 딱 1, 2학년 여자아이가 그린 것 같은 그림 솜씨로 성관계를 자세히 묘사한 그림들이 화이트보드에 그려져 있는 걸 보고 그 자리에 있던 학부모들과 기겁을 했던 적도 있었고, 동네의 초등학교 고학년 여학생이 임신을 했다는 소식에 마음이 어수선했던 기억도 있다. 또, 이제 갓 성인이 된 20대 초반 아이들의 경험담을 들으며 그들의 가벼운 성관계와 성 가치관에 충격도 받아 봤고, 실제로 젊은 청춘들은 물론 10대 청소년들의 성병 환자 수도 급증하고 있는 실정이다. 그럼에도 가정과 학교에서는 제대로 교육시킬 준비가 되어 있지 않은데 이 모든 혼란의 중심에는 아이들이 있다.

교육은 미리 내다보고 계획하고 준비해야 하는 것이다. 교육정책을 만드는 사람, 나라의 일을 계획하는 사람이라면 제발 다방면으로 공부도 많이 하고, 견문도 넓히고, 식견도 쌓아서 시대를 앞서가는 준비를 해야지 나 같은 동네 아줌마도 답답해하도록 변화에 느리다는 건 뭔가 잘못됐다.


성도 죽음처럼 드러내 놓고 이야기하기에는 불편한 주제다. 그러나, 성이든 죽음이든 인간 누구나가 예외 없이 반드시 겪는 것이다. 올바른 성 인식과 제대로 된 성 가치관의 교육은 아이들이 스스로를 더 가치 있는 존재로 인식하게 하고, 건강한 내면을 갖고 다른 사람을 존중하게 하는 중요한 인성교육의 하나라는 점을 생각해 본다면, 지금처럼 얼렁뚱땅 얼버무릴 일은 아니다.

# 20년 육아가 나에게 남긴 것

**27**

▶ 눈을 감기 전까지 사랑을 베풀어야 함.

▶ 특별한 경우, 눈을 감을 때까지 육체적 수고와 함께 경제적 원조까지 해야 함.

▶ 적어도 최초 3년까지는 주당 168시간의 풀타임으로 일해야 함.

▶ 이후부터는 일하는 시간이 다소 단축될 수도 있으며, 단기 휴가도 가능함.

▶ 아동 발달 및 아동 교육, 아동 건강 등의 아동학 관련 및 인접 분야의 지식이 필요함.

▶ 거의 무한대에 가까운 인내와 함께 모범적인 생활을 해야 함.

▶ 적어도 20년 동안 5천~1억 정도의 투자가 요구되나, 그에 따른 물질적 보상은 거의 없음. 동시에 무보수임.

▶ 그리고, 심은 대로 거두지 못할 수도 있음.

1995년에 출간된 이소희 교수님의 《첫 부모 임신, 출산 어떻게 준비할까?》라는 책에 나온 구인 광고다. 내가 20대 중반에 이 책을 봤는데 벌써 30년이 된 책이라 그동안 교육방식의 변화나 인플레이션을 고려한다면 지금은 적게 잡아도 체감 비용을 3억 5천~5억 정도 예상하니까 투자금액만 다를 뿐, 30년 전이나 지금이나 거의 다를 게 없는 동일한 조건의 직업이다. 이 업종에 종사하는 사람을 우리는 부모라고 부른다. 그리고, 어쩌다 보니 나는 이 업에 뛰어든 사람이다. 나는 내가 부모가 되는 걸 상상해 본 적도, 바란 적도, 계획해 본 적도 없었다. 20대 중반에 거부할 수 없는 소중한 남자를 만났고, 결혼을 하고 보니 엄마가 됐다. 대단할 것 없는 평범한 직장과 커리어였지만 사회인으로서 내 나름의 포부가 있고 욕심이 있었다. 내세울 만한 것도 없는 그 포부와 욕심을 내려놓질 못해 2년이 넘게 남편과 실랑이하다가 나는 엄마로 사는 삶을 택했다.

부모로서 자식을 보살피고 사랑으로 키운 것이야 다른 동물들도 하는 보편적 사랑이니만큼 내가 애써서 자식을 기른 것에 대해 공치사를 할 만한 것도 못 되는 것이지만, 그렇다고 해서 할 만한 일이었다고, 수월했다고도 말하지는 못할 것 같다. 나의 양육의 결과로 인한 아이들의 미래에 대해 무거운 책임감을 느꼈고, 힘에 부치고 고된 순간들도 많았다.


나는 중학생 시절, 이은상 시인의 시에 곡을 붙인 '사랑'이라는 가곡을 참 좋아했다.


"탈 대로 다 타시오.

타다 말진 부디 마소.

타고 다시 타서

재 될 법은 하거니와

타다가 남은 동강은

쓸 곳이 없소이다."

내가 해 보니까, 재가 되도록 나를 태워서 키우는 것이 자식이었다. 내 목숨 줘도 아까울 것 하나 없을 만큼 가늠할 수 없는 사랑, 그 사랑으로 키우는 거 맞다. 그런데, 그 사랑이 모성이라고는 단언할 수 없겠다. 아이러니하게도 나는 애를 둘이나 낳아서 키웠지만, 솔직히 이 '모성'이라는 게 진짜로 있는 건지도 잘 모르겠다.

반려견을 키우는 사람들은 본인이 낳지도 않은 그 강아지가 내 자식이 되는 경험을 한다고 한다. 서로 남남으로 만난 남편은 내가 낳지도 않았는데, 이제는 그 사람이 없으면 삶이 아무 의미도 없을 만큼 소중한 존재가 되었다. 부모와 자식, 남편과 아내 같은 특별한 관계와 그 관계 속에서 함께한 시간들이 서로를 특별한 존재로 만들어 주고, 사람이라면 본디 가지고 있을 휴머니티적 요소들이 이 관계에 버무려진 것을 우리가 '모성'이나 '부성' 혹은 '가족애'라 부르는 것이라 생각한다.

거기에다가 전통적인 사회에서 여성의 위치와 사회적 역할에 따라, 가정 내에서 자녀의 주 양육자인 여성의 자질로써 부여되고 강조된 것이 모성이 아닐까 싶다. 때로는 모질고 각박한 이 세상에 실존했으면 하는, 가장 이상적인 애정의 형태로써 모성이라는 개념을 만들지 않았나 하는 생각도 든다.

짐승도 제 새끼는 돌보니까 모성을 본능이라고 하는가 본데, 모성이 정말 본능이라면 해마다 늘고 있는 아동학대를 하는 부모나 상대적으로 모성이 약한 사람을 설명할 수 없다. 아마도 모성이라는 개념을 통해 가정 내에서 누군가는 해야 하는 희생에 무게와 의미를 부여하지 않았나 생각한다. 그렇게 보면, 이 모성이라는 것도 결국 관계와 상황을 통해 나에게 주어진 역할에 대한 책임감과 개개인이 가지고 있는 이타심의 깊이, 타고

난 기질적 성향 등과 관련이 높을 것이라는 게 내 생각이다.

미워도 마냥 미워만 할 수도 없는 존재, 끊으려야 끊어 낼 수도 없는 존재. 잘 살면 잘 사는 대로 걱정, 못 살면 못 사는 대로 걱정하며 평생을 얽매여 사는 삶. 정신적, 물질적, 육체적 나의 모든 것을 아낌없이 주고도 죽는 순간까지 무사 무탈하기를 진심으로 바라는 존재가 자식인 것을 키워 보니 알겠다.

설사 그런 자식이 나에게 주는 것이라고는 시련과 상처뿐이라 하더라도 그 끈을 쉽게 놓지 못하고 자꾸 품으려는 이유는 모성이나 부성보다는 오히려 공감에 더 가까운 것이라 생각한다. 진짜 공감은 상대에 대한 깊은 이해에서 나온다. 그 탄생의 시작이 '나'라는 존재로부터이며 내 몸에서 나와 핏덩어리부터 키운 내 자식을 세상 누구보다 잘 알고 있고, 나와 아이가 한 몸인 것 같은 깊은 유대감을 느끼기에 그 아이에게 진심으로 공감할 수 있으니 또 용서해 주고, 또 보듬고, 또 받아 주는 것이 가능한 것 같다.


첫애를 낳고 부쩍 늘은 몸무게를 열심히 다이어트해서 원래의 몸무게로 돌려놨었다. 그러고는 임신 전에 입었던 바지를 꺼내 다시 입어 봤는데 허리가 잠기질 않았다. 임신 전의 몸무게로 돌아왔는데도 체형이 바뀌어 옷이 맞지 않았다. 아이를 낳고 나니 그 전으로 돌아갈 수 없는 것은 체형만이 아니었다. 삶의 기준과 인생 계획까지 모든 초점이 아이 위주로 돌아갈 수밖에 없었다. 결혼 전에는 모든 행동과 관심사가 오로지 내가 중심인 삶이었다. 내가 잘 지내는 것이 곧 효도였고, 주위 사람들도 내가 잘 사는 것 외의 것을 나에게 크게 기대하지 않는 삶이었다.

그러나, 결혼을 하고, 아이가 생기고, 새로운 가족관계가 형성되자 내가 없는 삶이 시작됐다. 그 삶에 적응하느라 좌충우돌했지만, 아이가 자람에 따라 시간이 지날수록 나도 그 생활에 적응해 나갔다. 그런데, 이제는 아이가 다 컸다는 이유로 많은 것들을 내려놓으며 거우 익숙해진 그 생활과 관계를 새로운 관점으로 다시 재적응해야 하는 시간이 되었다. 아이들이 집을 떠나가는 모습을 지켜보면서, 문득문득 부스럼같이 일어나는 서글픈 마음도 이제는 스스로 아물도록 덮어 두어야 한다.

사람은 태어날 때 엄마 배에서 나오며 첫 탯줄을 끊고, 부모로부터 독립할 때 두 번째 탯줄을 끊는다고 했다. 아이를 내 품에서 세상 속으로 내보내는 또 다른 의미의 산통을 겪으며, 지나간 시간에 대한 알 수 없는 허무함과 후회도 든다.

만약에 내가 애를 낳지 않고 계속 나 위주의 삶을 살았다면 더 성공한 사람이 됐을까? 그동안 나를 찾는 일에도 열정을 쏟았더라면 더 나은 사람이 됐을까? 애를 키우면서도 미래에 대해 조금 더 진중하게 생각하고 준비했다면 지금보다는 덜 막막했을까? 가 보지 않은 길이라 장담은 할 수 없지만, 아무리 인심을 써서 생각해 봐도 내가 인류사에 한 획을 그을 만한 업적을 이뤘다거나 삼성 같은 회사를 세운 사람은 되지 못했을 것 같다.

나는 지금 35살에 사망한 모차르트보다 15년이나 더 살고 있지만, 그렇다고 그 주어진 시간만큼 더 가치 있게 살고 있다 말할 수는 없겠다. 그러나, 그런 내 삶도 아주 의미가 없지는 않다고 말할 수 있는 이유는 내가 낳은 우리 애들이 있기 때문이라 생각한다. 사회에서는 언제든지 다른 누구로 대체할 수 있는 존재에 불과하고, 낯선 이에겐 아무 의미 없는 존재인 나를 우리 애들이 그들의 짧았던 어린 시절에나마 모차르트와는 비교할 수 없을 만큼 절대적인 존재로 만들어 주었으니 말이다.

어떤 중견 배우가 영화 현장을 "일터고, 놀이터고, 쉼터고, 배움터"라고 했는데, 나에게도 엄마 노릇을 하는 동안의 우리 집이 그런 곳이었다. 애들과 지지고 볶으며 삶의 희로애락을 온전히 느끼면서, 뭐라고 한마디로 말할 수 없는 수많은 감정을 온탕과 냉탕을 오가듯 했다. 그러나, 앞으로 내 인생에 더할 수 없이 행복하고 분에 넘치는 꿈같은 순간이 온다 하더라도 삶에 있어 딱 한 순간만을 꼽으라 한다면, 우리 네 식구가 TV를 보고 실없는 이야기를 떠들며 옹기종기 식탁에 앉아 저녁을 먹고 하루를 마감하던 그 순간을 떠올릴 것이다.

우리 애들이 어렸을 적, 목 늘어난 티셔츠에 잠도 제대로 못 자서 얼굴이 푸석푸석해 가지고 유모차를 끌고 다니는 나를 보고, 지나가는 나이 지긋한 어르신들께서 "좋은 때다."라고 하시던 말씀이 무슨 뜻이었는지 이제야 어렴풋이 이해가 된다. 어찌 보면 우리 모두 죽음이라는 뻔한 끝이 정해져 있는 인생을 오직 한 번만 살다 가는 건데 엄마로서, 부모로서 느꼈던 감정이나 경험을 겪어 본 것에 감사한 마음이다.

애를 키워 보기 전에는, 이 세상은 내가 노력하는 만큼 원하는 무언가를 반드시 이룰 수 있다고 호기롭게 생각했고 그렇게 앞만 보고 살았다. 그러다, 20대 후반에서 30대 초까지 업무적으로 일이 있어 사회적으로 성공하신 분들을 많이 만날 수 있었고, 그분들과 가까이 지내면서 살아오셨던 인생이나 사업을 일으켰던 이야기들을 들을 수 있는 기회가 종종 있었다. 어려웠던 시절, 격동의 시대에 다들 영화보다 더 영화 같은 삶을 사셨고, 그 파란만장한 인생 스토리에 존경과 감탄이 절로 나오는 대단한 분들이었다.

그런데, 그렇게 역경을 이겨 내고 불굴의 의지로 성공하신 분들도 자식 농사에 있어서만큼은 뜻대로 이루지 못하는 모습을 보면서, 자식이라는 존재가 가지고 있는 모순은 인간의 손을 넘어서는 것인가 하는 생각을 했던 적도 있었다.

때로는 아무리 나를 깎아 가며 공을 들이고 애를 써도 내 맘대로만 되지 않는 게 자식이었다. 어떻게 보면 교만하고 이기적인 우리 인간을 인간으로 단련시키는 메커니즘을 가지고 있는 게 육아가 아닌가 싶다. 나를 돌아보는 일에 나태하고 약삭빠른 인간이 자기가 만든 거부할 수 없는 필수 불가결한 생명체를 통해 나도 몰랐던 나의 모습, 내가 인정하고 싶지 않았던 나의 모습을 대면하게 하고 거기서부터 새로운 인간적 성장을 시작하도록 한 조물주의 설계에 경이로움을 느낀다. 그렇게 아이를 키우면서 '나'라는 사람을 깊이 들여다보게 됐고, 나를 이해하게 됐고, 나의 부족함과 한계를 인정하게 됐다.


이처럼 엄마가 되어 봤기 때문에 다시 생각하게 된 것들과 변화된 내 모습은 분명히 있다. 까마득한 기억 속의 나는 진취적이고 대범하고 독립적인 사람이었던 것 같은데 이제는 그런 모습도 어느 순간 다 사라지고 없다. 그래도, 철학적이고 감성적인 사유에 대해 팔자 좋은 책상머리 궤변쯤으로 여기던 내가 자식을 길러 봤기에 미미한 수준이나마 인간을 탐

구해 봤고, 인간을 이해하려 해 봤고, 인간에 대한 연민도 생겼다 말할 수
는 있겠다.

아가씨 때는 아줌마들의 오지랖을 이해하지 못했다. 이십 대 초반에 친
구와 약속 장소를 찾다가 지하철의 몇 번 출구로 나가야 하는지 잠깐 서
서 이야기하고 있는데, 그냥 지나가는 아줌마가 "아휴, 거기 갈라면 3번
출구로 나가야 돼."라며 말을 툭 던지고 가셨다. 아니, 우리가 물어본 것
도 아닌데, 남의 일에 간섭하지 않고는 못 배기는 그 가벼움을 이해하지
못했다.

그런데 긴 시간을 주부로, 엄마로 살면서 내가 아닌 다른 사람을 챙기
는 게 생활이 되다 보니까 자연스럽게 나도 그런 오지랖을 부리는 아줌마
가 됐다. 아이들을 늘상 가까이에서 돌보다 보니 인정이라는 따뜻한 마
음, 쓸데없는 걱정, 사람에 대한 측은지심 같은 감정들이 습성같이 올라
온다. 그래서, 모르는 남이라도 지하철 출구를 잘못 찾으면 '알아서 찾아
가겠지.' 하며 그냥 지나치지 못하고, 힘들게 다시 출구를 찾아다니고 애
먹을 걸 생각하면 안쓰러운 마음에 몇 마디 말이라도 얹는 것이다.

똑같은 사건을 가지고 예전에는 쓸데없는 간섭이라고 생각했다면, 지
금은 연민이라고 생각하게 된 그 차이만큼이나 나는 변했다. 도시적이고
시크함을 추구했던 예전의 내가 불필요한 참견이라 생각했던 아줌마의
오지랖을 동네 아줌마가 된 나는 인간애로 느낀다.

톨스토이의 《사람은 무엇으로 사는가》에서 옷도 없어서 아내의 외투
를 입고 다닐 정도로 가난한 세몬이 길가의 벌거벗은 낯선 사나이에게 하
나밖에 없는 외투와 장화를 벗어 주고, 집으로 데리고 가서 음식을 나눠
주는 것 역시 오지랖이었다. 인류학자 마가렛 미드가 "인류 문명의 시작

은 부러졌다 붙은 흔적이 있는 다리뼈"라고 했듯, 약육강식의 원시세계에서 다친 누군가를 버려두지 않고 돌봤던 그 오지랖이 지금 우리가 누리는 현대 사회의 시작점이 되었다. 국부론에서 애덤 스미스가 시장경제의 암묵적인 자율작동 원리로써 '보이지 않는 손'이라는 비유를 했듯, 이 세상이 효율적으로 돌아가고 있는 이면에는 항상 나보다 내 아이를 혹은 우리 가족을 먼저 생각하는 이런 따뜻한 오지랖이 여기저기서 다른 의미의 '보이지 않는 손'의 역할을 하고 있는 것이다.

물론 나 혼자 아이를 키운 것은 아니다. 아이의 친가와 외가 할머니 할아버지, 아이에게 롤모델이 되어 준 따뜻한 고모, 아이의 선생님들, 급할 때 선뜻 도와주고 아이를 돌봐 줬던 이웃들, 더운 여름날 자신의 아이와 같이 하교하는 우리 애의 손에도 아이스크림을 쥐여 주었던 아이 친구의 엄마처럼 스쳐 지나가는 인연이라도 우리 아이를 보고 웃어 주고 작은 손길이라도 보태 주고 도와준 모든 분들과 같이 키웠다.

특히, 늘 나를 향해 한결같은 모습을 보여 준 남편이 없었다면 이 모든 것은 애초부터 다 불가능한 일이었다. 연애 시절, "내가 좋으면 결혼은 말고, 평생 내 옆에서 연애나 하자"고 말하던 나 같은 무심한 사람이 이런 추억을 가질 수 있도록 나와 결혼을 하고, 남녀 간의 진정한 사랑이 환상은 아니라는 사실을 알려 준 남편에게 말로는 표현하기 힘들 만큼 깊은 애정을 느낀다. 아마도 나라는 사람은 남편을 만나고, 결혼을 하고, 우리 애들을 낳아서 길러 보지 않았다면, 내가 20대에 생각했던 뜬구름 같은 어떤 것이 사랑이라 생각하고 인생을 마감했을 것이다.

그럼에도, 아이를 향한 그 많은 손길 중에서도 아이를 낳은 그 순간부터 지금까지, 숱한 날들을 아이와 가장 가까이에서 먹이고 입히고, 함께 밤잠을 설치고, 함께 고민하고, 함께 기뻐하고, 함께 아파했던 엄마인 나,

정말 애썼다.

글의 맨 처음 고백했던 것처럼 나는 구멍이 많은 사람이다. 그런 나를 인정했기에 그 구멍을 메꿔 보려고, 보잘것없는 노력은 했던 시간이었다. 그 과정이 옳은 것이었는지, 그래서 결과가 성공적인지는 아직 모르겠다. 우리 아이들이 각자 자기 인생을 살아가고 있으니, 아마 100년쯤 후에 자신들의 삶의 끝자락에서 엄마인 나를 떠올렸을 때, 그때서야 나의 육아가 성공적이었는지 아닌지 알 수 있을 것 같다.

아이들과 함께한 시간을 뒤돌아보니 나의 부족한 능력과 옹졸한 마음 뿐이었지만, 원 없이 사랑했고 이제는 쿨하게 보내 줄 때다. 운이 좋아 아이가 잘 자라 줬으면 잘 자라 준 대로, 아이가 내 뜻과 다르게 아픈 손가락이 됐으면 아픈 손가락이 된 대로 지나간 시절에 대한 아쉬움과 후회가 남겠지만, 그게 우리 각자의 최선이었고 되돌릴 수 없는 시간이 됐다. 보내야 하는 것은 보내야만 하는 것이 인간의 한계이고 숙명 아니겠는가.

내 젊음과 함께 20년이라는 세월을 보낸 육아를 마감한다고 생각하니, 안도현 시인의 〈너에게 묻는다〉에 나오는 "이제 하얀 껍데기만 남아 있는 저 연탄재"가 된 기분이다. 지금까지 살림만 하고 애만 키워 변변히 내세울 만한 이력 하나 없는데, 앞으로 뭘 하며 적지 않게 남은 시간을 내가 스스로에게 만족하면서 보낼 수 있을까 싶다. 이런 현실 때문에 애를 대학 기숙사에 집어넣고 그렇게 구체적이진 않지만 확실한 상실감을 느꼈는지도 모르겠다.

철학자 세네카는 "이 세상에 시간을 내어 줄 정도로 귀한 것은 없다"고 했는데, 어떤 의미에서 내 젊음의 가장 완숙하고 찬란했던 시간을 아이들에게 내어 주며 엄마로 보냈다. 그럼에도, 오랜 시간 마음과 정성을 다한 존재를 놔주어야 하는, 살면서 한 번도 해 본 적 없는 새로운 이별 앞에 나의 마음은 혼란스럽고 공허했다. 그래서, 뭔가 반갑지 않은 이 감정이 어디서부터 기인하는지 답을 찾아보자며 이 책을 써 보자 다짐했다. 하지만, 나는 처음 책을 쓰기 시작했을 때부터 이미 인생에는 정답이 없다는 걸 알고 있었다. 정답이 없다면서 답을 찾겠다는 것은 시작부터 논리에 맞지 않았다. 그러나, 내가 이 책을 써 내려가는 그 지난한 시간 속에서 깨달은 것은 오늘을 살아가고 있는 나에게, 무엇인지 모를 그 답이 있을 것이라는 확신이었다.

이 책을 쓰는 동안, 과거의 그때 그 순간 행복했던 기분, 아쉬웠던 마음들이 스쳐 지나갔지만, 그 무엇보다 뚜렷하게 느낄 수 있었던 것은 지금, 바로 오늘, 한 장씩 한 장씩 글을 써 나가고 있는 나 자신에 대한 새로운 발견이었다. 지나간 시간을 뒤적여 가며 답을 찾으려고 했는데, 답을 찾아가는 오늘의 과정 속에 그 실마리가 있는 것 같다. 그래서 오늘, 내일, 내일모레, 앞으로 계속 다가올 그 날들의 오늘을 살아갈 나의 여정이 아직 끝나지 않았기에 답을 찾아가는 과정만이 남았을 뿐 아직 정답을 손에 잡지는 못했다. 아마도 그 답은 과거의 시간 속이 아니라 현재를 살아가는 내가 쥐고 있는 것 같다.


이제 20년 동안 밖으로 향해 있던 나의 관심과 목표의 화살표를 아가씨였던 그때처럼 다시 나에게 돌려야 한다. 지금 내 앞에는 나를 향한 새로운 자아실현이라는 숙제가 생겼다. 그동안 살아온 이런저런 인생 공부를 밑천 삼아, 어떻게 보면 그동안의 삶 중에 가장 자유로운 포지션에서 오롯이 나의 선택을 존중받을 수 있는 시간이 왔다. 그렇다고 지금 당장 나에게 주어진 모든 사회적 역할과 굴레를 훌훌 벗어던지는 삶을 살 배짱과 밑천도 없고, 불행하게도 내가 죽는 순간까지 무슨 일을 하면서 살아갈지 헤매기만 하다 끝날지도 모르겠지만, 어쨌거나 여성으로서, 엄마로서 육아라는 큰 짐을 내려놓은 것은 사실이다. 그런 면에서 자유를 느끼고, 두렵기도 하고 설레기도 한다.

마지막으로, 영화 〈내니 맥피〉의 한 대사를 떠올리며 나의 육아와 이별해야겠다.

"날 원하지 않지만, 내가 필요하다면 난 여기 있을 거야. 날 원하지만, 내가 필요하지 않을 때면 난 떠날 거야."

© 이연주, 2025

초판 1쇄 발행 2025년 6월 19일

지은이      이연주
펴낸이      이기봉
편집        좋은땅 편집팀
펴낸곳      도서출판 좋은땅
주소        서울특별시 마포구 양화로12길 26 지월드빌딩 (서교동 395-7)
전화        02)374-8616~7
팩스        02)374-8614
이메일      gworldbook@naver.com
홈페이지    www.g-world.co.kr

ISBN   979-11-388-4390-4 (03810)